KB176105

민족과
네이션

MINZOKU TO NEISHON

: NASHONARIZUMU TO IU NAMMON by Nobuaki Shiokawa

ⓒ 2008 by Nobuaki Shiokawa

First published 2008 by Iwanami Shoten, Publishers, Tokyo.

This Korean language edition published 2015

by Institute of Japanese Studies, Hallym University, Chuncheon

by arrangement with the proprietor c/o Iwanami Shoten, Publishers, Tokyo.

민족과 네이션

내셔널리즘이라는 난제

초판인쇄 2015년 6월 1일

초판발행 2015년 6월 1일

지은이 시오카와 노부아키(塩川伸明)

옮긴이 송석원

펴낸이 채종준

기획 한림대학교 일본학연구소

편집 백혜림

디자인 조은아

펴낸곳 한국학술정보(주)

주소 경기도 파주시 회동길 230(문발동)

전화 031) 908-3181(대표)

팩스 031) 908-3189

홈페이지 http://ebook.kstudy.com

E-mail 출판사업부 publish@kstudy.com

등록 제일산-115호(2000.6.19)

ISBN 978-89-268-6951-2 93830

이 도서는 2014년도 정부(교육과학기술부)의 재원으로 한국연구재단의 지원을 받아

한림대학교 일본학연구소가 수행하는 중점연구소지원사업의 일환으로 이루어진 연구임. (2014S1A5B8066696)

한림대학교 일본학연구소
아시아를 생각하는 시리즈②

민족과 네이션

/ **시오카와 노부아키**(塩川伸明) 지음
/ **송석원** 옮김

내셔널리즘이라는 난제

한국어판 서문

본서의 한국어판 간행에 즈음해서 내 마음속에는 큰 기쁨과 강한 긴장감 내지 두려움 같은 감각이 뒤섞여 있다. 말할 필요도 없이 일본과 한국은 내셔널리즘이라는 난제를 둘러싸고 복잡하고 불행한 관계에 있으며, 상호이해와 내실 있는 대화는 아직 쉽지 않다. 이 책은 그러한 대화를 조금이라도 진전시키고자 하는 바람으로 집필되었으나, 이것이 얼마나 실현되었는지는 한국 독자들의 엄격한 판단에 맡길 수밖에 없다. 불충분한 시도이기는 하지만 그러한 방향에 조금이라도 기여할 수 있다면 저자로서 그 이상의 기쁨을 누릴 수는 없을 것이다.

갑자기 일본과 한국 간의 관계라는 현실적인 문제로 이 서문을 시작했으나, 사실 이 책이 그러한 문제를 중심 과제로 다루고 있는 것은 아니다. 오히려 가능한 한 폭넓은 시야에서 다양한 논쟁적 문제에 대해 성급한 결론을 내리기보다는 차분하게 생각해보기 위한 소재를 제공하는 것이 이 책의 주요한 목표이다. 해석이 갈리는 여러 개념들의 상호관계를 살펴보고 일종의 교통정리를 시도하는 것, 또는 근현대 세계사의 흐름을 되짚어 대략적인 역사적 조감도를 제시하는 것이 이 책의 주를 이루고 있다.

이 책의 주제에 관해서는 지금까지 방대한 양의 논의가 축적되어 왔다. 그중에서도 에릭 홉스봄, 어네스트 겔너, 베네딕트 앤더슨, 앤서니 스미스와 같은 이들의 저작은 지금은 일종의 고전이 되어 있다. 이렇듯 많은 관련 저작이 존재하는 가운데 이 책은 다음과 같은 의의를 가지는 것이 아닐까 하는 것이 저자의 희망적 관측이다.

첫째, 방금 거론한 일련의 '고전'들 이후에 형성된 몇몇 새로운 논의에 입각하여 고전적 견해의 부분적 수정을 시도하고, 현대의 이론적 상황에 어울리는 내셔널리즘론을 제시하고자 하였다. 둘째, 그러한 이론적 측면뿐만 아니라 냉전종언 후의 새로운 국제정세 전개에 입각하여 현대적 상황에 관한 시론을 제기하였다. 셋째, 이들 '고전'은 모두 구미 연구자들에 의해 저술된 만큼 동아시아가 상대적으로 불충분하게 다루어졌다는 점을 보완하여 동아시아 국가의 독자들에게 가까운 작품이 될 수 있도록 노력했다. 마지막으로, 나의 본래 전공과 관계가 있는 것이지만 지금까지의 내셔널리즘론에서 그다지 다루어지지 않았던 러시아·구소련 여러 지역을 논의에 포함함으로써 최대한 시야를 확대하고자 하였다. 그러나 이들 목표는 "주관적으로 노력했다"는 데에 머무르며 실제로는 충분히 달성되지 못했다는 점은 자각하고 있다. 많은 한계나 결함으로부터 자유롭지 못한 책이지만, 다양한 독자들의 건설적 비평을

양식 삼아 앞으로 더 나아가고자 한다.

이 책은 적은 분량으로 특정 주제에 관해 깊이 파고들기보다는 폭넓은 사항을 개관한 책이라는 점에서 이른바 입문서 혹은 계몽서의 성격을 띠고 있다. 그러나 저자로서는 이뿐만이 아니라 몇 가지 새로운 문제제기를 시도하고, 이 주제에 대해 관심을 갖는 전문연구자도 흥미를 가질 수 있을 만한 작품이 되었으면 좋겠다고 희망하며 이 책을 집필하였다. 광범위한 일반 독자와 전문연구자 모두를 독자로 상정한다는 것은 지나친 욕심이므로 다소 어중간한 결과가 나왔을지도 모른다. 그러나 만약 각 유형의 독자들에게 약간이나마 지적 자극을 제공할 수 있다면 더없이 기쁠 것이다.

이 책의 일본어판은 2008년에 간행되었다. 따라서 그 이후의 사태에 대해서는 일절 언급하지 않고 있다. 이들을 포함하는 것은 전면적인 개정을 필요로 하는 큰 작업이 되기 때문에 단념하지 않을 수 없었다. 변명 같지만, 이 책은 현상분석을 주요 과제로 하지 않으며 오히려 거시적으로 현대에 대해 생각해보자는 호소를 담은 작품이며, 이는 여전히 의미 있는 시도가 아닐까 하고 기대해본다.

끝으로 한국 독자들의 솔직한 비평이 이어지기를 희망한다.

2012년 3월

시오카와 노부아키(塩川伸明)

'민족', '에스니시티', '네이션', '내셔널리즘' 등의 말을 들을 때, 사람들은 무엇을 떠올릴까.

아마도 상당한 차이가 있을 것이다. 어떤 이는 수년간 한국·일본·중국 사이에서 불거진 역사인식 문제에 관하여 내셔널리스틱한 논조의 응수가 이어지고 있는 것을 연상할 것이며, 다른 이는 냉전종식 후의 20세기 말에서 21세기 초에 걸쳐 세계 각지에서 연이어 발생한 다양한 에스닉분쟁과 지역분쟁─르완다, 코소보, 체첸, 카슈미르, 아체, 기타 다수의 사례가 있으며 그 가운데 일부에서는 '민족정화'라는 말이 난무했다─이나 그와 관련된 국제정치의 전개─지역분쟁에 대한 국제적 대처, 또는 특정지역에서의 인도적 위기회피를 명목으로 한 '인도적 개입' 등─를 생각할지도 모른다. 혹은 지구 전체를 석권하고 있는 글로벌화와 국경초월 현상의 증대로 인해 '국민국가'를 시대착오적이라고 규탄하는 한편, 그러한 추세에 대한 반발로서 나타난 배외적·우익적 내셔널리즘—프랑스의 르펜 현상, 독일의 네오나치 등—의 흥륭(興隆)에 주목하는 사람들도 있을 것이다. 나아가 20세기 후반에 소련이나 유고슬라비아 같은 다민족연방국가가 해체되고 '민족자결'이라는 이름하에 일련의 독립국가가 생겨난 것을 떠올리는 이들도 있을지 모른다.

이러한 것들은 오늘날 많은 사람이 주목하고 있는 큰 문제이지만, 이들은 본래 매우 잡다한 문제군으로서 공통적으로 논의될 만한 것인지의 여부에 대해서는 의문이 남는다. 이들 문제를 논할 때 빈번하게 '민족', '에스니시티', '국민국가', '네이션', '내셔널리즘' 등과 같은 말이 난무하는데, 이들의 의미, 정의, 상호관계 등은 무척이나 복잡하고 어떤 점을 문제로 삼고 있는지에 관한 공통된 이해가 부재한 실정이다. 이 때문인지 같은 말이지만, 전혀 다른 종류의 내용을 가리키는 일도 드물지 않다.

이러한 사정을 유념하면, 이들 말이 지나치게 남용되고 있으며, 이들 현상을 일괄적으로 논하는 것 자체가 적절하지 않다—이들은 오히려 별개의 문제로서 명확하게 구분해야 한다—고도 여겨진다. 다양한 말들이 명확한 정의 없이 사용되어 많은 혼란을 초래하고 있는 것은 사실이며, 서로 다른 경우를 명확하게 구별해야 한다는 생각에는 나름대로의 타당성이 있다. 그러나 각기 서로 다른 경우를 가리키면서 유사한 말이 사용되는 이유를 생각해보면, 이 책의 주제를 이루는 일련의 말-'민족', '에스니시티', '내셔널리즘' 등-이 어떠한 공통점이나 관련성을 갖고 있는 것은 아닌지, 그래서 종종 연관되어 논의되어 온 것이 아닌지 생각하게 된다. 같거나 혹은 유사한 말이 사용되었으므로 단일한 공통적 본질이 있다고 할 수 있는 것은 결코 아니지만, 그래도 다양한 차이를 포함하면서 부분적으로 서로 겹친다는 의미에서의 완만한 공통성-철학자라면 이것을 '가족적 유사'라고 부를지도 모른다-이 있는 것은 아닐까.

이 책은 이러한 관점에서 이들 말이 가리키고 있는 다양한 내용의 상호관계를 풀어보고 이론과 역사라는 양 측면에서 생각하는 것을 목표로 한다. 너무도 다양한 주제를 다루기 때문에 도저히 충분한 논의가 될 수 없다는 점은 각오하고 있다. 다만, 문제 상황을 어느 정도 정리하고 하나의 밑거름 정도가 된다면 좋겠다는 바람이다.

앞서 지적한 바와 같이, 이 책에서 다루는 문제군은 매우 복잡한 상호관계에 놓여 있다. 원인으로는 여러 가지 요인이 있겠지만, 다음의 문제가 가장 크지 않을까 생각한다. 민족·에스니시티 문제는 사람들의 일상생활에서의 감정·의식·행동과 관련된 측면(언어·종교·문화·생활습관·멘탈리티·개별 구체적인 인간관계 등)에서 다루어지는 한편, 협의의 정치, 특히 국가의 형성 혹은 분열과 관련한 측면에서도 중요한 문제로 등장한다. 이는 이른바 하이폴리틱스(high politics)[1]에 관여하는 정치 엘리트의 관점과 광범위한 대중의 관점이 만나는 지점이다. 이와 같이 광범위한 문제영역과 관련하여 다양한 관점에서 바라볼 수 있다는 점이 이 문제군의 성격을 더욱 복잡하게 하고 있다.

이와 관련하여, 민족·에스니시티 문제는 한편으로는 냉정(혹은 냉혹)한 타산에 기초한 합리적 선택의 대상이 되기도 하고 '도구'적으로 취급되는 면도 있으나, 다른 한편으로는 합리적 계산으로써는 충분히 납득되지 않는 '질척질척한' 감정이 폭넓게 동원된다. 정치인이 타산적 의도로 민족주의 감정을 동원하는 일은 드물지 않은데, 그 결과 당초 기대된 규모를 넘어서는 자기운동 현상이 일어나 제어할 수 없게 되는 경우도 적지 않다. 이때, 당초에 타산적으로 내셔널리즘 감정을 이용하려고 한 정치인은 옛날이야기에 나오는 '마법사의 제자(마법을 수행 중인 제자가 자기가 불러낸 마법을 멈출 수 없게 되는 이야기)'와 같은 입장에 놓이게 된다.

문제가 광범위하게 걸쳐 있는 만큼 이들 주제는 다양한 학문 영역에서 각기 다른 형태로 연구되어 왔다. 정치학(이것도 정치철학·정치이론, 아이덴티티 정치, 각국 정치사, 국가제도론 등으로 나뉜다), 사회학(이론사회학, 민족·에스니시티 사회학, 종교사회학, 아이덴티티 사회학 등), 문화인류학/사회인류학/민족학

---

1) 정치 중 군사 혹은 외교의 측면을 가리킨다.

('민속학'이라는 표현은 유럽 대륙에서 전통적으로 사용되어 온 것인데 대해, '문화인류학'은 미국, '사회인류학'은 영국에서 주로 사용되어 왔다. 일본에서 말하는 '민속학'은 '민족학'과는 구별되지만, 일종의 접점이 아주 없지도 않다), 사회언어학, 역사학(민족사, 지역사, 제국사, 사상사, 서벌턴(subaltern)[2]연구, 기타 다수의 사례연구), 문학비평(포스트콜로니얼비평) 등이 그것이다. 앞서 지적한 문제영역과의 관계로 본다면, 사회학·문화인류학·사회언어학 등은 주로 대중의 일상생활이나 의식과 관련되고, 정치학은 주로 하이폴리틱스와 관계된다. 그리고 역사학은 시점에 따라 이들 모두를 다룰 수도 있다. 그러나 이러한 대응이 엄밀한 일대일 관계라는 것은 아니다. 대상 자체가 다면적이므로 논의의 출발점이 어느 곳이든 간에 이들의 상호관계를 생각하지 않을 수 없다.

필자는 제도적으로는 정치학자이면서 역사학자로서 그 어느 쪽에도 완전히 속하지 않는 정체불명(正體不明)성을 가지고 있다. 또한 문화인류학, 사회학, 사회언어학 등에 대해서도 아마추어적 흥미에 기초한 단편적인 지식 흡수이기는 하지만 어느 정도 관심을 갖고 있다. 이러한 특징은 특정 훈련에 입각한 연구 추진에는 부정적 요소일 수도 있지만, 가능하면 그러한 특징을 역이용하여 복합적인 대상에 대한 다면적 접근을 종합하고자 한다.

---

2) 일반적으로, '하위자(下位者)'를 의미하는 이 말을 이탈리아의 사상가 그람시(Antonio Gramsci)가 『옥중 노트(*Prison Notebook*)』에서 사용한 것을 계기로 지배계급의 헤게모니(hegemony)에 종속된 하층 민중을 가리키게 되었다.

제1장에서는 다면적 대상인 민족·에스니시티 문제를 어떻게 다루어야 하는가, 또 다양한 용어를 어떻게 정의할까 하는 문제를 생각해보고자 한다. 다소 추상적인 논의가 될 수 있으나, 언어의 의미에 대한 일종의 '교통정리'를 해두지 않으면 이야기가 혼란스러워지므로 이를 방지하기 위하여 이러한 장을 설정하였다. 제2장부터 제4장까지는 역사에 입각하여 문제의 전개를 개관한다. 마지막으로 제5장에서는 지금까지의 논의에 입각하여 '난제로서의 내셔널리즘'에 대해 어떻게 생각해야 하는가에 관한 단서를 찾는 것을 목표로 한다.

추상론이 서툰 독자라면 제1장을 건너뛰고 제2장부터 제4장까지 먼저 읽은 후에 제1장으로 돌아가는 것도 하나의 방법일지도 모른다. 반대로 역사를 그다지 좋아하지 않는 독자는 중간 부분을 뛰어넘어 제1장과 제5장을 잇는 형태로 읽어도 대강의 줄거리는 파악할 수 있을 것이다. 그러나 역사적 고찰과 이론적 고찰은 밀접한 관계에 있으며 그다지 두텁지 않은 책이므로 가능하면 전체를 통독하기를 바란다.

※ 신서(新書)라는 책의 성격상, 전거(典據) 등의 표기는 최소화하였다.

차 례

제5장 ::::: 난제로서의 내셔널리즘

제1장

개념과 용어법

—정리의 한 시도

:::::

머리말에서 지적하였듯이, 이 책의 주제가 되는 일련의 개념 -'민족', '에스
니시티(ethnicity)', '네이션(nation)', '내셔널리즘(nationalism)' 등 - 은
시대나 논자에 따라 매우 다른 의미를 내포하며 사용되어 왔다. 이러한 개념
에 관해 논할 때 늘 따라다니는 혼란을 피하기 위해서는 일단 본서에서의 용
어법을 확정해둘 필요가 있다.

다양한 사람들에 의해 다종의 언어 사용이 이루어지고 있는 현실 속에서 이 책
에서의 용어법과 다른 여러 문헌에서의 언어 사용 사이에 차이가 생기는 것을
완벽히 피할 수는 없지만, 그 차이가 너무 클 경우 타인에게 통하지 않는 독선
적인 논의가 되어버린다. 따라서 가능한 한 많은 용례를 염두에 두고 이른바 최
대공약수적으로 일종의 폭을 가진 용어법을 탐구할 필요가 있다. 다음은 그러
한 시도의 산물로서, 현재 이루어지고 있는 다양한 용어법과 거리가 멀지 않기
를 기대한다. 그러나 다른 용어법과의 차이를 완전히 없애는 것은 불가능하며,
어쩔 수 없이 일종의 편차가 생긴다는 점, 따라서 다른 논자가 다른 용어법을
사용하는 사례도 많다는 점은 만약을 위해 미리 양해를 구하고자 한다.

제1절
에스니시티·민족·국민

먼저, 에스니시티·민족·국민이라는 세 개의 키워드부터 생각해보자(여전히 일본어의 '민족', '국민'과 유럽 국가들 언어의 대응관계도 큰 문제인데, 일단 일본어의 어감에 입각하여 생각하는 것으로부터 시작하고 유럽 국가들 언어와의 관계는 뒤로 미루기로 한다. 또한 '내셔널리즘'에 대해서는 나중에 고려해볼 것이다). 미리 세 키워드의 관계에 대해 주목해야 할 점을 지적해두자면, '에스니시티'와 '국민'은 명확히 차원을 달리하는 개념이지만, '민족'은 견해에 따라 어느 쪽에 가깝다고도 할 수 있는 양의성을 갖고 있으며, 이러한 상호관계를 푸는 것이 큰 과제가 된다.

'에스니시티'란

첫 번째로 다룰 것은 '에스니시티'이다[여전히 엄밀하게는 '에스니시티'는 '○○성'이라는 추상명사, '에스닉 그룹', '에스노스(ethnos)', '에스니(ethny)'는 특정 집단을 가리키는 명사로 구분하여 사용되고 있는데, 여기에서는 편의적으로 이들을 일괄하여 '에스니시티'로 대표하고자 한다]. 이 말은 우선 국가·정치와의 관련을 괄호에 넣어 혈연 내지 선조(先祖)·언어·종교·생활습관·문화 등과 관련하여 "우리는 ○○을 공유하는 무리다"라는 의식－거꾸로 말하면 '(우리가 아닌) 그들'은 그러한 공통성의 밖에 있는 '타자'라는 의식－이 퍼져 있는 집단을 가리킨다. 여기서 객관적으로 어느 정도의 공유－반대로 말하자면 타자와의 차이－가 있는지는 별개의 문제이며, 당사자가 그렇게 의식하고 있다는 점이 중요하다. '피의 연결'이 실제로 있는지 없는지는 종종 불확실하지만, '연결되어 있을 것이다'라는 막연한 감각이 널리 퍼져 있다면 그 자체로 중요한 의미를 갖는다.

그러나 주관성만을 강조할 경우 근거도 없이 아무 인간집단이나 에스니시티로 간주될 수 있는가라는 의문이 나올지도 모른다. 어떤 별난 개인이 관계가 먼 사람과 '관계가 있다', '동포다'라고 제멋대로 믿는다고 해서 에스니시티가 성립하는 것은 아니다. 그러나 이러한 주관이 광범위하게 퍼져 있다면 에스니시티라고 부를 수 있는 집단이 된다. 또한 이러한 주관이 어떤 조건에서 확산되거나 정착되는가에 대해서는 특정한 '객관적' 요인이 존재할 수 있으나, 여기서는 이 문제에 관해 깊이 다루지 않기로 하고 어떤 요인으로 인해 이러한 의식이 어느 정도 이상으로 확산되고 정착된 경우를 에스니시티라 부르기로 한다.

또 하나의 문제로서 앞에 몇 가지의 지표(혈연·언어·종교……)를 나열하여 지적했는데, 이들 중 무엇을 더 중시할지는 경우에 따라 다를 것이다. 이들 전부가 필수 요건이라거나 이것들이 반드시 서로 겹치는 것이라고 볼 수는 없으며, 다양한 역사적 조건 아래 우연히 어떤 지표가 당사자에 의해 중요시된다는 점이다. 선천적이라고 간주되는 혈통 및 유전적 특징─여기서 '유전'을 언급하는 것은 그것이 '과학적' 근거를 갖는지의 여부와는 별도로 대중적으로 그렇게 여겨지기 쉽다는 것을 의미한다─을 중심으로 생각하는 경우도 있고, 후천적으로 습득된 언어·문화를 중심으로 생각하는 경우도 있다. 그러나 당사자로서는 언어·문화도 마치 '선천적'인 것처럼 간주되는 일도 적지 않다. 따라서 단일지표에 의한 정의는 불가능하다. 오히려 어떤 지표를 가장 중요한 것으로 간주할 것인가 자체가 경우에 따라 다르다는 점에 주목할 필요가 있다(이에 대해서는 후술하는 '민족'에 대해서도 공통한다).

이러한 불확정성과 관련하여, 어떤 집단이 에스니시티에 해당할지도 일의적으로 확정할 수 있는 것이 아니라 다의적이고 가변적이라는 점을 지적해두고자 한다. 그것은 역사 속에 형성되거나 변동하거나 하는 것으로 고정된 절대적 존재가 아니다. 큰 에스니시티 안에 작은 에스니시티가 포함되고, 더 작은 에스니시티로 나뉘는 중층성도 있을 수 있으며, 집단 간 경계도 때때로 유동적이다. 이러한 다의성·가변성·중층성·유동성을 억제하는 것은 다면적 현상 분석을 위해 빼놓을 수 없는 관점이다. 그러나 당사자에게는 특정한 '우리' 의식이 단일하고 불변하는 것인 것처럼 여겨지는 경우도 많으며, 객관적으로 볼 때 고정적인 존재는 아니지만 주관적으로는 확고한 실재로 간주되는 것과 같은 그러한 집단으로서의 특성을 가진다.

'에스니시티'에서 '민족'으로

이상으로 '에스니시티'에 대해 살펴보았다. 에스니시티를 기반으로 해서 '우리'가 하나의 국가 내지 그에 준하는 정치적 단위를 가져야 한다는 의식이 확산될 때, 그 집단을 '민족'이라고 부르기로 한다. 이렇게 생각하면 에스니시티와 민족은 다른 개념이지만 어느 정도의 연속성을 갖는다. 양자가 크건 작건 서로 겹치는 듯한 사례를 염두에 둘 경우에는 두 말을 호환하여 사용할 수도 있다.

'에스니시티'가 점차 발전하여 '민족'이 된다는 생각을 받아들이면, 그 중간 단계—이른바 '민족'의 한 발 앞이라고 할 만한 존재—를 상정할 수도 있고, 그러한 집단에 '민족체', 기타 독자적인 명칭을 부여하는 사고방식도 있다[일찍이 소련에서의 '나로드나스띠(народность)'[1]론 등]. 그러나 이러한 단계론은 어느 정도에서 어떻게 선을 그을 것인가의 문제가 발생한다. 정치적 일체감이 어느 정도로 강해지면 '민족'이 되는가를 결정하는 절대적인 기준은 없

---

1) 국민, 민족, 종족 제도가 붕괴하는 과정에서의 민족체 등을 가리킨다.

다. 따라서 이 책에서는 견해에 따라서는 '민족의 한 발 앞'으로 간주될 수 있는 집단도 넓은 의미의 '민족'으로 생각한다(이와 관련하여, 민족으로 인정된 인간집단을 '○○인', 그 한 발 앞으로 간주되는 집단을 '○○족'이라고 나누어 부르지 않고 모든 민족·에스니시티를 일률적으로 '○○인'이라고 부르기로 한다).

'국민'이란

다음으로 '국민'에 대해 살펴보자. '국민'이란 어느 국가의 정통한 구성원의 총체라고 정의된다. 근대사회에서 국민주권론과 민주주의 관념의 확산을 전제로 하면 국민이란 그 나라 정치의 기초적인 담당자라는 것이 된다. 다시 말해, 국민주권적 발상이 확산되지 않았던 시기에는 '국민'이라는 관념 자체도 존재하지 않았고, 후의 '국민'은 '신민(臣民)'으로 파악되고 있었다. 이러한 관점에서 '국민'을 생각할 때, 한 나라 안에는 다양한 출신·문화적 전통을 가진 사람들이 있기 때문에 '국민'이 반드시 에스닉한 동질성을 갖는다고는 할 수 없다. 이 점을 중시하면, '국민'과 '민족', '에스니시티'는 전혀 다른 개념이며 차원을 달리한다고 볼 수 있다. 실제로 그러한 준별론은 하나의 유력한 논의로서 다수 논자가 제기하고 있다. 문화·전통의 공유와 근대국가의 제도적 틀이 반드시 일치하는 것은 아니라는 점－오히려 일치하지 않는 것이 보통이다－을 생각하면, 이들 개념을 따로 떼어놓아야 한다는 주장에도 충분한 이유가 있다.

그러나 이들이 서로 겹치는-혹은 '겹쳐 있을 것이다'라고 간주하는-경우도 많다. 어떤 에스니시티가 자신들의 국가를 갖고자 하는 운동을 고취하여(이것은 앞의 정의를 빌려 말하자면 '에스니시티의 민족화'이다) 국가를 획득할 때, 그 국가 이전의 '국민'은 주로 그 '민족'으로 구성되는 것이다.

또한 어느 국가가 그 통치하의 '국민' 사이에 일체감을 창출하기 위해 문화적 균질화 정책을 추진하고 일정한 성공을 거두면, 그 '국민'은 정도야 어떻든 '민족'적인 공통성을 갖게 된다. 앞 단락에서 지적한 것이 '민족의 국민화'라고 한다면, 이 단락에서 지적하는 것은 '국민의 민족화'라는 것이 된다.

이렇게 해서 '국민'과 '민족' 사이에는 서로 겹치는 부분이 발생하는데, 이는 완전한 것일 수 없고 항상 차이가 있다. 따라서 그 차이를 메우려 하거나 강제로 잘라버리거나 무시하거나, 혹은 그것에 반발하거나 등의 현상이 생긴다. '민족문제'란 이들 현상을 포괄한 문제군이라고 생각할 수 있다.

이상은 어디까지나 일본어의 어감에 입각했을 때의 이야기이다. 일본어의 '민족'과 '국민'은 모두 영어로 말하면 네이션이 된다(그렇다기보다는 원래 네이션의 두 가지 역어로 이 두 가지의 일본어가 생겼다). 유럽의 여러 언어에서 네이션(영국)/나시옹(프랑스)/나치온(독일)/나찌야(러시아)의 의미는 각각의 나라와 시대에 따라 다양하며, 단순한 여느 방법으로는 이해할 수 없는 복잡성을 갖고 있다(자세한 것은 다음 절 참조). 본서에서는 네이션의 일본어 역어가 두 종류 있다는 점을 이용하여 네이션에 에스닉한 의미가 짙게 포함되어 있는 경우에는 '민족', 네이션이 에스니시티와 떨어져 파악되고 있는 경우에 '국민'이라고 한다(단순히 도식화하면 아래 그림과 같이 된다). 물론, 실제로는 다양한 측면이 혼합되어 있어서 충분히 납득되지 않는 일도 많지만, 이론적 준비로서 일단 이렇게 정리해두는 편이 유용할 것이다.

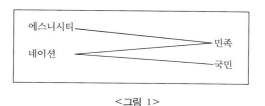

<그림 1>

구분의 어려움 : 자의성과 고정성

지금까지 지적해온 바와 같이, 에스니시티도 민족도 객관적으로 확정되어 있지 않으며, 다양한 구분이 있을 수 있다. 일반론으로서 무언가의 단위를 설정하거나 경계선을 긋는 작업은 어떤 것도 절대적인 것이 아니라 자의적일 수밖에 없다[스기다 아쓰시(杉田敦), 『경계선의 정치학(境界線の政治学)』]. 그러면서도 실제로 그어진 선은 집요한 고정성을 갖고 많은 사람들의 의식에 영향을 미친다. 그러나 그것이 절대적인 것이 아니라는 점은 역사의 특정 단계에서 갑자기 그것이 유동적으로 변함으로써 명확해진다. 이렇게 쓰면, 세속에 초연한 추상론을 말하고 있는 것처럼 보일지도 모르지만, 현실문제로서 어느 집단을 '에스니시티'라 부르고 '민족'이라 부를지는 때때로 큰 정치적 논쟁의 대상이 되고 있다. '민족'을 '자결'의 단위로 본다면, 무엇을 '민족'이라 할지는 그야말로 독립국가를 갖는 자격과 직결되어 열띤 정치 쟁점이 된다.

민족의 지표에 관해서는 다양한 생각이 있는데, 하나의 유력한 관점으로서 언어를 중요한 지표로 하는 것이 있다. 같은 언어를 공유하는 집단을 '하나의 민족'이라고 간주하는 것이다. 그러나 무엇을 '하나의 언어'로 간주하고, 무엇을 '방언'이라 볼 것인지 자체가 논쟁적이다. 서로 듣고 거의 이해할 수 없을 정도일 때에도 '같은 언어 속의 방언'으로 여겨지는 일도 있고, 충분히 서로 이해할 수 있을 정도의 근접성이 있어도 '다른 언어'로 여겨지는 일도 있다. 스페인어와 포르투갈어의 차이, 노르웨이어와 덴마크어의 차이, 일본 표준어와 오키나와 말(우치나구치)의 차이, 루마니아어와 몰도바어의 이동(異同), '쿠르드어'로 여겨지는 다양한 지역어 사이의 차이, 세르비아어와 크로아티아어의 차이, 타타르어와 바슈키르(Bashkir)어[2]의 차이, 몰드빈(Mordvin)어[3]의 모크샤

---

2) 러시아연방 내의 바시키르공화국에서 사용하는 언어로 투르크어족에 속한다.
3) 몰도바공화국의 공용어로 우랄어족 핀·우골어군에 속하는 언어이다.

(Moksha)방언[4])과 에르쟈(Erzya)방언[5])으로 여겨지는 것의 차이 등을 예로 들어보면, 차이의 대소와 '같은 언어 속의 방언인지 아예 다른 언어인지' 하는 문제가 단순한 대응관계에 있는 것이 아니라는 것을 알 수 있다. 어떤 언어가 '방언' 혹은 '독자 언어'인지는 순 언어학적으로 결정되는 것이 아니라 오히려 근대의 '국민국가' 형성이 어떠한 범위에서 진행되었느냐에 달려 있다.

　언어를 공유하는 집단은 종교와 기타 문화도 공유할 때가 있고, 그러한 복수 지표의 공유는 '우리' 의식을 강화하는 유력한 요인이 된다. 그러나 하나의 언어집단이 다른 종교로 나뉘는 일도 있고, 이 경우 그것은 하나의 민족인지 별개의 민족인지가 문제가 된다. 그루지야(Gruziya)[6])어를 사용하는 사람들의 다수파는 기독교도(정교도)이지만, 아자르인[7])처럼 그루지야어를 사용하는 무슬림이 있을 때 이들을 '그루지야인의 일부'로 간주할지 독자적 민족으로 볼지가 논쟁이 된다. 크랴셴인(Kryashens, 러시아정교로 개종한 타타르인)을 독자적인 민족으로 볼 것인지 아니면 타타르인의 일부로 볼 것인지, 무슬림이면서 아르메니아어를 사

---

4) 핀·볼가어군에 속하는 언어로 몰도바공화국과 러시아 일부 지역에 거주하는 사람들이 주로 사용한다. 문자로는 키릴문자와 라틴문자를 사용한다.
5) 몰도바공화국의 북부와 동부에서 주로 사용하는 언어이다. 문자로는 키릴문자를 사용한다.
6) 1991년 소비에트 연방에서 독립한 나라로 조지아(Georgia)라고도 불린다.
7) 그루지야 영내의 자치공화국인 아자리아(Ajaria)의 주민을 이루는 사람들로, 주민 대부분이 이슬람교를 믿는다.

용하는 사람들인 헴신(Hemshin)인[8]을 어떻게 볼 것인지도 마찬가지이다. 투르크계 언어(넓은 의미의 터키어)를 구사하는 집단의 다수는 무슬림인데, 정교도이며 투르크인인 가가우스(Gagauz)인[9]은 '정교로 개종한 터키인'인가, '원래 정교도였던 불가리아인이 후에 투르크화한' 것인가―이와 관련하여 몰도바 남부에 처음부터 선주(先住)하고 있었는지 '이민'해온 것인지―가 논쟁거리가 된다. 구유고슬라비아에서 '무슬림인(현재의 호칭은 '보스니아인')' 등은 그러한 민족 카테고리를 인정할지의 여부가 논쟁적이었던 전형적인 사례이다(이 사례는 제3장에서 상술한다).

언어든, 종교든, 기타 에스닉 문화든, 오랜 시간의 경과 속에 변용되는 것이 있는데, 그것을 '강제적 동화'로 볼 것인지 '자연스러운 과정'으로 볼 것인지도 보는 사람의 관점에 따라 다를 수 있다. 불가리아의 터키인의 경우, "일찍이 오스만제국에 의해 강제적으로 터키화된 불가리아인들의 자손이다"라는 설명에 의해 '원래의 불가리아인으로 돌아가는' 정책이 진행되었는데, 이 정책 자체가 새로운 '강제적 동화(불가리아화)'라는 비판도 강하다.

인간집단을 구분하는 방식은 추상적으로 생각해보면 다양한 방법이 가능하여 어느 하나만을 '옳다'고 단정할 수는 없다. 한편,

---

8) 터키 동부의 흑해 연안에 거주하며 아르메니아어를 사용하는 사람들로, 기독교에서 이슬람교로 개종한 아르메니아인의 자손으로 알려져 있다.
9) 주로 몰도바공화국 남부에 거주하는 투르크계 민족이다.

현실 사회생활에서 있을 수 있는 다양한 구분방식이 모두 선상에 있는 것은 아니다. 역사적 경위 속 어떤 구분방식에 따라서는 어떤 단위가 우월적 위치를 점하기도 하고 다른 구분방식에 열등한 위치에 놓이는―마침내 다른 구분방식의 가능성 자체를 의식하지 않게 된다―현상이 일어나기 때문이다. 절대적으로 '옳은' 유일한 구분방식이라는 것이 없는 이상, 이론적으로는 단위 설정은 가변적일 터인데, 일단 어떤 구분방식이 우월해지면 고정되기 쉽다. 특히 중요한 계기가 되는 것은 근대국가의 성립이다.

역사상 일정 시기에 어떤 공간적 범위에서 근대국가가 성립되면 그 국가에 의한 국민통합정책이 추진됨으로써 내부의 균질성이 높아진다. 그것은 단지 '위로부터'의 강제 때문만이 아니라 그 국가 범위 내에서의 커뮤니케이션 밀도가 높아져 거주민들이 다양한 교류를 통해 많은 경험을 공유하게 되기 때문이기도 하다. 그러한 경험의 축적 결과로서 마침 그 단위에서의 '공통성' 의식이 자명한 것인 듯한 양상을 띠게 되고, 근대국가가 이미 형성되어 안정된 상황에서 이는 여건(與件)으로 여겨진다. 그러나 그것이 막 형성되려고 하는 시기이거나 일단 확립된 국가가 어떤 요인에 의해 동요하는 시기에는 단위의 문제가 쟁점으로 떠오른다. 그리하여 특정 집단을 고정화시키는 방향과 그에 저항하며 다른 구분방식의 공인(公認)을 목표로 하는 방향 간의 공방(攻防)이 발생한다. 그러한 공방이야말로 이 책의 주요한 대상이다.

다양한 '네이션'관 : '민족'과 '국민'

근대국가는 국민의 어떤 의미에서의 일체성을 중시한다. 그렇기는 하지만 그 '어떤 의미에서의 일체성'이 구체적으로 어떠한 것인가는 한결같지 않다. 에스닉한 공통성이 국민 전체에 널리 퍼지는 것이 국민적 일체성의 기초라고 생각한다면 정치화된 에스니시티로서의 '민족'이 곧 '국민'이 된다. 이와 달리 에스니시티와 국민을 준별하여 '다양한 에스니시티에 속하는 사람들이 그 에스닉한 차이를 넘어 한 나라의 시민으로서의 공통성을 갖는다'고 생각하는 경우도 있다. 전자에서는 네이션과 에스니시티가 서로 겹쳐지는 데 반해 후자에서는 양 개념이 명확히 구별된다.

유럽 언어들에서의 '네이션'

'네이션', '내셔널리티'에 해당하는 언어는 유럽 언어들에 있는데, 그 사용방식은 나라와 시대에 따라 다르다. 이 책의 주제와의 관련에서 중요한 것은 이 말에 에스닉한 뉘앙스가 어느 정도 포함되어 있는가라는 점이다. 원래 이것은 어떤 의미에서는 정도의 차이일 뿐, 어느 나라이건 역사적 변천이 있기 때문에 너무 고정적·절대적으로 생각하는 것은 타당하지 않다. 그러나 이 책에서는 복잡한 역사적 변천까지 살펴볼 수는 없기 때문에 기본적으로 근대 이후에 있어서의 보편적 용법을 염두에 두면서 대략적인 특징짓기에 대해 생각하기로 한다.

이 관점에서 말하자면, 영어의 네이션/내셔널리티와 프랑스어의 나시옹(nation)/나시오날리테(nationalité)는 에스닉한 뉘앙스가 그다지 없고 '민족'보다 '국민' 쪽에 더 가깝다. 특히, 내셔널리티(영국)/나시오날리테(프랑스)는 '국적'의 의미로 사용되는 일이 많고, 국적은 영국에서는 혈통주의가 아니라 출생지주의에 의하고 프랑스에서도 19세기 말 이래 출생지주의 요소가 강화되었기 때문에, 그러한 의미에서도 에스니시티와의 결합은 약하다.

그러나 자세히 보면 영어권 가운데서도 국가에 따라 미묘한 차이가 있다. 미국의 경우 '네이션'은 거의 완전히 '국민'의 의미로 에스닉한 의미는 없다고 할 수 있다. "다수의 에스니시티가 그 복잡성을 넘어 단일한 미국 네이션(American nation)으로 통합한다"는 발상이 우세하다[미국에서는 '내셔널(national)'이라는 말은 '민족적'이 아니라 '전국적'이라는 의미가 된다]. 이에 대해 캐나다에서는 영어계 네이션과 프랑스어계 네이션이 각각 존재한다는 견해가 우세하며, 영국에서는 잉글랜드·스코틀랜드·웨일스 같은 복수의 네이션이 있다(아일랜드 독립 전에는 아일랜드도 포함되었는데, 그 후에는 북아일랜드만이 남았다). 여기서는 '네이션'이란 말에 어느 정도 에스닉한 요소가 포함되어 있으며 일본어의 '민족'에 가깝다. 이와 관련하여 '다민족국가'는 미국에서는 multiethnic state인 데 반해, 영국에서는 multinational state라고도 불린다. 이러한 미묘한 차이는 차치하고 대략적으로 보면 영국과 프랑스의 네이션관은 에스니시티와 상대적으로 거리가 있다.

이에 반해 독일 및 러시아에서는 나치온(Nation)/나치오날리테이트(Nationalität, 독일), 나찌야(нáция)/나찌오날리나스찌(нац иональность, 러시아)라는 말에 에스닉한 의미가 짙게 나타난다. 이 때문에 에스니시티와 관련이 없는 '국적'의 의미로 이들 말을 사용할 수는 없고, '국적'의 의미를 위해서는 별개의 말을 사용한다[독일어에서는 슈타츠앙게헬리히카이트(Staatsangehörigkeit), 러시아어에서는 그라즈단스뜨바(граждáн ство)]. 또한 독일은 국적과 관련해서 1999년의 국적법 개정 때까지 혈통주의를 채택하고 있기 때문에 '국민'이라는 말도 에스닉한 요소가 짙었다(단, 에스닉한 기원이 비독일계 사람이 어느 시점에 귀화하여 독일 국적을 얻으면 그 자손은 혈통주의에 기초하여 자동적으로 '국민'이 되기 때문에 그런 의미에서는 비독일계 에스니시티에 대해 전면적으로 닫혀 있었던 것은 아니다).

앞에서 영어권에서도 미국과 영국, 캐나다 사이에 미묘한 차이가 있다는 점을 지적했는데, 독일어와 러시아어 사이에도 미묘한 차이가 존재한다. 독일어에서는 포르크(folk)라는 말에 에스닉한 의미가 포함되는 일이 많은 데 비해 나치온에는 에스닉한 색채가 상대적으로 옅다. 나치온과 나치오날리테이트의 구별 — 전자는 '자신의 국가'를 확립하고 있는 데 비해 후자는 그것을 갖지 않는다는 뉘앙스가 있다 — 역시 전자는 '국민'으로 번역되지만 후자는 '소수민족' 내지 '에스니시티'라는 느낌이 된다.

이에 대해 러시아어의 나로트(Народ)는 독일어의 포르크와 비슷한 말(모두 '인민'으로 번역된다)이기는 하지만, 소련시대 이후 나찌야와 나로트를 구별하여 전자는 에스닉한 '민족', 후자는 초에스닉한 '국민'으로 구분하는 용법이 확산되었다. 오늘날 현행 러시아연방헌법(1993년 12월 제정)에 러시아연방의 주권 담당자는 '다민족적 국민'이라고 되어 있는데, 여기서 '다민족적'이라고 번역한 것은 복수의 나찌야라는 의미의 형용사, '국민'으로 번역된 것은 단수형의 나로트이다(영어번역에서는 multinational people). 이처럼 나치오날리테이트(독일)와 나찌오날리나스찌(러시아)는 모두 에스니시티를 가리킨다는 의미에서는 거의 같은 뜻인 데 비해 나치온(독일)과 나찌야(러시아) 사이에는 다소 차이가 있다(전자는 '국민'과 '민족'의 두 가지로 해석되는 데 비해 후자는 거의 전면적으로 '민족'으로 해석된다). 그러나 시대에 따른 변천으로 인해 현재 러시아에서는 미국식 영어의 급격한 유입에 따른 말의 의미 전환이 진행 중이며, 그 종착점은 아직 확언하기 어렵다.

미국처럼 '네이션'과 '에스니시티'가 준별되어 있는 경우, 후자는 전자보다 작고 그 안에 포함된 하위집단이라는 의미가 된다. 이와 달리 에스니시티가 네이션의 기초로 이해되는 경우에는 어느 시점까지는 큰 국가 안의 소수파였던 에스니시티가 정체성과 조직력을 높임으로써 네이션이 될 수 있다는 연속성이 있다. 제2장에서 보는 바와 같이, 첫 번째 관점은 신대륙에서, 두 번째 관점은 구대륙에서 우세하다. 이 책에서는 어느 한쪽만을 '옳은 용어법'이라고 하지 않고 문맥에 따라 두 가지의 사고방식이 있다는 사실 자체에 주목하고자 한다.

다양한 에스니시티 표현

이와 같은 네이션관의 차이와 관련해서 한 나라에 다수의 에스니시티가 있다는 점을 의식할 때의 표현 방식도 나라마다 다르다. 미국에서는 '○○계 미국인'이라고 말하는 방식이 자주 사용되는데 여기서의 '○○계'는 에스닉한 출신, '미국인'은 국적=시민권을 가리키고 있다('유대계 미국인', '일계 미국인' 등). 이것은 '이민의 나라'라는 특수성에 유래하는 것으로 반드시 '세계표준'인 것은 아니다. 이에 대해 러시아의 경우 미국에서라면 '유대계 미국인'이라고 불려야 될 사람들은 '(러시아 국적을 갖는) 유대인'이며, 그 이외에도 '(러시아 국적을 갖는) ○○인'이 다수 있는 것이 된다(여기서 '○○인'은 에스닉한 의미에서의 '민족'이다).

일본의 경우는 어떨까. '일계 미국인'이라고 말하는 방식이 있는데, 이는 미국식 용어법이 일본에 수입된 것이다. 그렇지만 일본어 어감이 이로써 충분히 표현된 것은 아니다. 그 근거로 미국인이 일본 국적을 취득해도 그 사람을 '미국계 일본인'이라고 부르는 일은 거의 없다는 점을 들 수 있다. 또한 프랑스 국적이나 러시아 국적을 취득한 일본인을 '일계 프랑스인'이라거나 '일계 러시아인'이라고는 거의 말하지 않는다. 재일한국인이 귀화해서 일본 국적을 취득해도 '한국계 일본인'이라는 표현은 좀처럼 사용되지 않고, 여전히 '재일한국인(단, 국적은 일본)'이라는 표현이 된다. 이것은 일본어의 '○○인'이라는 표현이 부분적으로 미국식(국적 우선)을 받아들이면서도 전체적으로는 에스니시티를 강하게 의식하고 있다는 것을 말해준다.

언어 용법과 '국민'관

이와 같이 다양한 언어 간의 차이에 관해서는 단순화한 도식만으로는 명쾌한 결론을 내기 어렵다. 이를 유념하여 간단히 정리하자면, 네이션 및 그 관련어는 영국과 프랑스에서는 비(非)에스닉한 '국민'의 의미로 사용되는 일이 많은 데(미국에서는 그것이 가장 철저하게 지켜진다) 비해 독일과 러시아에서는 에스닉한 의미가 상대적으로 짙다고 할 수 있다. 그리고 일본어의 경우 네이션을 '국민'으로 번역하면 영국과 프랑스적인 뉘앙스, '민족'으로 번역하면 독일과 러시아적인 뉘앙스가 된다. 환언하면, 일본어의

'민족'은 에스니시티와 비교적 가까운 의미를 갖지만, 영어의 네이션(특히 미국적인 네이션관)은 에스니시티와 명확히 다르다.

한 가지 주의사항을 추가한다면, 이 절에서 문제 삼은 것은 '네이션'과 그 동계(同系)어가 각국 언어에서 어떠한 의미로 사용되고 있는가 하는 것이었을 뿐이므로, 용어법만으로 각국의 '국민'관과 내셔널리즘의 양태가 결정되는 것은 아니다. '네이션'에 해당하는 말에 에스닉한 뉘앙스가 포함되어 있다고 해서 그 나라의 국민관이 전적으로 에스닉하다고 말할 수는 없다. 전술한 바와 같이, 러시아어의 '나찌야'는 에스닉한 뉘앙스를 포함하여 사용되지만, 이와는 별도로 비에스닉한 국민이라는 의미에서 '나로트'라는 말을 사용할 수 있는 이상, 러시아어권에서 비에스닉한 [혹은 시민적(civic)인] 의미에서 사용되고 있는 영어와 프랑스어권에서도 그것이 정말로 에스니시티와 완전 무관하다고 생각한다면 의문의 여지가 생긴다. 국민관/내셔널리즘의 분류로서의 시빅 내셔널리즘과 에스닉 내셔널리즘의 비교에 대해서는 제5장에서 다시 한 번 다루겠지만, 이 장에서 살펴본 용어법은 그 문제에 직접적으로 대응하지는 않는다는 점을 확인해두고자 한다.

제3절

내셔널리즘

'내셔널리즘'이란

지금까지는 주로 '에스니시티', '민족', '국민'과 같은 개념에 대해 생각해보았다. 다음으로는 이를 바탕으로 '내셔널리즘'이라는 개념에 대해 살펴보자.

내셔널리즘은 극도로 다양한 현상이다. 그것은 다른 여러 가지 정치이데올로기와 자연스럽게 결합한다. 리버럴리즘(liberalism)과 결합될 때도 있고 반(反)리버럴리즘의 색채를 짙게 띨 때도 있다 (최근 동향으로서는 리버럴리즘을 적대하는 경향이 현저하고 내셔널리즘은 무릇 리버럴리즘과 양립하지 않는 것으로 간주되는 일이 많으나 역사적으로는 오히려 리버럴리즘과 나란히 등장했다). 사회주의나 공산주의와 결합되는 때도 있고, 열렬한 반공주의와 결합할 때도 있다. 파시즘의 기초가 되기도 하였고, 그에 저항하는 사상·운동이 되기도 했다.

이러한 다양성을 갖는 사상·운동의 최대공약수적인 정의를 탐구하려는 시도는 많은 사람에 의해 이루어져 왔다. 이 가운데 비교적 유력한 설명은 내셔널리즘이 정치적 단위(단적으로는 국가)와 내셔널한 단위를 일치시키려는 사고 및 운동이라는 것이다[전형적으로는 어네스트 겔너(Ernest Gellner), 『민족과 내셔널리즘(*Nations and Nationalism*)』]. 이것은 하나의 명쾌한 정의이다. 그러나 여전히 의문이 남는다. 먼저 이 정의에서는 네이션이 문화적 내지 에스닉한 측면에서 다루어지고 있음으로, 그러한 '내셔널한 단위'와 정치적 단위가 어떠한 관계에 있는가가 문제가 된다. 즉, 여기서 말하는 네이션은 일본어로 말하면 '민족'에 해당하며 비에스닉한 네이션인 '국민'이 아니라는 것이 된다.

이러한 네이션관을 전제로 민족의 분포범위와 국가 영역과의 관계에 대해 살펴보자. 양자의 공간적인 대소관계를 기초로 할 때, 다음과 같은 네 가지 유형을 생각해볼 수 있다(지금까지 지적해온 바와 같이 어떤 범위의 인간집단을 '민족'으로 간주할 것인지는 추상적으로 생각하면 일의적이지 않지만 역사적으로는 일정한 조건 아래 '이 범위의 사람들이 민족이다'라는 의식이 확산되는 일이 있다. 이하에서 '민족'의 분포범위를 문제 삼는 것은 그러한 상황을 전제하고 있다).

네 가지 유형

① 제1유형으로 어떤 민족의 분포범위보다도 기존의 국가가 작아 복수국가분립상황인 경우가 있다. 이러한 상황 속에서 발생하는 내셔널리즘은 분립상황의 통일을 요구하는 운동이 된다. 고

전적으로는 19세기의 독일 통일과 이탈리아 통일의 예를 들 수 있다. 1950~60년대에 활발하게 주창된 아랍 내셔널리즘(아랍 국가들의 통일을 요구하는 움직임), 1990년에 실현된 동서독일 통일에도 같은 요소가 포함되어 있다. 오늘날에도 한반도, 중국과 대만, 기타 다양한 사례가 있다.

이상은 국가가 통일되어 있지 않은 경우이지만 어느 정도의 통일을 성취하고 있어도 그 국가의 영토 밖에 해당 민족과 같은 계통의 사람들이 결속해서 사는 지역이 있는 등의 상황도 흔하다. 이 경우, 그 지역을 획득 혹은 '탈환'하려는 움직임이 발생할 때도 있는데, 이는 실지회복운동(失地回復運動)이라고 불린다.

이 밖에 영토까지 요구하지는 않지만, '재외동포'의 보호를 추진하려고 하는 운동 등도 어느 정도 비슷한 성격을 띤다. 러시아가 '재외 러시아인'을 보호하려고 하거나 세르비아인이 '재외 세르비아인'의 보호에 관심을 보이거나 헝가리가 '재외 헝가리인'에게 무언가의 특전을 부여하려고 하는 것 등이 그 예가 된다. 일본의 경우를 보면, '일계 브라질인' 등은 순전한 '외국인'보다는 어딘지 모르게 '가까운' 존재로 간주하는 일이 많다.

② 제2유형은 제1유형과는 반대로 어떤 민족의 거주지역이 다른 민족을 중심으로 하는 큰 국가의 일부에 포섭되어 소수파가 된 경우이다. 이때 내셔널리즘은 지금까지 속해왔던 국가로부터 벗어나 독립국가를 가지려 하거나 혹은 그 국가 안에서 정치적

자치를 획득하려고 하는 운동이 된다. 연방화 요구나 문화적 자치 요구라는 형태를 띠는 일도 있을 수 있다. 이런 종류의 내셔널리즘의 구체적인 사례는 일일이 열거할 수 없을 정도로 많다.

여전히 어떤 민족이 복수국가의 영토에 걸쳐 존재하고 스스로의 국가를 갖지 않을 경우, 한편에서는 기존 국가로부터의 독립을 요구하고 다른 한편에서는 거주지역의 통일을 요구함으로써 제1유형과 제2유형이 겹치게 된다. 과거 역사에서 보면, 독일·오스트리아·러시아로 분할되어 있었던 폴란드의 국가부흥운동이나 러시아제국과 오스만제국에 걸쳐 거주하고 있었던 아르메니아의 민족운동 사례가 있고, 현대에서는 쿠르드 내셔널리즘의 경우(주로 이란, 터키, 이라크에 분포)가 잘 알려져 있다.

③ 제3유형을 살펴보자. 어떤 민족의 분포범위와 특정 국가의 영토가 거의 겹쳐 있는 경우는 어떠할까. 겔너식의 정의에서는 이 경우에는 이미 내셔널리즘의 목표가 달성되어 있는 것이기 때문에 내셔널리즘 운동은 일어나지 않는다는 것이 될 것 같은데, 반드시 그런 것도 아니다. 첫째로는 영토가 거의 겹쳐 있다고 해도 그것은 완전한 일치일 수는 없고 부분적인 차이가 있기 때문이다(한편에서의 '재외동포', 다른 한편에서의 '국내소수민족'의 존재). 그렇지만 이러한 문제에 대해서는 어느 정도 제1유형과 제2유형의 변형으로 이해할 수 있다.

보다 중요한 것은 국가 범위와 민족 범위가 기본적으로 합치한다고 간주되고 있는 나라에서도 "우리는 한 민족(일 터)인데도 불구하고, 그 일체성을 충분히 자각하지 못하고 있는 자들이 있다. 그러한 자들의 민족적 자각을 높여 우리의 일체성을 보다 강화해야 한다"고 하는 생각이나 운동이 발생하는 경우가 있다는 점이다.

특히, 대외적으로 다양한 경쟁 내지 대항관계에 놓여 있을 때, "이러한 국제경쟁에서 이기기 위해서는 국민＝민족으로서의 단결을 보다 강화하지 않으면 안 된다"는 형태의 내셔널리즘이 발생하기 쉽다. 말할 필요도 없이, 고전적으로는 국가 간 전쟁이 가장 으뜸가는 것이었고, 현대에서는 경제경쟁ㅡ'경제전쟁'이라고 일컬어질 때도 있다ㅡ이 큰 의미를 갖게 되었다. 스포츠 국제대회 등도 이른바 전쟁의 대체물 같은 측면을 갖고 있다.

④ 제4유형은 어떤 민족이 넓은 공간적 범위에 걸쳐 여러 나라에서 분산 거주하고 있지만, 어디에서나 소수파인 경우이다. 이른바 디아스포라(diaspora)이다. 이 말은 말할 필요도 없이 유대인으로부터 유래하였으며, 그 외에 디아스포라가 많은 민족으로는 중국인(이른바 화교), 아르메니아인, 인도인(인교) 등이 유명하다. 또한 이스라엘 건국 후에 난민으로 탈출한 팔레스타인인들도 새로운 디아스포라의 사례가 되었다. 이 말을 확대 적용할 경우, 이외에도 많은 예를 찾을 수 있다(재일한국·조선인에 적용한 논의도 있다).

디아스포라는 어딘가에 '거점'이 되는 '본국'이 존재하는 경우와 그러한 '본국'을 갖지 않는 경우가 있다. 화인(華人) 및 화교(화인은 현지 국적을 취득하고 있는 자, 화교는 중국 국적인 자라는 점이 대강의 구별이지만, 양자가 그다지 명확하게 구별되어 있지는 않다)의 경우, 중국이 '본국'이 되어야 할 터이지만 출신지역(남부가 많은데 그 안에서도 지역 차가 있다)마다 구어가 다양하기 때문에 20세기 초반 이전에는 '중국인'으로서의 일체성 의식이 없었다는 문제, 그리고 '중국인' 의식이 형성된 이후에도 대륙과 대만 중 어느 쪽을 '본국'으로 볼 것인가 하는 문제가 있다. 유대인은 20세기 중반까지 '본국'을 갖지 못했지만, 이스라엘 건국으로 '본국'을 획득했다(거꾸로 이후 디아스포라화한 팔레스타인인은 '본국'을 요구하는 운동을 오래도록 이어가게 된다). 아르메니아는 옛날에 국가를 잃고부터 제1차 세계대전기까지 '본국'이 없었으나, 러시아혁명 후 단명한 아르메니아공화국(다시나크 정권10))을 거쳐 소련 내의 아르메니아공화국이 일종의 유사 본국－여러 외국에 재주(在住)하는 아르메니아 디아스포라에게는 조건부이면서도 대강의 '본국'으로 간주되었다－이 되고 1991년 독립하면서 보다 본격적인 '본국'이 되었다.

디아스포라운동은 현재의 거주국 안에서 여러 권리를 획득하

---

10) 제1차 세계대전 당시 아르메니아인들은 친터키와 친러시아로 분열하였다. 이러한 분열은 전쟁 후에도 이어져 1918년에 일단은 독립을 선포하였으나, 승전국들은 여전히 아르메니아를 터키에 양보하려고 하였기 때문에 사회주의 성향을 띠고 러시아로부터 지침을 받고 있었던 다시나크(dashnak)당 정권은 모스크바 정부에 도움을 요청함으로써 후일 소련 구성 공화국이 되는 기반을 마련하게 된다.

는 것을 중시하는 경우도 있는데, 이는 그 국가 안에서의 공민권 운동이기 때문에 통상 '내셔널리즘'이라고 불리지 않는다. 디아스포라의 정치운동이 내셔널리즘이 되는 것은 그때까지 본국을 갖지 않았던 디아스포라가 본국을 획득하려는 운동(시오니즘이 그 전형)이거나 혹은 이미 본국이 어딘가에 있어서 그것과의 연계를 유지하고 강화해가는 운동의 형태를 띠는 경우이다. 이것은 '원거리 내셔널리즘'의 한 예가 된다.

패트리오티즘과 내셔널리즘

개념상의 또 하나의 문제로 애국주의 즉, '패트리오티즘(patriotism)' 과 '내셔널리즘'을 어떻게 구별하는가 하는 논점이 있다.

이 두 말의 구별법에는 몇 가지가 있다. 한 가지 방법은 충성 내지 애착의 대상의 차이에 주목하는 것으로, 이 자체로 두 가지로 나눌 수 있다. 하나는 패트리오티즘이 '애향심'으로 번역되는 것과 같은 좁은 범위에 대한 애착을 가리킨다면, 내셔널리즘은 보다 넓은 국가에 대한 충성이라는 것이다. 다른 하나는 대소관계를 반대로 상정하여 다민족국가에서는 그 나라 전체에 대한 충성심이 패트리오티즘이고, 그 가운데 특정 민족에 대한 충성심이 내셔널리즘이 된다. 예컨대, 소련 전체에 대한 충성이 소비에트 패트리오티즘이고, 그 가운데 우크라이나에 대한 충성이 우크라이나 내셔널리즘이라는 구별이 된다. 다민족국가에서 사용되는 이러한 용어법은 일본인에게는 익숙하지 않지만, 잉글랜드, 스코틀랜드,

웨일스, 아일랜드(지금은 북아일랜드만)로 이루어진 연합왕국(영국)에서도 어떤 의미에서는 소련과 마찬가지로 그레이트 브리튼 (Great Britain)에 대한 패트리오티즘에 대해 스코틀랜드나 웨일스에 대한 내셔널리즘이 대치되게 된다. 그러나 이 경우, 패트리오티즘과 내셔널리즘은 충성심의 대상이 다르므로 차이가 확실하다.

또 하나의 구분은 어느 대상에 충성·헌신할지와 무관하게 그 방식에 주목하는 것인데, 이것도 한 가지가 아니다. 단순 소박한 애착심이나 동료의식을 '애국심', 보다 자각적인 이데올로기를 '내셔널리즘'이라고 구분하는 견해, 과도하게 빠져 들어가 배타적이고 편협한 태도를 '내셔널리즘'이라고 부르고, 보다 열린 의식을 '애국주의(애국심)'라고 보는 구별, 혹은 공공성이나 자유를 기초로 한 것을 '애국주의(애국심)', 공공성을 결여한 자기중심적 의식을 내셔널리즘이라고 부르는 논의 등 여러 가지 구별방식이 존재한다.

이들은 각각 논의의 방향을 달리하지만 보통 '애국심(애국주의)'이라는 말에 긍정적 이미지, '내셔널리즘'이라는 말에는 부정적 이미지가 내포된 경우가 많다. 그 때문에 논쟁 당사자들은 때때로 "나는 애국자인데 너는 내셔널리스트다"라고 말하는 경향이 있다 (Hugh Seton-Watson, *Nations and States*, London, 1977, p.2). 그러나 이것은 사실은 단순한 수사적 구분에 지나지 않는다. 이 문제는 내셔널리즘이라는 것을 어떻게 평가할 것인가 하는 중요하고도 곤란한 문제와 관련되므로 제5장에서 다시 논하기로 한다.

제4절

'민족문제'의 파악법

'민족'의 파악법을 둘러싼 대항도식

'민족'이란 말을 네이션과 에스니시티 중 어느 쪽으로 끌어당기든 그것을 어떻게 파악하고 평가할지는 매우 큰 문제이며 방대한 양의 논의가 축적되어 왔다.

근래 20~30년 정도 사이에 연구자들 사이에 우세해진 관점은 민족이란 '만들어진' 것으로 근대사회의 새롭고 고유한 현상이라는 것이다. 어떤 의미에서는 이에 대략적인 합의가 이루어진 듯이 보인다. 그러나 한편으로 연구자 이외 사람들의 일상의식이라든가 현재의 다양한 민족적 운동에 관여하고 있는 사람들 사이에서는 그러한 관점이 그다지 폭넓게 수용되고 있지 않은 현실이 있다. 또한 이론적으로도 '만들어진다'거나 '근대적'이란 도대체 어떠한 것인가를 둘러싸고 여러 가지 의문이 제기되고 있다. 그러한 이상, 방금 지적한 '대략적인 합의'는 일단 출발점이 될 수 있다고 해도 그것만으로 모든 것이 해결되는 것은 아니며, 검토가 더 필요한 것으로 받아들여지고 있다. 이 책과 같은 작은 책에서 이렇듯 큰 문제를 충분히 다루기는 어렵겠지만 대략의 방향을 살펴보고자 한다.

연구자들이 자주 사용하는 추상적인 말투에서는 원초주의 대 근대주의, 본질주의 대 구축주의, 표출주의 대 도구주의 등과 같은 형태로 논점이 정리되는 일이 많다[이 외에도 용어법에는 다양한 변화(variation)가 있다]. 예로 들은 세 가지 조합의 대항도식은 서로 겹치는 부분이 있으므로 동일시되는 경우도 많다. 한편에서는 '원초주의=본질주의=표출주의'라는 등식으로, 다른 한편에서는 '근대주의=구축주의=도구주의'라는 등식으로 정리하는 것이다.

그러나 잘 생각해보면, 이들이 서로 완전히 겹치는 것은 아니다. 이들의 상호관계를 푸는 것은 상당히 복잡한 작업이 되는데, 여기서는 대략 다음과 같이 생각해보고자 한다[정리의 방식에 대해 요시노 고사쿠(吉野耕作), 『문화 내셔널리즘의 사회학(文化ナショナリズムの社会学)』을 참고했으나 일부 수정하였다].

앞의 세 가지 조합의 대항도식은 각각 차원을 달리한 조합이다. 역사 해석에 관해서는 원초주의와 근대주의가 짝을 이루고, 다양한 운동의 원동력이라는 해석에서는 표출주의와 도구주의(합리주의)가 짝을 이룬다. 그리고 철학적 인식론의 차원에서는 실재론(본질주의)과 구축주의가 짝을 이룬다. 이렇게 나눌 경우, 인식론적으로는 구축주의적인 발상이 하나의 중요한 기초가 된다고 생각된다. 단, 그것이 과도한 단순화에 빠지거나 현실을 벗어난 것이 되지 않도록 하기 위해서는 다른 차원과의 관계에 대해 좀 더 파고들 필요가 있다.

구조주의와 근대주의

구조주의란 민족에 한정되지 않고 다양한 사회적 개념이 일정한 사회적·역사적 문맥 안에서 '만들어지는' 측면을 중시한다. 민족의 '본질'이라는 것이 실체로서 존재하는 것이 아니라고 가정하고 그것이 특정 문맥에서 '만들어진' 과정에 주목하는 것이다. 따라서 민족은 영원불변한 것일 수 없으며, 역사 속에서 변화하는 것이 된다. 그런데 '근대화과정 속에 만들어진다'와 같이 생각하면 민족은 예컨대 낡은 장식을 하고 있어도 실제로는 근대에 발생한 것이 되어 이른바 '근대주의'와 연결된다. 이 때문에 구축주의와 근대주의는 종종 동일시되고 있다. 그렇지만 개념이 '만들어진' 것은 근대에서뿐만이 아니기 때문에 구축주의적인 발상을 근대주의로만 한정하는 것은 타당하지 않다.

근대주의의 관점을 과도하게 강조하면 전근대와의 연결을 과소평가하지 않을 수 없는데, 그것은 비판을 받을 여지가 있다. '네이션'이라는 말을 근대적인 의미로 이해한다면, 대부분 동어반복(同語反覆)적으로 "네이션은 근대의 산물이다"라는 결론이 나오는데, 그 배아(胚芽)나 소재와 같은 것에 대해서는 근대 이전으로 거슬러 올라가 파악하는 것도 가능하며, 실제로 그러한 관점에서의 근대주의 비판도 종종 제기되고 있다. 앤서니 스미스(Anthony Smith)는 스승인 겔너의 근대주의가 도를 넘고 있는 것을 비판하여 근대적 네이션에는 전근대의 '에트니'라는 원형이 있다는 관점을 제기하여 많은 이들에게 영향을 미치고 있다(*The Ethnic Origins of Nations*). 홉스봄(Eric Hobsbawm)은 보다 '근대주의'에 가까운데 '프로토 내셔널리즘(이른바 내셔널리즘의 원형)'에 주목함으로써 역사적 배경을 받아들이려 하고 있다(*Nations and Nationalism since 1780 : programme, myth, reality*). 체코 출신 연구자 흐로흐(Hroch)도 민족운동의 역사적 기원과 그 단계적 발전을 중시하고 있다(Miloslav Hroch, "From National Movement to the Fully-formed Nation: the nation-building process in Europe", *New Left Review*, no.198, March/April 1993).

이러한 문제제기에는 일정한 의의가 있는데, 이때 근대적 네이션의 원형이 된 것—스미스가 말하는 '에트니'—의 지속적 안정성만을 강조하면 다소 원리주의에 가까워져 비역사적인 고정화에 빠져버린다. 전근대에서의 에스닉한 공동체성도 각각의 시기에 다양한 조건 아래 만들어지고 또 변용되어 왔을 터이다. 그리고 그것이 근대적 네이션에 접속한다고 해도 반드시 '같은' 카테고리로 이어진다고 할 수는 없다. 내용—어떠한 전통과 문화를 갖는 민족인가—이 변할 가능성은 말할 필요도 없고, '민족'의 구분방식—어느 집단을 '하나의 단위'로 간주할 것인가—도 가변적

이어서 가능한 복수의 선택지 안에서 특정한 어떤 것이 근대국가의 형성과정에서 선택된다. 스미스의 소론(所論)은 겔너식의 근대주의의 지나침을 시정하는 한에서 일정한 의미를 갖고 있는데, 전근대에서의 '에트니' 파악에서 다소 본질주의(실재론)에 치우친 느낌이다.

이 책은 필자 자신의 관심과 시야의 한계 때문에 기본적으로 근대 이후의 시대를 대상으로 하지만, 보다 옛날 역사로 거슬러 올라가며 구축주의적 시각을 살리는 것도 이론적으로는 가능할 것이다. 그런 의미에서 구축주의와 근대주의는 유사성을 갖지만 전자가 보다 사정거리가 멀다고 할 수 있을 것이다.

도구주의와 그 한계

'구축주의'와 '도구주의'도 종종 동일시되고 있는데, 어느 정도 구별이 가능하다. 단순화해서 말하자면, 전자는 '만들어진다'는 것을 중시하는 관점인 데 비해 후자는 '어떻게든 만들 수 있다'는 뉘앙스를 갖기 쉽다. '만들어진다'는 것은 여러 행위자의 다양한 작용이 복합되어 결과적으로 만들어져 간다는 것으로 특정 행위자의 의도가 그대로 실현된다는 것은 아니다.

정치인이나 이데올로그가 특정한 집단의식을 만들어내려 하거나 혹은 특정 정치목적을 위해 '민족'의식을 이용하려는 경우는 자주 지적되어 왔다. 정치인·이데올로그에 한정되지 않고, 일반

서민이라 해도 그 귀속의식의 대상이 단 하나의 집단뿐만 아니라 복수의 집단일 수 있는데, 그 가운데 어느 집단에 대한 귀속을 강조하는 것이 유리할지는 상황에 따라 다르다. 그러한 조건하에서 사람들은 자기의 귀속지를 실리적·합리적 판단으로써 경우에 따라 구분할 수도 있다. 이러한 면에 주목하면, 귀속의식은 합리적 판단에 기초하여 '도구'적으로 다루어지는 것처럼 보인다.

반면에, 그러한 구분이 언제나 자유롭게 가능할 것이라는 법은 없고 어느 정도 고정적인 정념(情念)에 사로잡히는 일도 적지 않다. 또한 귀속의식을 조작하려고 한 정치인이 거꾸로 스스로 동원한 대중의식에 속박되는 따위의 일도 종종 있다(머리말에서 지적한 '마법사의 제자'와 같은 상황). '도구주의'적인 관점은 집단의식 형성의 어느 측면을 포착하고는 있지만 각자의 의식적 선택을 지나치게 강조하는 경향이 있으며, 또한 그것과 관계해서 인간행동을 과도하게 합리주의적으로 파악하는 경향이 있다. 이에 대해 '사회적 구축'의 관점은 무수한 사람의 의식적·무의식적 선택의 결과적 산물로서 다양한 개념을 파악하는 것으로, 단순한 '도구주의', '합리주의'보다도 폭이 넓다.

'만들어진 것'과 '자연적인 것'의 사이

집단의식이 '만들어지는' 과정은 집단의 관점에서 파악하는 경우와 개개인에 입각해서 파악하는 경우 양상이 달라지기도 한다.

이는 개개인에게는 그 집단의식은 자신이 태어나기 이전에 이미 '만들어져 있기' 때문에 자신이 선택하는 것이라는 식으로 받아들여지지 않고 오히려 옛날부터 존재하는 '원초의' 소여(所與)로 비치기 때문이다.

막 태어난 유아에 대해 생각해보면, 언어를 비롯한 집단문화는 유전자에 처음부터 박혀 있는 것이 아니다. 태어나자마자 진짜 부모에게서 떨어져 그것과는 다른 문화 환경 아래서 자란 아이의 경우를 생각해보면, 아이가 어떠한 언어를 '모어'로 하고 어떠한 문화를 '자기 것'으로 몸에 익히는지는 '낳은 부모'보다는 '기른 부모', 즉 어떠한 환경에서 자랐는가에 따라 규정된다. 그러나 그러한 문화습득은 유아기에 이루어지기 때문에 '스스로 선택했다'는 자각은 거의 없다. 그리고 일단 어떤 연령까지 어느 문화를 흡수하는 일은 있어도 그것은 어디까지나 '외국어', '이(異)문화'로서이지, 온전히 '자신의 것'으로 만드는 것은 불가능이라고 까진 할 수 없을지라도 매우 곤란하다.

그 때문에 추상이론으로 생각하면 언어나 민족문화는 절대적・고정적인 것이 아님에도 불구하고, 유년기의 무자각적인 습득과정을 거친 후의 성인에게는 소여이면서 변경 불가능한 것으로 받아들여져 마치 절대적・고정적인 것 같은 외관을 드러내게 된다. 문화가 유전적 현상이 아님에도 불구하고, 종종 '유전자'라거나 DNA의 비유가 사용되는 것은 이러한 사정에서 비롯되었을 것이다.

'민족'은 제3자적・학자적으로는 인위적 구축물로 파악되는 한

편, 당사자에게는 오히려 원초적·본질적인 것으로 받아들여지기
쉬운데, 그것은 지금 말한 바와 같은 것에 기인하는 것이라고 생
각된다. 실제로, 민족감정은 밖에서 보면 '만들어진 것'으로 파악
되더라도 안에서는 '자연스러운 것'으로 받아들여져야 비로소 의
미를 갖는다. 이와 관련하여 어떤 두 국가의 내셔널리즘이 서로
대항하고 있을 때, 상대방의 내셔널리즘은 '정부나 매스미디어에
의해 인위적으로 선동된 것'으로 보이지만, 자신들의 내셔널리즘
은 '자연스러운 것'으로 보이는 경우가 종종 있다. 최근 일본과
중국·한국 간의 역사논쟁에서 상대 측의 논조에 대해서는 '정치
적으로 이용된 것이다', '위에서 동원한 것이다'라고 비판하는 한
편, 자국 측에 대해서는 '자연스러운 감정'으로 간주하는 것과 같
은 경향이 발견되는 것도 이러한 사정에 의해 설명될 것이다.

※ 다소 일반론이 길어져 버렸는데, 추상론은 이 정도로 하고 보다 구체
적인 역사에 눈을 돌려보기로 하자.
지금까지 지적해온 바와 같이, '민족'의 단위는 단기적으로는 변하기
어렵지만, 장기적으로는 변화할 수 있다. 그렇다고 해서 어떤 형태로
든 자유자재로 변화하는 것은 아니며, 역사적으로 형성된 여러 조건
의 제약을 받으며 변화하거나 고정된다. 따라서 민족에 대해 어느 정
도 이상 파고들어 생각하고자 한다면, 구체적인 역사적 경위에 눈을
돌리는 것이 필요하다. 자세하고 주의 깊게 보기 위해서는 한없이 좁
은 논의가 필요해지는데, 이 책의 성격상 대략적으로 근현대사의 흐
름을 상기하면서 중요하다고 생각되는 단락에 초점을 맞추기로 한다.
거시적인 역사의 흐름에서 보면 18~19세기경 유럽에서의 근대국가
형성이 하나의 큰 단락이 되고, 이후 제1차 세계대전, 제2차 세계대
전, 그리고 냉전이라는 '세 가지 대전'의 전후처리에 수반하여 대규
모적인 재편성이 진행되었다. 따라서 제2장에서 근대국민국가의 등
장, 제3장에서 제1차 세계대전 후와 제2차 세계대전 후의 '민족자
결', 제4장에서 냉전 후의 새로운 동향을 논하기로 한다.

제2장

'국민국가'의 등장

:::::

'국민국가' 및 그에 수반하는 내셔널리즘 이데올로기는 당초에는 지구상의 한 정된 장소에서 독자적인 조건하에 발생했으나, 일단 그것이 등장하자 강력한 전파력을 가지고 각지로 확산되어 갔다. 이 움직임에 휘말린 지역은 그때까지 의 역사적 경위를 크게 달리하면서도 일제히 '자신의 국민국가' 형성을 목표로 하게 되었다. 따라서 그 진원지인 유럽을 출발점으로 하여 다른 여러 지역에서 의 수용과 변용의 과정을 쫓는 것이 이 장의 과제이다.

제1절

유럽 : 원형의 탄생

　　근대적인 '국민' 관념 및 내셔널리즘의 발생에 대해서는 유럽 중심주의 비판이 주장된 지 오래다. 여전히 오늘날에서도 역시 유럽 국가들에서 출발하지 않을 수 없다. 가치평가 문제는 차치하더라도 역사의 일정 단계에서 유럽이 달성한 주도성이라는 사실은 부정하기 어려운 무게를 갖고 있기 때문이다. 아직 '유럽 속의 서와 동의 차이'라든가 '(서구와 동구 사이에 위치하는) 중부 유럽'이라는 개념을 둘러싸고도 다양한 논의가 있는데, 그러한 지역구분은 종종 유동적이고 충분히 납득되는 것은 아니다. 따라서 일단은 '유럽'이라는 느슨한 구별을 택하여 그 가운데서도 먼저 서구 내지 중부 유럽에 역점을 두면서 살펴보기로 한다.

'국민국가'의 전제조건

　　'국민국가'의 형성에는 장기적인 사회변화와 단기적인 정치변동의 영향이 서로 겹쳐 작용하고 있다. 먼저 장기적인 사회변화로서는 교통·통신수단의 발달, 교육의 보급, 출판활동의 활발화(앤더슨이 말하는 '출판자본주의') 등이 좁은 거주 범위를 벗어나

넓은 범위에서의 커뮤니케이션을 발달시켰다는 점이 있다. 그리고 그 커뮤니케이션이 특정 언어에 의해 이루어짐으로써 그 언어를 공유하는 사람들 사이에서 일종의 일체감이 형성되게 되었다.

어느 시기까지는 문장어(文章語)라고 하면 소수의 고전어(라틴어 등)뿐으로, 고전어를 습득한 소수의 지식인만이 문장어의 세계에 살고 있었다. 문장어=고전어는 사람들이 일상적으로 사용하는 언어와는 동떨어져 있었지만, 지식인들은 원래의 출신지나 일상어(日常語)의 차이와 관계없이 고전어를 습득한 데서 코스모폴리탄적인 공동체를 형성하고, 일반 서민과는 격리된 세계에서 산다는 것이 근대어 발전 이전의 상황이었다고 개괄할 수 있다. 그러나 마침내 서민이 말하는 다양한 속어를 바탕으로 한 문장어가 만들어지고 그것에 의한 출판활동이 이루어지게 되었다.

그때 구어는 무한하게 다양했는데, 그 가운데 특정한 형태를 기초로 해서 표준화된 문장어가 만들어져 사전이나 문법서가 정비되었다. 그러한 근대적 문장어 형성에 즈음해서 구체적으로 어떠한 형태가 선택되는가—다수의 '방언' 가운데 어떤 것을 표준어의 기초로 할 것인가—는 추상적으로 보면 다양한 가능성이 있으나, 현실의 역사 속에서는 근대국가 형성과 표리일체를 이루고 있다. 즉, 특정 국가를 단위로 하여 그 국가에서 문화적으로 우위에 선 집단의 언어가 표준어로서의 자리를 차지하게 되었다.

공통의 언어를 기초로 한 커뮤니케이션의 농밀화, 그 언어에 기초한 교육의 보급은 전근대와 비교했을 때, 훨씬 광범위한 사람들 사이에서의 경제적·문화적 교류를 용이하게 한다. 이 점이 근대적 자본주의경제의 발전과 강한 상관관계를 가지며, 네이션 형성의 중요한 요인이 된 점에 대해서는 겔너나 홉스봄이 상세하게 논하고 있는 그대로이다.

다른 한편으로, 단기적인 정치변동으로서는 프랑스혁명으로 상징되는 18세기 말 이후의 동향이 큰 의미를 가졌다. 그때까지 군주와 민중이 서로 접촉하는 장면은 매우 드물었고 '정치'라는 것은 소수 특권적 신분의 전유물이었는데, 프랑스혁명은 '국민의 국가'라는 관념이 중심이 되는 시대의 개막을 알렸다. 이는 또한 정치의 주체로 여겨지는 '국민'들 간의 일체감을 어떻게 창출할 것인가 하는 문제로 떠올랐다.

이것은 혁명을 직접 경험한 프랑스만의 일이 아니다. 나폴레옹 전쟁을 계기로 유럽 국가들은 프랑스라는 강력한 적국과 싸우기 위해서라는 요청에 의해 각각의 '국민적 단결'을 창출할 필요에 직면했다(이른바 후의 '총력전' 논리의 맹아적 등장). 그것은 동시에 프랑스혁명을 계기로 한 '국민국가' 관념의 영향이 인접한 국가들로 확대되는 것을 의미했다. 라틴어 'natio'에서 유래하는 '네이션' 내지 같은 종류의 말은 오래전부터 존재했지만, 그것이 오늘날까지 이어지는 근대적인 의미로 널리 사용되게 된 것은 프랑스혁명을 효시로 하고 있다.

'국민의 일체성'이라는 관념은 현실에서는 그다지 널리 공유되고 있었던 것은 아니다. 그러나 일단 '국민국가'라는 자기의식을 가진 국가가 등장하면서 이들은 공통어(국가어) 형성, 공교육 정비, 국민개병제도 등을 추진하여 '국민'의식을 육성하게 된다. 그러한 정책이 취해진 후에도 '국민의 일체성'이라는 관념은 문자 그대로 전 국민이 공유하던 것은 아니며 때때로 국민 가운데서의 균열이 문제가 되었는데, 그러한 균열을 가능한 한 감추고, 표면상 마치 일체성이 존재하는 것처럼 정비되었다. 이렇게 성립한 것이 '국민국가'이다.

이상과 같은 흐름은 대체적으로 다수의 유럽 국가들에 공통된 것으로 생각되는데, 실제로는 같은 '유럽'이라 해도 개별적 상황의 차이는 매우 크다. 가끔 유럽에 '순수하고 모범적인 근대', '순수한 국민국가'가 있었던 것처럼 상정하고 비유럽 국가들의 국민 형성을 '일탈', '변이', '뒤처짐' 등으로 간주하는 견해를 볼 수 있는데, 유럽 국가들에서도 '순수하고 모범적인 근대', '순수한 국민국가'가 실재했던 것은 아니다. 이 점을 명확히 밝혀두는 것은 비유럽 국가들에 관해 생각할 때에 실재하지 않는 '모범'에 비교하여 '일탈'을 논하는 것과 같은 도착을 피하기 위해서이다. 이 책의 성격상, 상세히 파고들 수는 없지만 아주 간략히 문제의 소재를 확인해두고자 한다.

프랑스 : 보편적 이념을 기초로 한 '국민'

먼저 프랑스부터 살펴보자. 앞에서 지적한 바와 같이, '네이션' 내지 같은 종류의 말(프랑스어에서는 '나시옹')은 오랜 기원을 갖는다고는 해도 원래의 의미는 예컨대 대학에서의 동향자단체 등을 가리켰고, 어떤 국가의 영역 내에 거주하는 모든 사람이거나 하물며 그러한 사람들의 강한 일체감과 충성심의 상징이라는 의미를 띠지는 않았다. 그러나 혁명을 경험하면서 '공통의 법률 아래 생활하고 같은 입법기관에 의해 대표되는 공동생활체'라는 '국민(나시옹)'관이 확산되었다. 이와 함께 혁명 주체로 간주된 '제3신분(평민)'이 '국민'과 동일시되어 여기에 속하지 않는 귀족 계급은 '이방인'이자, '혁명성과를 위협하는 적'으로 간주되었다. 그러한 '적' - 혁명에 반(反)하는 국내의 적과 전쟁 상대가 된 외국의 양쪽 - 에 대항하여 '국민' 전체의 통일과 연대를 중시하는 관점에서 '국민의 일체성'이 강조되었다.

여기서 말하는 '국민의 일체성'은 그 시점에서는 언어·문화 등의 공통성에 기초한 것이 아니었다. 프랑스혁명 당시, 주민의 언어는 통일되어 있지 않았고, 후에 표준 프랑스어가 된 언어를 사용한 사람들은 전체 인구의 약 절반 정도였다고 전해진다. 제1장의 관점에서 보면 여기서의 네이션/나시옹은 에스닉한 통일성을 기초로 하지 않으므로 '민족'이 아니라 '국민'으로 번역하는 것이 적합하다고 할 수 있다. 이처럼 프랑스에서는 '국민' 통일의 기초로서 에스닉한 일체성이 아니라 '공화주의'라는 이념이 무엇보다도 중시되었다.

그렇다면 프랑스에서는 '민족'으로서의 통일성이 전혀 불필요했는가 하면 그렇지도 않았다. 실제로 프랑스혁명 후의 긴 기간을 통해 프랑스의 전(全) 영토에 '표준 프랑스어'가 보급되었고 프랑스어를 공유하는 프랑스국민이 만들어졌다. 즉, 먼저 '국민국가'가 일종의 바깥쪽 테두리로 형성되고, 그 후에 위로부터의 정책에 의해 언어적 통일이 추진되었으며, 그것이 어느 정도 이상 달성된 후의 '프랑스국민'은 '민족'적인 의미를 띠게 된다. 이때 프랑스어는 '빛나는 계몽의 이념'을 상징하는 것으로 여겨지며 그 습득이 '문명'화를 의미한다고 간주되었다. 보편주의적이고 '이성'을 중시하는 계몽적 발상이 실제로는 특정 언어에 의한 동화정책을 추진하는 특이한 관계로 나타난 것이다.

이는 내셔널리즘이 때때로 내포하는 역설로서, 공적으로 내건 이념은 보편주의적인 성격을 갖고 있지만 "이 보편적 이념을 가장 빠르고 철저하게 표현한 것은 우리나라다"라는 신념에 의해 특정 국가나 국민의 우월성을 선전하는 의미를 갖는다는 점이 있다. 프랑스는 '자유·평등·우애'를 표어로 하는 혁명을 경험한 만큼 이 점이 가장 현저하게 나타나지만, 다른 나라에서도 유사한 상황이 발견된다. 영국이나 프랑스에 대한 후발자 위치에 있었던 독일·러시아·일본 등의 경우, 영국이나 프랑스처럼 직접적인 보편주의를 주창할 수는 없었지만 서구에 대해서는 "우리나라의 독자적인 정신적 가치"를 강조하는 한편, 자국보다도 근대화가 더욱 늦은 지역에 대해서는 '근대화의 전달자'로서 행동하는 이중성을 보였다. '보편적' 이념과 내셔널리즘에 관한 독특한 사례인 미국과 소련에 대해서는 뒤에서 다루기로 한다.

독일 : '민족'에서 통일국가로

독일에서의 '국민국가' 형성에 대해서는 프랑스와 대비하여 파악되는 경우가 많은데, 통일국가 성립에 앞서 독일어라는 언어를 공유하는 네이션(독일어에서는 나치온) 형성이 이미 진행되고 있었다는 점이 특히 주목된다(여기서의 네이션/나치온은 '국민'이 아니라 '민족'에 해당한다). 이 네이션/나치온의 거주 범위에는 원래 300여 개 이상의 다양한 정치적 단위가 존재했고, 이들이 통합·정리된 19세기 전반에도 39개의 단위가 있었는데, 이것들을 포괄하는 범위의 국가 만들기로서 독일통일이 목표 되었다는 것이 통상적인 이해이다.

그렇지만 1871년에 실현된 독일통일이 독일인의 거주 범위와 완전히 겹치는 국가를 만든 것은 아니다. 한편으로는, 오스트리아나 스위스와 같은 독일어권은 이에 가담하지 않고 별개 국가로 머물렀다(이후 오스트리아는 나치독일에 합방되기에 이른다). 또한 장기간에 걸친 동방 지역의 식민지화의 결과로 독일 국가의 영토 밖에도 '독일인' 의식을 가진 사람들이 다수 사는 지역이 생겨났다. 다른 한편으로는, 독일제국에 덴마크인 거주지역과 폴란드인 거주지역이 포함되었고 유대인도 다수 있었다. 알자스(Alsace) 주민의 다수파는 언어적으로는 독일어의 알자스방언을 주로 사용하면서도 문화적으로는 프랑스와의 친근성을 짙게 갖고 있었다. 그뿐만이 아니다. 통상 '독일인'에 속하는 것으로 간주되는 사람들 사이에서도 지역 간의 문화적 차이가 있었다. 예컨대 바이에른과 프로이센의 차이는 상당히 컸기 때문에 생각하기에 따라서는 이들이 각각 별개의 네이션으로 발전해갈 가능성도 없지 않았다.

이러한 사정들을 고려한다면, 독일통일 후에도 네이션과 국가 영토가 전면적으로 합치했다고는 할 수 없다. 그러나 실제로 일어난 국민국가 형성—프로이센 주도에 의한 독일제국 형성—은 그 국가의 틀 안에서 일체감을 강화하는 방향으로 이루어졌다. 물론, 국가 내부에서의 긴장관계—영방(領邦) 간 대항, 가톨릭교회 문제, 자본주의 발전에 따른 계급투쟁 등—도 계속되었지만, 긴장·투쟁 자체가 통일국가라는 장에서 전개됨으로써 '장(場)'으로서의 독일국가는 존재감을 강화해갔다.

이탈리아 : 통일과 '국민' 형성의 사이

이탈리아는 독일과 거의 같은 시기에 통일국가를 만들었다는 점에서 네이션이 먼저 생기고 그에 맞추어 국가가 만들어진 예로 여겨지는 경우가 많다. 그러나 19세기 후반의 통일시기에 '이탈리아인'이라는 네이션이 얼마나 확고하게 성립되어 있었는지에 대해서는 논의의 여지가 있다. 이탈리아통일(1861) 달성기의 유명한 표현으로 "이탈리아가 생겼다, 이탈리아인을 만들어야 한다"는 말이 있다. 통상 이 말은 통일을 환영하되 다음 과제로서 국민 형성이 중요하다는 의미로 사용되지만, 이탈리아 역사가인 기타하라 아쓰시(北原敦)에 의하면 이 말의 원조로 전해지는 정치인 마시모 다첼리오(Massimo d'Azeglio, 1798~1866)[11]가 의도한 어감과는 차이가 있다. 본래 그의 의도는 "이탈리아통일은 시기 상조로 일어났지만 새로운 이탈리아를 만들기 위해서는 먼저 이탈리아인 자신이 변하지 않으면 안 된다"는 취지였다고 한다(기타하라 아쓰시(北原敦),「이탈리아가 생겼다, 이탈리아인을 만들어야 한다(イタリアができた, イタリア人を作らねばならない)」,『岩波講座 世界歷史』제28권 부록 월보, 2000).

'이탈리아인'으로 여겨지는 사람들 사이에서의 언어(방언)의 차이, 사회적·경제적·문화적인 차이도 상당히 크고, 어떤 의미

---

11) 이탈리아의 정치인, 소설가, 화가이다.

에서는 '민족'의 차이라고 볼 수 있는 점도 있다. 특히 유명한 것은 남북 간의 차이인데, 그 이외에도 다양한 지방적 차이가 있다. 그러면서도 독일과 달리 연방제가 아니라 중앙집권적인 단일국가제도를 채택하여 국가적 통일을 목표로 정책을 취했는데, 그러한 정책 이후 1세기 이상이 지난 오늘날에도 여전히 지방 간 대립 문제가 남아 있으며, 때때로 부상하고 있다는 점은 주지하는 바와 같다.

영국 : 복합적 네트워크 구조의 점진적 형성

마지막으로 영국에 눈을 돌려보자. 통상 '근대화의 최선진국'으로 여겨지는 영국을 프랑스·독일·이탈리아 이후에 다루는 것은 다소 기이하게 보일지도 모른다. 필자는 영국이 근대화의 최선진국이라는 통설 자체에 의문을 던지려는 것이 아니라 오히려 **'최선진국'이라는 데에 따르는 특수성**이라고도 할 만한 요소에 주목하고자 한다. 영국 이외의 여러 나라의 근대화과정에서는 선발(先發)국이 '모방될 만한 모델'로 존재했지만, 영국은 그러한 선행모델을 갖지 못했다는 점에서 특이하다. 또한 근대화과정이 장기간에 걸쳐 점진적으로 진행했기 때문에 낡은 요소도 늦은 시기까지 남았다는 특징도 있다. 이러한 점을 생각하면 영국에서의 '국민국가' 형성과정은 그다지 '전형적'이라고는 할 수 없다. 따라서 오히려 프랑스혁명이라는 단기적인 정치적 충격에 직접적으로 영향을 받은 국가들을 먼저 살펴본 후에 영국으로 눈을 돌리는 것이 이해하기 쉽지 않을까 하여 이러한 순서를 취한 것이다. 또한 다음 절에서 다룰 '제국'으로서의 요소도 가지고 있기 때문에 다음 절로의 연결을 염두에 둔 것이기도 하다.

먼저 일본어로 '영국'이라고 할 경우, 그것은 잉글랜드를 가리키는가, 그렇지 않으면 스코틀랜드, 웨일스, (북)아일랜드를 포함하는 브리튼(Britain)국가를 가리키는가 하는 양의성이 있다. 이것은 잉글랜드를 중핵으로 하면서 다른 지역을 통합하는 가운데 근대국가 형성이 진행되었다는 역사적 과정과 관련이 있다. 잉글랜드와 스코틀랜드의 동군연합(同君聯合)[12]은 1603년이고, 병합은 1707년의 일이었다(웨일스의 병합은 가장 오래되고 아일랜드의 병합은 가장 새롭다). 병합 시점에는 브리튼국가로서의 일체성은 아직 없었고, '잉글랜드인', '웨일스인', '스코틀랜드인'이라는 명확한 개별 아이덴티티가 확립되어 있었던 것도 아니다(스코틀랜드의 경우 고지대와 저지대의 차이도 컸다). 근대적 네이션 의식의 형성보다도 이전 시기였으므로, '브리튼인' 의식도 없었고 '스코틀랜드인' 의식도 확립되어 있지 않았다(별도의 예를 인용하여 말하자면, 18세기의 우크라이나인이 '러시아인의 일부'였다고 할

---

12) 말 그대로 동일한 군주가 지배하는 지역 간의 연합을 가리킨다. 잉글랜드와 스코틀랜드 간의 항쟁이 계속되던 중, 1603년에 잉글랜드 왕 엘리자베스 1세가 죽고 스코틀랜드의 왕 제임스 6세(메리 여왕의 아들)가 혈통에 따라 잉글랜드 왕을 겸하게 되어(제임스 1세), 잉글랜드와 스코틀랜드 간의 동군연합 관계가 성립하였다.

수 없는 동시에 명확한 '우크라이나인' 아이덴티티가 확립되어 있었던 것은 아니라는 점도 이와 마찬가지이다).

그 후, 각지마다의 독자성을 남기면서 '브리튼성(Britishness)'이라는 의식이 점차 등장했다. 이것은 첫째로는 교통·통신·출판의 발달에 의한 문화적 접근·융합의 산물이며, 여기에는 특히 '영어'=잉글리시 보급이 큰 역할을 하였다. 이와 함께 유럽대륙과 다르다는 의식이 중요하게 여겨지며, 대(對)프랑스=가톨릭이라는 대항의식이 브리튼이라는 통합을 성립시켰다고 본다(Linda Colley, *Britons : Forging the Nation 1707~1837*).

이와 같이, 영국(Great Britain)은 복합적 네이션 구조를 가진 국가로서 성립했으나 이러한 복합국가에서는 애국주의와 내셔널리즘의 관계가 단일 네이션 국가보다도 복잡하다는 점에 관해, 내셔널리즘이 개별 네이션(스코틀랜드, 웨일스 등)으로 수렴하고 있다고 보는 시각도 있다. 미묘한 것은 브리튼 전체의 중핵인 잉글랜드의 경우인데, 브리튼과 구별되는 잉글랜드의 내셔널리즘(English nationalism)이라는 관념이 성립할 수 있는지 여부 자체가 논쟁적이다. '잉글랜드 내셔널리즘' 등이라는 개념은 있을 수 없다고 보는 논자가 있는(시튼=왓슨, 홉스봄 등) 한편, 코리처럼 '잉글랜드 내셔널리즘'의 존재를 언급하는 논자도 있다. 그러나 코리 역시 "웨일스, 스코틀랜드, 심지어 잉글랜드의 각각의 내셔널리즘"이라고 명명할 때 잉글랜드의 내셔널리즘을 가장 마지막에 둠으로써 이것이 반드시 자명한 개념이 아니라는 점을 일러 준다.

19세기 후반에 고조된 스코틀랜드 내셔널리즘의 경우, 그 기본 성격은 잉글랜드로부터의 분리를 주장하는 것이 아니라 긴밀한 연합관계를 전제로 한 것이었다고 일컬어진다. 대영제국을 활약의 장으로 하여 스스로를 그 주체로 삼는 스코틀랜드인의 아이덴티티는 브리튼에 대한 귀속을 부정하는 것이 아니라, 오히려 잉글랜드와의 대등한 파트너로서 대해줄 것을 요구하는 방향의 것이었다(러시아제국 및 소련에서의 우크라이나와 비슷한 점이 있다). 이에 비해 아일랜드의 내셔널리즘은 잉글랜드에 대한 저항과 독립론에 기울어 있었다. 나중의 이야기이지만, 스코틀랜드에서도 영국의 국제적 지위 하락 및 북해유전의 발견에 자극받아 1970년대에는 분리지향의 내셔널리즘이 나타나는 등 역사적 변천이 발견된다.

이처럼 '본국' 자체가 한결같지 않았다. 한편으로, 대영제국은 해외식민지를 포함한 거대한 복합체였다. 세계 각지에 널리 존재하는 다양한 식민지는 그 통합의 형태나 정도에서 다양성을 보였고, '동화＝포섭'과 '이화(異化)＝배제'의 관계도 균질적이지 않았다. 즉, 대영제국에서의 국민통합이란 '본국'과 '식민지'라는 이항(二項)만으로 깨끗이 정리되는 것이 아니라, 요소 각각이 다층성을 포함하는 복잡한 구조를 이루고 있었다. 이러한 다층성은 이후 러시아나 일본의 사례에서도 관찰된다.

앞에서 프랑스에 대해 '보편적'인 이념을 기치로 한 내셔널리즘이라는 특징을 지적했는데, 영국의 경우 특히 경제 부문에서 유사점이 나타났다. 자유무역주의라는 생각 자체는 추상적으로 볼 때 마치 '보편적'인 원칙인 것처럼 보이지만, 불균등한 발전의 현실 속에서는 상대적 우위에 선 나라를 이롭게 하는 효과를 갖는다. 자유주의 이데올로기가 특정 국가의 세계적 우위를 정당화하는 역할을 하고, 그러한 중심 국가의 독자적인 내셔널리즘 이데올로기로도 이용되는 구조는 19세기부터 20세기 전반에 걸쳐 영국에서 나타난 전형적인 것으로, 그 후 미국으로 인계되었다.

제국의 재편과 민족들

    '제국'이라는 말에는 몇 가지 다른 용법이 있다. 20세기 전반에 그때까지 존속했던 일련의 제국이 잇달아 붕괴됨으로써 이 말은 일단 과거의 존재가 된 것처럼 생각되었지만, 최근에 이르러 급격히 재부상하여 유행어가 되기까지 했다. 이러한 최신 유행의 '제국'론은 제4장 제1절에서 다루기로 한다. 19세기 말부터 20세기 중반 정도의 시기에서는 '제국주의'라는 말이 자주 사용되었는데, 이는 '근대국민국가', '근대자본주의'의 발전이라는 전제 위에 성립된 현상을 가리키는 것이다. 이에 비해 전근대의 일련의 제국(이른바 고전적인 제국)은 '국민국가' 관념이 확산되기 전의 존재였다.

    대략적으로 말하자면, 국민국가 이전의 '전근대의 제국', 국민국가 이후의 '근대제국(주의)', 그리고 아주 최근의 '새로운 제국' 등이 있다. 매우 새로운 동향인 마지막 것을 제외하고 역사를 생각한다면 '전근대의 제국'과 '근대제국(주의)'의 구별, 그리고 전자에서 후자로의 전화(轉化) 과정이 중요한 위치를 차지한다.

'전근대의 제국'과 다민족 공존

국민국가가 대두하기도 전의 '전근대의 제국'은 광대한 영토를 지배하는 가운데 다양한 에스니시티를 포함하였는데, 통치의 밀도가 낮았기 때문에 민중은 국가와는 그다지 관계없는 생활을 하였고, 특정 지배 민족의 문화에 의한 통일이 강행되는 일도 없었다. 물론, 지배엘리트가 되기 위해서는 지배적 종교에 대한 귀의 및 지배적 언어의 습득이 필수로 여겨졌지만, 그 조건만 충족하면 이민족 출신이라도 높은 지위에 오를 수 있었다.

이와 같은 '국민국가 이전'의 제국에서는 중심적인 민족으로의 동화정책이 취해지는 일도 그다지 없었기 때문에 오스만제국은 '터키인의 제국'이 아니고, 합스부르크제국은 '독일인의 제국'이 아니었다. 러시아제국도 독일에서 온 예카테리나가 제위(帝位)에 오르거나 이민족 출신 귀족이 적지 않았다는 점에서 나타나듯이 '러시아인의 제국'이 아니었다. 러시아어로 '러시아의'를 의미하는 형용사는 두 종류로, 하나는 루스키(рýсский)로 좁은 의미의 에스닉한 러시아인에 관련되어 있고, 다른 하나인 로시스키(россий́ский)는 넓은 의미의 러시아제국 내의 주민 전반에 관련된다고 구별하기도 하지만, '러시아제국'이라고 할 때의 '러시아'는 후자였다.

오스만제국에서 이슬람이 지배적인 지위를 차지한 것은 주지의 사실이지만, 그 이외의 일신교(기독교 여러 파 및 유대교)를 받드는 집단에도 일정한 자치가 부여되었다[이른바 밀레트(Millet) 제도[13)].

이러한 특징을 가리켜 '유연한 전제(專制)'라고 부르기도 한다. 그러나 이는 어디까지나 무슬림과 비무슬림의 불평등을 전제로 한 한정적 자치로서 근대적인 리버럴리즘이나 관용과는 다르지만, 다종교·다민족·다언어의 주민을 널리 포용한 국가에서는 하나의 공존 방식이었다[스즈키 타다시(鈴木董), 『오스만제국(オスマン帝国)』/ 스즈키 타다시, 『이슬람의 집에서 바벨탑으로(イスラムの家からバベルの塔へ)』 등].

이러한 방식은 18세기의 러시아제국에서도 채택되었다. 예컨대 예카테리나 2세(Ekaterina Ⅱ, 1729~1796)[14]는 이슬람이 통치에 유용하다고 간주하고 대(對)이슬람 관용정책을 채택했다. 현대 러시아 내셔널리즘의 갈래에는 러시아제국이 일찍이 다양한 이민족을 넓게 받아들여 활약의 장을 부여했던 점을 지적하여 러시아는 관용적인 제국이었다고 강조하는 경향이 있다. 그러나 이는 러시아가 이례적으로 관용적이었던 것이 아니라 오히려 전근대 제국의 일반적인 경향이라고도 할 만한 것이다. 당시에는 '국민의 강고한 일체화'라는 과제가 중요하지 않았고, 너무도 광대한 영토를 지배하는 제국은 그 전체의 균질화에 대해 생각조차 할 수 없었기 때문이다.

---

13) 오스만 제국에 편입된 다양한 이질적 민족에 종교 문화적 자치성과 고유성을 보장해주는 한편, 술탄을 정점으로 결집시켰던 제도이다.
14) 독일 출신으로 표트르 3세에게 출가하였으나, 1762년 평판이 나쁜 남편 표트르 3세를 즉위 직후 몰아내고 제위에 올라 스스로 대제(大帝)라 하였다.

'국민국가' 관념 침투와 제국의 변용 : 오스만제국의 경우

그러나 19세기 후반이 되자 이들 제국에도 서양의 영향으로 '국민국가' 관념이 침투하였고, 그에 대응하기 위한 변용이 강요되기 시작했다. 옛 제국에서는 필요 없었던 중심적 민족에 의한 주변 민족의 문화적 동화와 통합이 '국민국가'에서는 필요해졌다. 그러나 이를 섣부르게 강제할 경우 주변 민족의 반발을 불러 도리어 제국의 통합을 뒤흔들지도 모른다. 이 딜레마는 이 시기 이후의 제국에 공통적으로 늘 따라다니는 것이다. 합스부르크, 오스만, 러시아, 청나라 각 제국은 모두 이러한 딜레마를 껴안고 19세기 말부터 20세기 초반에 걸쳐 큰 변용을 경험했다. 여기서는 먼저 오스만에 대해 간단히 살펴보고, 그 후에 러시아와 합스부르크를 다루기로 한다(청나라에 대해서는 제4절에서 다룬다).

원래 오스만제국은 다종교·다언어·다민족 국가로, 통치 엘리트가 되기 위해서는 이슬람에의 귀의와 '오스만어'—기본은 터키어이지만 아라비아어·페르시아어의 요소를 흡수하고 있었음—의 습득이 필수였다. 하지만 무슬림 터키계 출신일 필요는 없었다. 그들의 자기의식은 '터키인'이라기보다는 오히려 '오스만인'으로 특징지어졌다. 19세기에 '국민국가' 관념이 유입되었을 때에도 '오스만인' 전체를 균일한 '국민'으로 삼는 방향으로 국민형성이 시도되었다(오스만주의).

그러나 다양한 주민 전체를 통합하는 것은 지극히 어려운 일이었기 때문에 오히려 터키어를 말하는 '터키인'의 단결론—터키 내셔널리즘—이 등장하게 된다. 그런데 이것이 도리어 비(非)터키계 주민에 의한 대항적 내셔널리즘의 등장을 자극하고, 마침내는 제국 해체로의 움직임을 촉진하는 결과가 되었다.

더욱이 튀르크어(터키어보다 광범위한 같은 계통의 여러 언어)를 쓰는 무슬림은 러시아제국령에도 다수 살고 있었다[나가나와 요시히로(長繩宣博)의 연구에 의하면, 제1차 세계대전 전야에 러시아제국 내의 무슬림 인구는 오스만제국의 그것을 넘어섰다]. 19세기 말에서 20세기 초반에는 볼가 타타르나 크리미아 타타르 등의 사이에서 서구 문명의 영향을 받아 이슬람을 근대화에 부합시키기 위해 세속교육을 중시하는 '이슬람개혁운동'이 나타났는데, 이러한 러시아 무슬림의 움직임은 오스만제국 지식인과 밀접한 상호영향 관계를 가졌다.

러시아제국 : '공정(公定) 내셔널리즘' 정책과 그 한계

16세기부터 19세기 사이에 급격히 팽창한 러시아제국의 특징은 획득한 영토의 광대성, 거주하는 여러 민족·에스니시티의 다양성에 있다. 러시아에 의한 병합의 시기나 경위는 지역에 따라 다르고 러시아인과 비러시아 여러 민족의 상호관계도 한결같지는 않다. 동슬라브로서의 언어적·종교적 공통성을 갖는 우크라이나와 벨라루시(단, 폴란드 지배의 경험과 가톨릭의 부분적 영향이라는 독자성이 있다), 상대적으로 오래전에 병합된 지역(볼가 유역 등), 보다 늦은 시기의 병합지와 같은 다층성이 있다.

　제정(帝政)의 통치양식도 지역에 따라 달랐다. 예컨대 핀란드는 19세기 초에 러시아제국령이 된 뒤에도 '대공국'(대공은 러시아 황제가 겸했다)으로서 일정한 자치를 인정받았고 독자적인 헌법도 갖고 있었다(19세기 말 이래 이러한 자치를 박탈할 것인가, 유지할 것인가가 큰 쟁점이 되었다). 중앙아시아의 북부는 직접 통치되었지만 남부의 부하라(Bukhara) 후국(侯國)과 히바(Khiva) 한국(汗國)은 러시아제국의 보호국이었다. 폴란드는 경과가 복잡했는데 비인회의 이후의 폴란드왕국('회의왕국')은 러시아와의 동군(同君)연합[15]으로 자유주의적인 독자적인 헌법(1815)을 갖는 것이 인정되었다. 그러나 그 후 대(對)폴란드 정책이 강화되면서 폴란드 사족의 반란을 초래했다.

　제국 안의 여러 민족에 대한 러시아의 눈길도 한결같지 않았다. 어떤 민족은 '두려운 강대한 적'(주로 폴란드 등 서방의 여러 민족에 대해), 또 다른 민족은 '문명을 보급해야 할 미개자'(주로 동방의 여러 민족에 대해)로 여기거나, 동슬라브의 여러 민족에 대해서는 '일심동체'일 것이라는 동포의식(단, 어디까지나 러시아가 '형'이고 우크라이나와 벨라루시는 '동생'이라는 전제에서)을

---

15) 러시아의 황제 알렉산드르 1세(1777~1825)는 1801~1825년까지 재위하였는데, 이 가운데 1815~1825년은 폴란드 국왕을 겸했다.

갖는 등 다양성을 지니고 있었다. 이러한 소묘는 도식적으로 간략하게 나타낸 것으로 실제로는 훨씬 뉘앙스가 풍부한데, 한 가지 확실한 점은 자기를 정점으로 하여 타자는 모두 낮추는 단일하고 위계적인 형태는 아니었다는 것이다. 이는 영국이나 프랑스와 같은 '선진국' 등이 자기를 세계의 중심으로 하는 단일한 위계의식을 가지고 있었던 것과는 다른 후발 제국의 특징이다.

19세기 중반 이후, 서구의 '국민국가' 및 내셔널리즘에 대항하기 위해 러시아제국에서도 이전보다 더 긴밀한 '국민'통합의 필요성이 인식되기 시작했다. '정교·전제·국민성'이라는 유명한 슬로건이 이를 상징한다. 이는 위로부터의 '국민'창출을 목표로 한 정책으로서, 시튼＝왓슨이나 앤더슨 등이 '공정 내셔널리즘'이라고 부르는 것이다. 그러나 앤더슨이 지적하였듯이(『상상의 공동체』 제6장의 주6), 이 정책은 러시아제국 특유의 것은 아니며, 국민국가 시대 이전부터 존속하고 있던 제국이 뒤늦게 국민국가의 조건에 적응하려 할 때 취하는 정책으로서 다른 많은 나라에도 공통된 것이다.

'공정 내셔널리즘' 정책이 시작된 이후에도 러시아제국은 너무도 광대한 영토와 매우 다양한 여러 민족(에스니시티)을 포섭하고 있었기 때문에 그 전체를 균질적인 '국민'으로 만드는 것은 극도로 어려웠다. 러시아어 교육 보급과 러시아정교 포교를 위한 노력도 있었지만, 제국신민 전체를 포괄하지는 못했고, 오히려 러시아어·러시아정교를 정점으로 하면서도 다양한 문화와 애매한 형태로 공존하는 제도를 취했다. 그런 의미에서 러시아제국에서의 '공정 내셔널리즘'-종종 갖게 되는 그 이미지와는 달리-은 어중간하고 불철저한 데서 그쳤다.

이러한 국민통합 정책은 시기-19세기 말의 강화와 그에 대한 반항으로서의 민족운동의 흥륭, 1905년 혁명을 계기로 한 일정한 양보, 그 후의 반격 등-에 따라 변화하며 제국 말기까지 계속되었는데 완성되기도 한참 전에 제국의 붕괴를 맞이하게 되었다. 이와 같이 제국에서 국민국가로의 변용 시도는 많은 모순이 있었고 관철할 새도 없이 중단됨으로써 후계자인 소련에 어떻게 국민통합을 이룰 것인가 하는 어려운 과제를 남기게 되었다.

합스부르크제국 : 이중제국체제와 민족들

합스부르크제국에도 다양한 언어·종교·문화를 갖는 주민이 혼재하고 상호 접촉도 일상적이었다. 어느 시기까지는 대도시로 유입된 비독일계 농민은 독일어의 패권에 문제를 제기하지 않고 독일인으로 동화되는 것처럼 보였는데, 19세기에 내셔널리즘의 고조와 함께 오히려 개별 민족으로서의 의식을 보호 유지하면서 자기주장을 강화하는 움직임을 보이기 시작했다.

합스부르크제국은 1867년의 '아우스그라이히(Ausgleich, 타협)' 에 의해 오스트리아=헝가리 이중제국체제를 취하게 되었다. 이

체제 아래서 오스트리아 쪽과 헝가리 쪽은 각자 독자적인 통치기구를 가졌으며, 외교·군사 및 그와 관련된 재무만을 공통으로 처리했다. 이와 같이 헝가리는 명목상 오스트리아와 대등한 지위를 획득했으나 이중제국 내의 다른 민족들의 지위 문제는 오스트리아·헝가리 각각의 내부에 여전히 남아 있었다.

오스트리아와 헝가리는 모두 다민족적인 주민 구성을 갖고 있었지만 민족정책은 서로 달랐다. 헝가리왕국은 크로아티아에 대해서는 아우스그라이히의 소형판에 의한 자치를 인정했으나('나고드바체제'16)) 그 밖의 민족들(루마니아인, 슬로바키아인 등)에 대해서는 헝가리의 '국민국가'로서의 순화정책(프랑스형의 동화주의)을 취했다.

한편, 오스트리아에는 1867년 헌법에서 모든 민족은 평등하다, 모든 민족은 민족의 특성과 언어를 지키고 가꿀 권리를 갖는다, 교육·행정 및 공공의 장에서는 그 지역에서 사용되는 언어의 평등성이 국가에 의해 보증된다 등의 원칙을 내세웠다. 이 원칙이 그대로 실현되지는 않았지만 이를 지향하는 노력이 있었다는 점에 주목해서 오늘날의 다언어주의·다문화주의의 선구로 간주하는 견해도 있다.

그러나 여기서 말하는 '민족'을 어떻게 정의하고, 또 평등을 어

---

16) 1868년 헝가리와 크로아티아 사이에 체결된 협정이다. nagodba는 '타협'이라는 뜻의 크로아티아어이다.

떻게 실현해갈 것인가는 간단히 해결할 수 없는 문제였다. 먼저, 유대인은 종교적 집단이므로 '민족'의 정의에 적합하지 않다고 여겨졌기 때문에 평등화의 틀 밖에 놓았다. '민족'으로 인정된 집단 가운데서도 세력의 강약이 있었고, 상대적으로 유력한 소수파인 체코인이나 폴란드인과 좀 더 약소한 루마니아인(우크라이나인) 등의 사이에는 큰 격차가 있었다. 체코인이 다수파인 보헤미아에서는 언어정책과 관리의 지위를 둘러싸고 체코인과 독일인 간에 복잡한 분쟁이 전개되었다(1897년 바데니언어령[17]과 그 철회 등).

특이한 마이너리티로서의 유대인

러시아, 합스부르크, 오스만. 각 제국 모두 무시할 수 없는 규모의 마이너리티로서 유대인(유대교도)이 살고 있었는데 그 배경과 상황은 각각 다르다. 십자군 시대 이후 유럽에서 박해받았던 유대인은 동쪽인 폴란드에 대량으로 유입되고 스페인 쪽으로부터는 오스만제국으로 유입되었다(당시에는 폴란드와 오스만제국 모두 서구와 같은 유대인 박해를 하지 않았다). 18세기 말 3차에 걸친 폴란드분할에 의해 큰 부분이 러시아제국으로 인계된 결과,

---

17) 오스트리아=헝가리 이중제국 시기의 수상이었던 바데니(Kasimir Badeni, 1856~1909)가 발표한 언어령이다. 보헤미아의 내무어(inner service, 관청 내부의 연락에 사용되는 언어)로 체코어를 인정함으로써 동 지역에서의 독일어와 체코어의 대등화를 도모했으나, 이로써 공직 취임의 기회를 빼앗기게 된 독일계 주민 및 그들의 지지를 받는 독일계 의원들의 반발에 부딪혀 철회하였다.

19세기부터 20세기 전반에 걸쳐 러시아제국 및 그 후계자인 소련은 세계 최대 규모의 유대 인구를 포함하게 되었다. 또한 합스부르크제국에는 구폴란드령을 비롯한 각지에 적지 않은 유대인이 거주하고 있었다. 이들 동방 유대인[아슈케나짐(Ashkenazim)[18]이라 불린다]은 이디시(Yiddish)어[19](독일어를 핵으로 히브리어·슬라브 언어들의 요소를 섞은 언어)를 주로 사용했다. 이에 비해 오스만제국에는 스페인계 유대인[세파라딤(Sefaradim, Sephardi Jews)[20]이라 불린다]이 많았다.

유대인을 민족으로 볼 수 있는가라는 물음에 대한 답은 '민족'의 정의를 어떻게 하는가에 달렸으며, 당사자가 어떤 의식을 갖고 있는지도 중요하기 때문에 무릇 단 하나의 '정답'이 있는 것은 아니다. 어떤 시기 이후, 서유럽 국가들의 유대인 사이에서는 언어적·문화적·종교적으로 주위의 다수파에 동화하는 경향이 확산되어 '민족'으로서의 실체적 특징 중 다수가 점차 엷어졌음에도 불구하고 주위의 다수파로부터 "저 녀석은 유대인이다"라고 지명되는 것이 '유대성'의 주요 요소가 되었다. 즉, "본래적 의미에서

---

18) '아슈케나즈'는 히브리어로 독일을 가리키는 말로, 이런 측면에서 문자 그대로의 아슈케나짐의 뜻은 독일계 유대인(German Jews)을 가리킨다. 11세기부터 19세기까지의 기간 동안 많은 아슈케나지 유대인들이 헝가리, 폴란드, 리투아니아, 러시아, 우크라이나 등을 포함한 동유럽 국가들로 이주하여 비독일어권 지역에서 공동체를 형성하였다.

19) 중부 및 동유럽 출신의 유대인이 사용하는 언어이다.

20) 이베리아반도에서 추방되어 네덜란드, 영국, 신대륙 또는 북아프리카나 발칸, 소아시아 지역의 오스만제국령으로 피난한 유대인을 가리킨다.

는 이미 유대인이 아닐 터이지만, 타자로부터 유대인으로 간주되고 그것을 본인도 의식함으로써 일종의 '유대성'을 띠는 사람들"이라는 복잡하게 얽힌 자기의식이 그 특징을 이루게 된 것이다.

이에 비해 러시아제국의 유대인은 19세기 후반에 어느 정도의 동화경향이 진행 초기단계였던 가운데 19세기 말 이후의 파그롬(погро́м, 학살)을 거치며, 제정 말기까지 전체적인 동화의 정도는 낮았다. 대다수가 유대교와 이디시어를 유지하며 한정된 지역에 집중적으로 살았다는 의미에서는 '민족'이라고 간주할 수도 있으나, 거주지역에서의 다수파가 아니었고 '집중되어 있다'고는 해도 그다지 농밀한 밀집은 아니기 때문에 거주지에서 독자적인 국가를 만드는 것은 불가능했다. 이러한 사정을 배경으로 어떤 부분은 후술하는 '문화적 자치'론에 기울었고, 다른 부분은 어딘가 다른 곳에 '유대인 국가'를 건설하려는 생각(시오니즘)을 주창하게 되었다. 후에 이스라엘에 거주하는 유대인들 중 상당수는 러시아제국 및 그 인접지역에서 이주한 사람들이었다.

19세기 말 이후, 러시아제국의 유대인이 파그롬의 물결과 제1차 대전·혁명이라는 혼란 속에 많은 유대인이 러시아나 폴란드에서 서구·중부 유럽 국가들로 옮겨갔다. 이것은 거주국에 동화하고 있었던 유럽 유대인과 새로 유입한 동방 유대인 관계라는 새로운 복잡한 문제를 일으켰다.

사회주의자들의 민족론

19세기 말부터 20세기 초에 걸쳐 합스부르크제국과 러시아제국은 같은 다민족제국이었을 뿐만 아니라 근대적 노동운동·사회운동이 대두했다는 점에서도 공통점을 갖고 있었다. 서구에서 생겨난 사회주의사상과 운동의 이론이 본래 민족운동을 중심으로 한 것은 아니었지만, 양 제국에서 사회주의운동을 한 자는 좋든 싫든 민족문제에 부딪히지 않을 수 없었다. 오늘날에는 사회주의·마르크스주의의 총체가 내부 조류들 각각의 차이에 관계없이 전체적으로 영향력을 상실하여 사람들의 주목을 받는 일도 그다지 없어졌지만, 19세기부터 20세기에 걸친 역사를 되돌아볼 때 무시할 수 없는 위치를 점하고 있으므로 양 제국에서의 사회주의자의 민족론에 대해 간단하게나마 되돌아볼 필요가 있다.

오스트리아 사회민주당의 1899년 브륀강령(Brünner Programm)[21]은 오스트리아의 민주적 다민족연방국가로의 전화(轉化)를 목표로 내걸었다. 그 전제에는 속지주의에 기초한 민족별 지역자치라는 발상이 있었으나, 여러 민족이 혼재하는 지역에서는 이것만으로 문제가 해결되지 않기 때문에 오토 바우어(Otto Bauer, 1881~1938)[22] 등에 의해 지역자치(속지주의)와 속인주의의 조합이 제기되었다.

---

21) 이중제국을 여러 민족 간의 민주적인 연방국가로의 개편을 요구한 것으로 민족강령이라고도 한다.
22) 오스트리아의 사회주의자, 정치인.

속인주의란 소수민족이 지역을 초월하여 형성하는 공법단체에 학교운영 등을 맡기는 것으로 '문화적 자치론'이라고도 한다[단, 오스트리아 마르크스주의의 또 다른 대표적 이데올로그인 칼 레너(Karl Renner, 1870~1950)[23]는 속인주의 일원론을 취하고 '문화적 자치'라는 표현을 피했다].

더욱이 독일 사회민주당의 유명한 지도자 칼 카우츠키(Karl Kautsky, 1854~1938)[24]는 프라하(당시 합스부르크령)에서 태어나 오스트리아에서 활동을 시작하면서 브륀강령에 영향을 미쳤다. 또한 독일 혁명가로 알려진 로자 룩셈부르크(Rosa Luxemburg, 1871~1919)[25]는 러시아령 폴란드 태생의 동화 유대인으로 그녀의 민족론에 대해서는 이러한 배경을 고려할 필요가 있다. 이들의 예에서 볼 수 있는 바와 같이, 통상 '독일의' 운동가·이론가로 간주되고 있는 사람들에게도 오스트리아나 러시아의 상황은 큰 영향을 미치고 있었다.

오스트리아 마르크스주의의 문화적 자치론은 러시아제국 내에서 활동하는 좌익적 민족운동, 특히 유대인 분트(Bund)[26]에게 강한 영향을 미쳤다(그러나 독일과 오스트리아에서는 유대인은 민족이 아니라는 견해가 우세했었던 데 대해 분트는 유대인을 민족

---

23) 오스트리아의 정치인.
24) 독일 및 제2인터내셔널의 사회민주주의 입장에 선 이론가, 역사가, 경제학자.
25) 독일에서 활동한 폴란드 출신의 사회주의 이론가이자 혁명가.
26) 동맹이나 결속을 의미하는 독일어.

으로 전제했다는 차이가 있다). 러시아제국 내 무슬림의 사회운동은 집중 거주를 전제한 지역적 자치 및 연방화론과 비영역적인 문화적 자치론(후자는 분산 거주하는 타타르인들이 선호했다)으로 나뉘었다. 레닌 및 스탈린이 분트에 대한 대항적 관점에서 영토적 민족자결론을 특히 강조한 점은 잘 알려져 있다. 그러나 이 논쟁에서의 대항은 당사자들의 당파적 논쟁이 과열된 탓에 실제 이상으로 과대평가되고 있다. 오스트리아 마르크스주의자들 중 바우어는 지역자치와 문화적 자치를 조합하는 주장을 펼쳤는데 그 이후의 소련도 문화적 자치 요소를 전면적으로 배제한 것은 아니기 때문에 양자의 차이는 통상 생각되는 것처럼 크지는 않다. 제3장 제3절에서 소련에 관해 상세하게 서술하겠지만, 지도적인 정치가·이론가의 언설과 그들로 상징되는 국가의 현실 정책이 반드시 일치하지는 않는다는 점도 알아둘 필요가 있다.

신대륙 : 새로운 네이션의 형태

앞의 두 절에서는 유럽과 그 인접 지역을 다루었다. 이들의 상황은 각기 달랐지만 '구대륙'이 존재하고 사람들 간의 이동은 육로로 연결된 것이었다는 점에서 같다. 이에 비해 대양을 사이에 둔 남북아메리카 및 오세아니아의 '신대륙'은 이민에 의한 국가형성이라는 점에서 매우 다른 특징을 갖는다. 그러나 '신대륙'이나 '이민의 나라'라는 표현은 식민자 측의 표현방식이고, 현지에는 원래부터 선주민이 존재했으나 당시의 선주민ᅳ또한 아프리카에서 끌고 온 노예도ᅳ은 국가형성에서 배제되었으므로 당시의 국가·국민 형성과정이라는 관점에서는 '이민의 나라'라고 할 수밖에 없다.

서로 출신지를 달리하는 이민자들이 선조의 전통으로부터 격리된 환경 속에서 새로운 국가를 형성하였기 때문에 신대륙에서의 네이션 형성은 에스니시티를 기초로 할 수 없었다. 네이션과 에스니시티를 연속적으로 파악할 것인지의 여부는 각 지역의 역사적 사정에 따라 다르다. 구대륙에서는 연속성이 비교적 강한 데 비해 신대륙에서는 오히려 비연속성이 강하다. 미국을 중심으로 1970~80년대 이후에 왕성해진 에스니시티론이 네이션론과 구별되는 하나의 원인이 바로 여기에 있다.

미국 : 초에스닉한 네이션

미국에서는 다양한 에스니시티가 지리적으로 분산되어 있다. 한 도시의 어떤 가구(街區)라는 수준에서는 특정 계통의 사람들이 뭉치는 일은 있어도 주(州) 수준에서 '이 주는 ○○계이다'는 식으로 불리지는 않는다. 국가제도는 분권성이 높은 연방제이고, 그 기본단위로서의 주는 주민의 에스니시티 구성과 대응하지 않는다.

특정한 민족적 마이너리티가 다수파가 된 주를 만드는 것도 논리적으로는 가능하지만, 그것은 의도적으로 지양되었다는 지적도 있다. 마이너리티가 전통적 거주지역에서 다수파를 형성하고 있었을 경우, 그 지역은 주가 되지 않고 선 긋기 조작을 통해 그들을 소수파로 만들거나(플로리다), 인구구성이 변하여 그들이 소수파가 되기를 기다리거나(하와이, 아메리카 남서부), 혹은 푸에르토리코나 괌처럼 그들이 소수파로 전락할 가능성이 없는 곳에서는 주라고 하는 대신에 '자유연합주'나 '보호령'으로 설정되었다고 한다(킴리카, 『다문화주의 시민권』). 그러한 문제가 있었다 하더라도, 결과적으로 미국의 여러 주는 에스니시티와의 대응을 갖지 않은 형태로 만들어졌다.

또한 미국에서는 국가건설의 기본적 이념으로서 에스닉한 연대를 통한 통합이 아닌 상이한 에스닉한 배경을 갖는 사람들이 자유·평등·민주주의라는 보편적 이념 아래 결집한다는 자기의 식이 전통적으로 강하다. 그러나 이것이 전 인류의 일체성을 주장하는 코스모폴리타니즘으로 발전하지는 않았으며, 현실에서는 특정 영토를 가진 특정 국가로서 타국과의 대항적 관계 속에서 '미국인'으로서의 네이션 형성이 진행되었다.

한편으로는 '만인에게 열린 나라'였으면서도, 다른 한편으로는 실질적으로 수용 가능한 이민에 한계가 있었고, '미국인'으로 통합될 수 있는 대상도 한정된 폐쇄성이 있었다는 점이 주목된다. '열등인종'(주로 비백인)은 통합될 수 없다는 관념에 따라 애당초 받아들이지 않거나(이민 제한, 또는 1세에 대한 국적 부여 거부) 혹은 일단 받아들였다 하더라도(출생지주의의 국적법에 따라 2세에는 자동적으로 국적이 부여된다) 어엿한 한 사람의 시민은 될 수 없다고 간주되었다. 다른 한편으로는 통합이 가능하다고 여겨진 범주의 사람들에 대해서는 '미국적 생활양식'이나 '미국적 생활수준'의 보급을 통한 '미국화'가 추진되었다. 이와 같이 어떤 부분의 배제와 동화를 통해 '미국인'이라는 네이션의 형성이 19세기 말부터 20세기 전반에 걸쳐 진행되었다[마쓰모토 유코(松本悠子), 『만들어지는 미국국민과 '타자'(創られるアメリカ国民と「他者」)』].

이처럼 실제로는 배제되는 부분이 내부에 있었다고는 해도 이념상으로는 '미국적 자유'라는 관념이 일종의 국가적 상징이 되었다는 점에서 미국사회의 한 특징이 있다. 프랑스 내셔널리즘이

'계몽·민주주의의 조국 프랑스'라는 보편적 가치를 내걸고 있다는 점은 앞에서 지적했는데 '미국적 자유'도 이와 비슷한 점이 있다(미국에서는 이 이념의 '보편적인' 측면을 위해 '내셔널리즘'이라고 부르기보다는 '아메리카니즘'이라는 표현을 사용한다).

미국에서는 자유주의가 생활양식이 되어 역설적으로 '교조적인 자유주의', '자유주의의 절대주의화', '자유주의적 획일성' 등의 현상을 낳고 있다는 지적도 있는데(Louis Hartz, *The liberal tradition in America*), 이것은 '자유주의'의 내셔널리즘 이데올로기화라고도 바꾸어 말할 수 있다. '보편성'의 표방이 국민통합의 축이 되어 특이한 내셔널리즘의 원리로 변한 것은 어떤 의미에서는 소련과 비슷한 면이 있다. 이는 '혁명에 의해 건국된 나라'라는 공통성이 있기 때문이며, 단순한 우연이 아니다[아메리카니즘이 사회주의와 비유되는 보편적 이데올로기를 취했다는 점에 대해서는, 후루야 준(古矢旬), 『아메리카니즘(アメリカニズム)』 참조].

캐나다·오스트레일리아와 다문화주의

같은 이민의 나라라 해도 캐나다에는 퀘벡처럼 프랑스어계 주민이 집중해 있는 주가 있다는 점에서 미국형과는 다르다. 캐나다에서는 '네이션'이란 말을 어떻게 사용할 것인지가 논쟁적인데, 영어계와 프랑스어계라는 두 가지의 네이션이 있다는 생각이 보편적이다. 이러한 배경에서 다문화주의라는 발상이 1960년대 이후에 강화되고 다양한 논쟁을 거치면서 공인된 위치를 점하게 되었다.

비영어계 집단들 가운데 상대적으로 유력한 지위를 점하고 이른 시기에 정치적으로 주목받은 것은 퀘벡 주의 프랑스어계 주민이었다. 이에 따라 퀘벡의 지위가 연방제 재편문제의 초점이 되었다. 그러나 프랑스어계 주민에게만 특별한 지위를 인정하는 것은 다른 마이너리티의 반발을 부르기 때문에 프랑스어계에만 국한되지 않고 우크라이나계, 독일계, 중국계 기타 이민과 선주민 등의 문제로 점차 확대됨으로써 1970년대에는 공적 정책으로 다문화주의를 취하는 것이 선언되었다.

오스트레일리아의 경우, 당초는 이른바 '백호주의(백인우선정책)'가 채택되었지만 제2차 세계대전 후에 비영어권 유럽으로부터의 이민이 증가하였고, 이어서 아시아계 이민도 늘어났다. 그런 가운데 일찍이 완전히 무시되고 있던 선주민을 포함함과 동시에 다양한 문화적 출신을 갖는 아시아계 이민을 어떻게 통합할 것인가 하는 문제의식이 점차 높아져 다문화주의의 제창이 확산되었다.

다문화주의는 1970년대 이후의 캐나다 및 오스트레일리아에서 공식적으로 채택되었고 미국에도 영향을 미쳤다. 일찍이 미국의 주류적 발상은 '인종의 도가니(melting pot)'론이었는데, 어느 시기 이후 '샐러드 볼(salad bowl)'론이 유력한 위치를 점하게 되었다. 멜팅팟이란 다양한 인종·에스니시티가 융합하여 단일한 '미국인'이 된다는 생각인데, 융합의 목표가 이른바 '와스프(WASP, 백인·앵글로색슨·프로테스탄트)'를 표준으로 하는 동화이자 타 문화를 열등시하는 발상이라고 비판을 받게 되면서 문화의 대등 성이 강조되기 시작했다.

한편, 특히 미국에서는 다문화주의가 국민통합의 해체를 초래 하는 것이 아닌가 하는 관점에서 위기감을 갖는 논자도 적지 않 으며(Arthur M. Schlesinger, Jr., *The Disuniting of America : Reflections on a Multicultural Society*) 여전히 논쟁적인 문제로 남아 있다. 이와 는 별개로, 다문화주의가 마치 소수파의 권리를 존중하는 듯하지 만 결국은 특정 공인집단의 존재양식을 고정시키면서 한정적인 권리를 부여하는 데 그치고 있다는 비판도 나오고 있다.

다문화주의라는 생각은 여기서 언급한 나라들만의 문제가 아 니며, 최근에는 보다 일반적으로 널리 논의되고 있다. '국민'으로 서의 통합과 에스닉한 개성의 존중(다양한 문화의 평등)을 양립 시키려는 생각은 꽤 많은 사람들을 매혹시키며 하나의 유력한 사 조가 되었다. 그러나 다문화주의는 기존의 '문화'를 고정적인 단 위로 전제하기 쉽다는 점에 대한 비판도 있다. 어떠한 집단이라 도 그 집단의 틀 자체에 반발하는 소수파가 있고, 집단 간의 경계 도 유동적일 수 있는데 다문화주의는 오히려 기존의 '문화'를 공 유하는(이라고 상정된) 집단의 틀을 고정해버린다는 것이다.

라틴아메리카 국가들의 네이션과 내셔널리즘

라틴아메리카의 경우, 19세기의 독립국가 성립은 에스닉한 계기에 의한 것이 아니었다. 종교는 거의 전면적으로 가톨릭, 언어적으로는 압도적으로 스페인어 및 일부 포르투갈어이기 때문에 구대륙에서 '민족' 형성의 중요 지표로 여겨진 언어와 종교의 측면에서 보면 많은 나라로 분리되어 독립할 필요성은 없었던 것처럼 보인다. 그럼에도 불구하고 복수의 나라가 탄생한 것은 식민지시대의 행정적 구획의 영향이 크다.

베네딕트 앤더슨의 유명한 '관료 순례의 여행'이라는 논의는 이 점과 관련된다. 이베리아반도 출신 관료의 커리어는 본국의 마드리드를 포함하고 또 복수의 식민지에도 영향력을 행사했지만, 현지 태생의 관료는 아무리 출세해도 마드리드에 도달하지 못하는 것은 물론 멕시코라면 멕시코 안, 칠레라면 칠레 안이라는 한정된 범위를 '순례'했다. 이러한 '순례' 경로를 함께하는 사람들 사이에 '우리' 의식이 생기고 그것이 각각의 '네이션'의 기초가 되었다는 것이다.

이러한 경로로 독립국이 형성되기는 하였지만 라틴아메리카 국가들의 주민은 에스닉한 일체성을 가지고 있지 않으며 다양한 에스니시티 간의 차이와 갈등이 있다. 초기에 선주민은 정치적 주체로 여겨지지 않았고 현지 태생의 스페인계(크리올, criollo)와 이베리아반도 출신자와의 갈등이 주를 이루었으나, 시간이 흐르면서 이베리아반도 출신자의 비중은 감소하고 다양한 혼혈(메스티소, Mestizo)이 증가하였다. 그에 따라 '크리올'이라는 말도 스페인어 사용자라기보다는 혼합된 언어를 사용하는 이를 지칭하게 되었다. 오늘날의 영어·프랑스어에서의 '크리올'은 혼성어·혼성문화, 또는 혼혈인들을 가리킨다.

어느 시기 이후의 라틴아메리카에서는 혼혈 비중이 증대하고 선주민도 자기주장을 시작하는 등 새로운 에스닉한 갈등관계가 형성되었다. 그러나 에스닉 문제와 각국의 '국민' 형성은 관계가 없었으며 라틴아메리카에서의 '내셔널리즘'은 기본적으로는 각 국가의 현상으로서 에스닉한 축에 의한 현상이 아니다.

따라서 신대륙에서의 네이션 형성은 에스니시티와는 기본적으로 분리되어 있다. 내셔널리즘론의 고전으로 여겨지는 앤더슨의 『상상의 공동체』가 전적으로 네이션에 대해 논하면서 에스니시티를 언급하지 않는—그의 후의 저작에서는 에스니시티가 새롭게 다루어지고 있으나—것은 이 책이 신대륙, 특히 라틴아메리카를 중시하고 있었던 것과 관련이 있다(그의 책 제4장 및 증보판 서문 참조. 또한 그의 본래의 전공 분야인 인도네시아에 대해서는 이 책의 제3장 4절에서 다룬다).

동아시아 : 서양의 충격 속에

　유럽에서 생겨난 '국민국가' 관념이 인접지역으로 확산되어 복잡한 재편을 초래한 것이 러시아, 동유럽, 중동지역 등이고 대양을 사이에 둔 땅에 이식된 것이 신대륙이었다고 한다면, 동아시아는 이들보다 다소 늦은 시기에 강렬한 충격을 받게 되었다.

　서양의 충격 아래 근대국가화의 노력을 개시했다는 구도는 동아시아 각지에 공통적으로 적용되는데, 그 결과는 크게 다르다. 오랫동안 동아시아 국제체제의 중심이었던 중국은 19세기 후반 이후 부득이하게 유럽 국가들에 종속되고 조선은 국제적 각축 속에 일본에 종속되었으나, 일본은 독립을 확보한 가운데 스스로 식민지제국화의 길을 걸었다. 이 때문에 중국과 조선에서는 '국민국가의 수립'이 '달성해야 할 목표'로서의 성격을 강렬하게 띤 데 대해 일본에서는 '근대국가화'가 상대적으로 조기에 달성된 한편, '국민국가'로서는 너무 큰 공간을 '제국'으로서 포섭함으로써 여러 모순을 안게 되었다.

중국 : 청조(淸朝)와 그 변용

청제국의 재편과 해체는 제2절에서 다룬 '전근대의 제국'의 한 예로 볼 수 있으나, 몇 가지의 독자적인 특징을 가지고 있었다.

중국 및 중국을 둘러싼 동아시아 세계는 간략히 말하자면, '중화'이념을 전제로 문명의 중심['화(華)'의 영역]에서 주연[周緣, 이(夷)의 영역]으로 동심원적으로 확산되는 체계를 이루고 있었다고 볼 수 있다. 이러한 상식적 이해에 대해서 최근 연구들이 다양한 비판과 수정을 제기하고 있지만, 한자로 쓰인 문서의 방대한 축적에 의한 독특한 문명이 강한 통합력을 가지고 있었다는 점, 전근대 세계의 통례로서 명확한 '국경'의식이 없고 '문명의 중심'에서 벗어난 지역에서의 경계선은 불명확했다는 점은 일단 확인될 것이다.

어떤 지역 안에서 상대적으로 '고도의 문명'이라 자칭하는 집단이 타 집단을 '야만'으로 간주하고 '개화'의 대상으로 보는 것은 세계 각지에서 자주 볼 수 있는 현상으로, 중국만의 특징은 아니다. 그러나 한자문명의 강력한 문화적 헤게모니는 이를 유일한 중심으로 여기는 관념을 늦은 시기까지 보존할 수 있도록 하였다.

군사적으로는 북방의 기마민족집단이 예로부터 여러 차례 침략하여 정치적 지배자의 지위에 오르기도 하였으나, 이 경우에도 문화적으로는 한자문명에 동화되는 일이 많았다. 그런 까닭에 다른 나라들과 나란히 하나의 국가로 자기를 의식할 수밖에 없게 되었다는 점은 중국에는 큰 충격이었다.

또 한 가지 중요한 점은 17세기부터 20세기 초반의 중국을 지배한 청조는 그야말로 외래왕조였다는 사실이다. 유학과 한자문화를 최상위에 두는 '화이사상'에서는 내륙 아시아 세계는 어디까지나 '오랑캐(夷)'의 세계일 뿐 '화(華)'의 세계에 편입할 수 없었는데, '이적(夷狄)' 출신이었던 청조의 지배자는 '화이사상'을 비판하고 '중외일체(中外一體)'라는 일종의 독자적인 다원주의적 통합원리를 취함으로써 한인(漢人) 중심의 세계와 내륙 아시아 세계(몽골, 신강, 티베트 등)를 결합하여 이후의 중국으로 이어지는 영역 통합을 진행했다. 그 광대한 영토에는 다수의 상이한 문화·언어가 존재하고, 종교적으로는 유교, 샤머니즘, 티베트불교, 이슬람이 병존하고 있었는데, 그 전체가 하나의 영토로 통합된 것은 그 후의 중국에서의 '국민' 형성을 위한 하나의 역사적 전제가 되었다[히라노 사토시(平野聰), 『청제국과 티베트문제(清帝国とチベット問題)』/ 히라노 사토시, 『대청제국과 중화의 혼미(大清帝国と中華の混迷)』].

19세기에 청조의 정치통합이 느슨해지는 가운데 북쪽에서는 러시아, 남쪽에서는 영국과 프랑스 세력이 밀려온 것은 큰 시련이었다. 아편전쟁과 그 후의 경과는 당초에 한정적인 통상의 승인과 '양무운동'(서양기술의 도입에 의한 근대화)으로 대응 가능한 것처럼 보였으나, 결국은 서구가 주도하는 근대국제관계 속에 그 일원―더욱이 실질적으로는 종속적인 일원―으로 참가하는 형태로 변해갔다.

대영제국이 그 영향력을 티베트에까지 미치려 했을 때, 일찍이 티베트불교의 보호자로 행동한 청의 황제는 이미 확실히 대응하기가 어려웠으며, 청과 티베트 사이에는 상호 불신이 더욱 커졌다. 이러한 통합의 균열이 생기는 한편, 청조 융성기에 형성된 영역국가관에서 티베트는 중국의 일부로 여겨졌었다는 점에서 후에 계속되는 '티베트문제'를 낳게 되었다. 또한 '조공국'의 위치에 있었던 베트남은 청불전쟁을 거치면서 프랑스보호령이 되고 조선 및 류큐(琉球)는 청일전쟁을 통해 일본의 지배하에 떨어지게 되었다.

근대 국제국가체제에 참가하는 것은 그 스스로도 '국민국가'가 되어야 하는 것과 같았다. 터키인의 제국이 아니었던 오스만제국에서 19세기 말에서 20세기 초반에 터키 내셔널리즘이 등장한 것처럼 한인(漢人)의 제국이 아니었던 청제국에서도 한인 내셔널리즘이라고 할 만한 것이 등장했다. 청조의 지배자가 만주인이라는 것은 한인의 입장에서는 이민족이므로 배만흥한(排滿興漢)론이 고양되어 1911년의 신해혁명으로 이어졌다. 그러나 특정 민족(한인)의 내셔널리즘은 광대한 영토에서의 다민족 통합의 요청과 갈등관계에 놓인다는 딜레마가 있었다. '배만(排滿)'을 철저히 하면 만주나 몽골의 독립국가로의 분리를 인정해야 하는데, 그것은 전대로부터 이어온 영토의 대폭적인 축소를 의미하기 때문이다. 이 것은 오스만・합스부르크・러시아 등의 제국들이 19세기 말부터 20세기 초반에 걸쳐 직면한 것과 비슷한 딜레마라 할 수 있다.

이 난제에 대한 하나의 답으로서 '오족공화(五族共和)'론[한(漢)・만(滿)・몽(蒙)・회(回)・장(藏)]이 주장되고, 여기서의 '중화민족'은 개별 하위 민족(에스니시티)을 초월한 넓은 네이션으로서의 통합으로 상정되게 되었다. 그러나 관념적으로는 대등한 하위 민족들 중 하나인 한인이 현실에서는 압도적인 중요성을 가지고 정치적・문화적으로도 중심적인 위치에 있었기 때문에 개별 에스니시티를 초월한 통합이어야 할 '중화민족'론은 실제로는 한민족(漢民族)・한문화(漢文化)로의 동화를 의미한다는 새로운 딜레마가 발생하였다[무라타 유지로(村田雄二郎), 「중화 내셔널리즘과 '최후의 제국'(中華ナショナリズムと 『最後の帝国』)」, 하스미 시게히코・야마우치 마사유키(蓮実重彦・山内昌之) 편, 『지금, 왜 민족인가(いま, なぜ民族か)』, 東京大学出版会, 1994년 수록].

근대 이전의 '일본'

일본에서의 '국민' 의식의 형성을 어디까지 거슬러 올라가 확인할 수 있을까 하는 물음에 답하기란 쉽지 않으며 이는 이 책의 논의를 벗어난다. 대략적으로 말하자면 섬나라라는 조건—변경 섬들의 위치 부여에 애매한 면을 남기고, 해상교통에 의한 교류

의 의미도 무시할 수 없다고는 해도-은 상대적으로 다른 세계와
의 격리·단절과 내부에서의 일체성 양성(釀成)에 유리하게 작용
했을 것이다. 그러나 그 '일체성'의 정도는 시기에 따라 다르고
초역사적으로 일관되었던 것은 아니다. 전국시대 말기까지는 동
서 간의 지역 차도 컸고 주변 지역들과의 해상교류도 활발하여
'일본'으로서의 통합은 그다지 강고하지 않았다. 그 후, 오다·도
요토미(織豊) 정권에 의한 통일이 이루어지고 국경관리도 강화되
었다. 이렇게 성립된 영역국가가 도쿠가와(德川) 정권으로 이어졌
으며, 이후의 '국민국가'로 이어지는 일체성이 형성되어 갔다. 그
렇지만 그것이 얼마나 강고하게 확립한 것이었는지는 관점에 따
라 다르다.

에도(江戸)시대의 이른바 막번(幕藩)체제[27]는 한편에서는 번들
의 자주성을 남기면서도 다른 한편에서는 참근교대(參勤交代)제
도[28]로 상징되는 집권제도를 특징으로 한 만큼 국가로서의 통일
정도는 그 어느 때보다도 높았다. 도량형이나 통화도 점차 표준
화되어 갔다. 무사뿐만 아니라 서민 사이에서도 상업의 발전, 데
라코야(寺子屋) 교육[29]이나 출판의 확대 등에 의해 완만한 의미에

---

27) 중앙의 막부(幕府, 將軍)와 지방의 번(藩, 大名)이 봉건적 주종관계로 형성된 정치체
   제를 가리킨다.
28) 각 번의 다이묘(大名)를 정기적으로 에도(江戸)를 오고 가게 함으로써 각 번에 재정
   적 부담을 가하고, 볼모를 잡아두기 위한 에도 막부의 제도를 가리킨다.
29) 에도시대에 서민 자제에게 읽기, 쓰기, 계산, 실무적인 지식이나 기능을 교육한 민
   간교육시설을 가리킨다.

서의 '일본' 의식이 생겨나기 시작했다.

한편 '나라'라는 말은 '일본' 전체가 아니라 행정단위를 가리켰으며 통일국가라는 의식은 희박했다. 막번체제는 집권과 분권의 미묘한 균형 위에 성립된 것으로, 후자에 주목하면 독립성이 높은 번(藩)들의 연합이라고 볼 수 있다. 류큐왕국이 사쓰마(薩摩)번과 청조 양쪽에 복속되어 있었던 데에서 나타나는 바와 같이, '안'과 '밖'의 구별도 항상 명확한 것은 아니었다. 언어에 관해서 이야기하자면, 말은 방언들 간의 차이가 컸고, 글은 한문, 소로분(候文)[30] 등의 여러 종류가 병존하여 통일적인 근대적 문장어는 아직 확립되지 않았다.

메이지유신 : 근대국가화의 개시

이러한 상황을 크게 변화시키며 본격적인 '국민국가' 형성의 계기가 된 것은 말할 필요도 없이 메이지유신과 그 후의 국가건설이다. 이론적으로 본다면 막부 말기·개국의 전환기에 여러 번의 연합이 복수의 국가를 형성할 가능성도 없었던 것은 아니다. 그러나 현실에서는 일본열도에 복수의 국가가 세워지지 않았고, 단일한 국가로서 근대국가화를 시작하게 되었다. 이와 함께 에도시대에는 위치가 애매했던 오키나와와 홋카이도도 명확히 '일본

---

30) 중세부터 근세에 걸쳐 일본에서 사용된 문장어의 하나.

의 영토'로 인식되었고, 중국(청조)과 러시아와의 국경도 확정되어 영역국가화가 완성되었다.

오키나와의 류큐왕국은 원래 사쓰마번과 청조 양쪽에 복속되어 있었는데 메이지 정부는 류큐왕국을 먼저 류큐번으로 삼은 뒤 이를 폐지하고 오키나와현을 설치하려 했다. 이러한 시도는 류큐 측의 저항과 중국(청조)의 항의로 인해 난항을 겪으면서 류큐를 양분하는 방안[미야코(宮古), 야에야마(八重山)를 중국령으로 한다] 이 중일 간에 일단 합의되었다가 깨지는 등의 복잡한 경위를 거쳤으나, 결국 청일전쟁으로써 '일본 속의 오키나와현'이라는 지위가 확정되었다.

에조치(蝦夷地, 1869년 홋카이도로 개칭)는 근세 초기에는 마쓰마에(松前)번에 위임되어 있었는데, 러시아와의 갈등 속에 막부 직할로 바뀌었다(그 후 일단 마쓰마에번으로 되돌려졌다가 다시 직할로 바뀌었다). 원래 '이역(異域)'으로 인식되던 에조치가 메이지국가에 의해 '내국'이 된 것은 러시아와의 갈등이라는 요인에 의한 것으로, 그 논거로서 '일본인·아이누 동조(同祖)론'이 제기되기도 했는데 이는 일관해서 유지된 것은 아니고 도리어 외교를 위한 흥정 방편이라는 성격을 띠고 있었다.

에스니시티 관점에서 확실히 일본인(和人)과 구별되는 언어·문화전통을 갖는 아이누뿐만 아니라, 오키나와의 언어·문화도 '본토'의 그것들과 적지 않은 차이를 가지고 있었다. 그러나 홋카이도·오키나와 모두 메이지국가 초기부터 '내지'로 취급되었고, 그 후 장기간에 걸쳐 강력한 문화적 동화 방침이 실시되었다.

메이지국가와 국민통합

메이지국가는 막번체제보다도 훨씬 더 집권적인 통일국가가 되었다. 폐번치현[31]과 질록(秩祿) 처분[32]에 의해 그때까지의 세습 신분제는 폐지되고 '국민'은 기본적으로 같은 존재로 간주되었다 [소수의 화족(華族)은 예외]. 메이지 정부는 서구의 근대국가제도를 급속히 도입하여 법제 정비를 통해 전국에 제일(齊一)적인 제도를 만들어갔다. 이 통일국가 영토 내의 주민은 다양한 지역 차를 포함하기는 하지만, 완만한 의미에서는 그때까지 형성된 문화적·언어적 공통성이 어느 정도 남아 있었는데, 이는 국가에 의한 국민 창출 정책의 상대적 성공에 유리한 조건으로 작용했다. 그러나 메이지 초기에 각지 방언의 차이는 상당히 컸고, '표준어'의 보급을 위해서는 '내지' 안에서도 강력한 동화가 추진될 필요가 있었다.

근대국가화가 공교육 보급, 우편·통신·교통망 정비 등을 수

---

31) 메이지 정부가 1871년에 그때까지의 번을 폐지하고 지방통치를 중앙 관리하의 부(府)와 현(縣)으로 일원화한 행정개혁을 가리킨다.
32) 질록(秩祿)이란 화족(華族)과 사족(士族)에게 제공된 가록(家祿)과 유신공로자에게 부여된 상전록(賞典祿)을 합한 호칭인데, 메이지 정부가 1876년에 이러한 질록 급여를 폐지한 정책을 가리킨다.

반했다는 점은 주지하는 바이지만, 그것은 또한 '하나의 국가'라는 틀 속에서의 경제활동이 활발해질 수 있는 전제조건을 만들었다. 전국 규모의 경제적 거래, 인적 교류, 그에 따른 여러 지역문화의 타 지역으로의 전파 등과 같은 현상은 에도시대부터 서서히 진행되고는 있었지만 메이지 이후의 근대화과정 속에서 한층 더 급격히 진전되었다. 이렇게 형성된 '국민경제'의 일체성은 '국민' 형성의 중요한 기초가 되었다.

그때까지 완만한 것에 머물러 있었던 '국민'의 일체감을 강화하기 위해서 천황을 정점으로 하는 정치적 권위의 단일 위계구조로서의 확립 및 그것을 정통화하는 이데올로기를 대중적으로 전파하려는 움직임이 일어났으나 많은 우여곡절을 경험해야 했다. 오랫동안 현실의 정치 권력에서 벗어나 그 권위를 국민에게 널리 행사하지 않았던 천황에게 일거에 지고(至高)의 권위를 부여하기 위해 메이지 초기에는 제정일치와 신불(神佛)분리가 추진되어, 신도(神道)를 국교(國敎)화하려는 움직임마저 있었다. 그러나 급진적인 폐불훼석(廢佛毁釋)은 불교세력을 국민통합에 이용할 필요가 있었다는 점에서 부득이 후퇴하게 되었으며, '문명개화'라는 시대조류상 기독교의 포교 역시 언젠가는 용인하지 않을 수 없었다. 메이지헌법은 '신교의 자유'를 '질서안녕을 해치지 않고 신민으로서의 의무를 저버리지 않는 한에서'라는 조건으로 보장하였다. 그리고 이때 신사신도(神社神道)는 제사이지 종교가 아니라는 설명(신도 비종교설)에 의해 궁중제사화가 보장되었다. 신사신도가 제사에 한정된 한편, 종교로서의 신도 여러 파는 그와는 별개로 '교파신도(教派神道)'라는 위치를 부여받았다. 신사신도는 국가적 지위를 확보하여 전국에 걸친 공식적 위계질서를 구축하였고, 교파신도는 실질적으로는 타 종교와 혼용될 요소를 남기면서도 '신도'로서 신사신도와 연결되는 듯한 모양을 띠게 되었다.

이와 같이 '비종교'로서 여러 종교에 대해 초월적인 위치를 갖는 신사신도(국가신도), 기독교의 진출에 대항하기 위해 신도에 버금가는 높은 위치를 다시 확보한 불교, 국가신도와 다르면서도 애매한 연속적 성격을 갖는 교파신도, 국가에 대한 충성이라는 조건부 '신교의 자유' 아래 포교가 용인된 기독교 여러 파, 위험한 존재로서 완전히 합법적 질서의 밖에 놓인 여러 종교['사종(邪宗)'으로 간주된 몇 개의 신흥종교 및 '위험사상'인 공산주의]라는 가치서열이 형성되었다. 마지막 범주를 제외하면 일단의 다원성과 '자유'가 존재한 것으로 볼 수 있는데, 이들이 체계적으로 서열화되면서 전체로서 '신민'을 통합하는 구조가 만들어졌다.

근대국가 형성과 함께 형성된 국가신도는 그때까지 있었던 민간신앙과 일정한 연속성을 가짐으로써 대중을 동원했으나, 다른 한편으로는 다양한 민간신앙의 토속성을 제거하고 특정한 신들(기기신화에 나오는 신들, 황통과 연결되는 신들, 국가에 공적이 있는 사람들)만을 제사해야 할 대상으로 함으로써 대중의 신앙을

국가로 흡수시키려고 했다. '국사(國事)'로 순직한 전사자를 제사 지내기 위해 만들어진 초혼사(招魂社)의 정점인 도쿄 초혼사가 별격 관폐사 야스쿠니신사(別格官幣社靖国神社)로 개조된 것(1879)은 가장 단적인 예이다. 메이지헌법 발포(1889) 다음 해에는 교육칙어가 발포되어 천황의 '신민'에 대한 명령으로 열거된 여러 덕목이 교육의 중핵을 차지했다. 이를 전후로 전국 대부분의 학교에 천황과 황후의 '사진(御眞影)'이 하사되고 배례의 대상이 되었다. 이러한 이데올로기적 통합이 얼마나 강하게 대중의 내면을 붙들었는지에 대해서는 판단하기 어렵지만, 표면적으로는 반항을 허용하지 않는 체제를 만들어 그 주형(鑄型) 안에서 '신민'으로서의 네이션 형성이 진행되었다.

식민지제국화와 그 모순

이렇게 '국민국가'화가 진행되는 한편, 메이지국가 발족 이후 얼마 지나지 않아 대만과 조선을 영유하게 되고, 그 후에도 대륙으로의 진출이 계속되었다. 이 때문에 근대일본에서는 '국민국가' 형성과 '식민지제국'화가 거의 동시에 진행되었다. 즉, 에도시대 이래의 '내지', 메이지 초년에 '내지'로 병합된 홋카이도 및 오키나와(그렇지만 몇 가지 중요 법률의 시행이 타 부현보다 늦는 등 '충분히는 내지가 아닌 내지'라는 양면적인 성격이 남았다), 조기에 식민지로 포섭된 대만·조선, 보다 늦은 시기에 지배하에 놓인

'만주국'·중국 각지·동남아시아 각지 등과 같이 몇 겹으로 중층(重層)화되는 형태로 '국민' 형성이 진행되었다.

서구에 비해 후발 제국으로 출발한 일본은 영국과 프랑스로 대표되는 선발 제국처럼 스스로를 전 세계의 중심으로 삼지 못하고 선발국에 대한 동경과 모방, 그에 대한 대항의식과 반발이라는 양면성으로 균열될 수밖에 없었다. 서구 제국에 대해 남모르는 열등감을 갖는 한편, '더 후진적이다'라고 간주되는 지역에 대해서는 보호자적인 태도를 취하는 양면성은 러시아제국과도 닮아 있다(단, 러시아의 경우, 서구와 지리적으로 인접해 있기 때문에 양면성의 기원이 일본보다 훨씬 오래되었다는 특징이 있다).

다민족제국으로서의 근대일본의 '국민통합'은 일체성을 어떻게 만들어내는가에 관한 복잡한 모순을 안고 있었다. '동화정책'이라는 말이 자주 사용되는데, 깊이 생각해보면, 문화 차원에서의 동일화(전형적으로는 언어에서의 동화=일본어화 정책)와 법제도 차원에서의 동일화(평등화)를 구별할 필요가 있다[이 논점은 고마고메 다케시(駒込武), 『식민지제국 일본의 문화통합(植民地帝国日本の文化統合)』에 의한다].

식민지지역에서 일본어 교육 보급을 비롯한 문화적 통합(일본인화) 정책이 취해진 것은 주지하는 바와 같다. 그러나 메이지 시기에는 근대 문장어로서 '일본어'의 확립 자체가 앞으로 달성해야 할 과제였던 반면, 조선어 및 중국어는 모두 일본 통치 이전에

108

문장어를 형성하고 있었기 때문에 조선·대만에서의 동화정책은 '내지'로 여겨진 홋카이도·오키나와 정도로 철저할 수 없었다 (식민지시대 말기가 되어 문화 면의 동화정책은 정점에 달해 '창씨개명'을 포함한 '황민화' 정책에로 이른다).

문화적 동화가 쉽게 전면화할 수 없었던 것은 조선·대만 사람들은 한편으로는 '일본인'이지만, 다른 한편으로는 '일본인'이 아니라고 간주되는 모순된 위치에 놓인 것에 기인한다. 이 점과 관련하여 전전기에는 '대일본제국'의 다민족성은 자명한 전제였으며 현실적으로 이질성이 높기 때문에 어떻게 통합할 것인가를 둘러싸고 각종 정책과 논의가 교착했다. 이른바 '단일민족국가'관은 오히려 전후가 되어 식민지를 분리하는 가운데 강화되었다[오구마 에이지(小熊英二), 『단일민족신화의 기원(単一民族神話の起源)』/ 오구마 에이지, 『＜일본인＞의 경계(＜日本人＞の境界)』].

문화 면에서의 '동화'의 실태가 어떠하든 그 방향성은 거의 일관하게 추구되었지만, 법제도 차원에서는 '내지'와 '외지'의 원칙적 차이가 유지되었다. 대만총독 및 조선총독에게는 '법률에 준하는 효력을 갖는 명령'을 내릴 수 있는 권한이 부여되었다[대만에서는 1921년 이후 총독의 명령공포 범위가 제한되어 내지법의 연장 시행이 원칙이 되었으나, 실제 적용은 예외가 많았고 법역(法域)으로서의 특수성은 사실상 유지되었다고 한다]. 또한 식민지 사람들은 '대일본제국신민'으로 인식되었지만, 호적법상으로는 '내지' 일본인과 달랐다. '내지'에 본적을 갖는 일본인은 호적법의 적용을 받았지만 조선인·대만인은 '외지'에 호적을 갖는 것으로 여겨져 그 법적 지위는 명확히 구분되었다.

법적 권리의 최대 상징인 참정권의 경우를 살펴보면 명확한 차이가 말기까지 유지되었다. 제국의회에 대한 선거권 부여는 겨우 전쟁 말기에 징병제 시행의 보답의 의미로 규정—단, '내지'에서는 이미 폐지된 납세액에 의한 제한을 수반한다—되었는데, 이후 선거 기회를 갖지 못한 채 식민지제국의 붕괴를 맞이하게 되었다. 제국 전체에 대한 참정권과 구별되는 식민지 자치로서의 '조선의회', '대만의회' 설치 구상도 때때로 부상했으나 실현에는 이르지 못했다.

'식민지적 근대화'와 그 후

식민지 통치의 일환으로 교통·통신설비 건설, 교육 확대 등의 정책도 실시되었고 출판 활동 등도 왕성해졌다. 지방에서의 자문기관 참가를 비롯해 식민지 사람들을 제국통치의 말단에 편입하는 정책도 실시되었고 말기에는 더욱 확대되었다. 식민지 시기의 '근대화' 평가는 논쟁적인 문제이지만 '근대화=선'이라는 가치판단을 떠나 좋든 나쁘든 전통적 사회질서가 붕괴되고 도시화·교육보급 아래 새로운 사회구조가 형성된 것을 '근대화'라 한다면, 식민지 통치하에서도 일종의 근대화—물론 '본국'의 이익에 종속

110

하는 형태로－가 진행되었음은 부정하기 어렵다.

이러한 '식민지적 근대화'의 진행, 자문기관에의 참가, 일본인 관리의 인원부족을 보완하기 위한 말단 행정기구로의 동원 등은 식민지의 체제 내 참가의 확대를 초래했다. 반일운동의 좌절로 부득이 '전향'할 수밖에 없었던 조선인 사이에서는 적지 않은 '대일협력'자가 나타났다. 이러한 상황을 가리켜 비자유주의적인 공공성으로서의 '식민지공공성'을 상정할 수 있지 않을까 하는 문제제기도 있다[나미키 마사토(並木真人), 「'식민지공공성'과 한국 사회－식민지 후반기를 중심으로(『植民地公共性』と朝鮮社会－植民地後半期を中心に)」, 박충석(朴忠錫)・와타나베 히로시(渡辺浩) 편, 『'문명' '개화' '평화'－일본과 한국(「文明」「開化」「平和」－日本と韓国)』, 慶応義塾大学出版会, 2006년 수록].

일본 통치 이전의 조선에는 근대 '국민국가'가 확립되어 있지는 않았으나 조선왕국이 존재했던 데 비해, 대만은 어떤 범위에서 '국민'이 형성되는가의 문제가 보다 복잡했다. 원래의 선주민은 말레계 사람들이었는데, 네덜란드 통치기를 거쳐 17세기 후반에 청조 지배하에 놓이면서 중국대륙 남부로부터 이민이 증가하여 주민 구성이 장기적으로 변화했다. 국가제도로서는 청조의 직접통치 지역이 되었고 과거시험에 합격한 엘리트도 생기는 등 '중국 국민'의 맹아적 구성요소가 형성되고 있었다. 그러나 중국이 '국민국가'로 확립되지 못한 가운데 대만은 청일전쟁 후에 일본에 병합되었다.

그 후의 대만은 대륙과의 연계가 단절되고 일본의 식민지지배 체제에 편입되었는데, 이른바 '이면에 들러붙는 것'처럼 '대만'이라는 전체 수준에서의 사회통합도 진행되었다. 식민지적 왜곡을 수반하면서 진행된 근대화－교통·통신·행정·교육시스템의 건설과 출판활동 전개－에 의해 독자적 지식인층이 탄생한 것은 조선의 경우와 마찬가지였다. 그들은 '대일본제국'의 신민으로 여겨지면서도 신분상승 가능성에 큰 제약이 있었기 때문에 '일본인'과는 다른 '대만인' 의식이 서서히 형성되었다. 다른 한편, 대륙과의 왕래는 제한되어 있었지만 완전히 없었던 것은 아니고, '중화' 내셔널리즘의 영향도 미쳐 중국 혁명에 합류하려는 움직임도 있었다. 그러나 당시 중국공산당은 대만 해방을 중국 혁명의 일환으로 여기기보다는 오히려 독자적인 '대만 혁명'을 목표로 하고 있었다. 따라서 일본 지배로부터의 해방 이후 '중국이라는 네이션'에 합류할 것인가, 아니면 '대만이라는 네이션'을 형성할 것인가 하는 문제는 해결되지 않은 채로 남겨졌다[와카바야시 마사히로(若林正丈), 『대만 항일운동사 연구(台湾抗日運動史研究)』].

※ 이 장에서는 부분적으로 뒤의 시기도 다루었지만 기본적으로는 18세기부터 20세기 초반의 시기를 중심으로 국민국가/내셔널리즘의 등장 과정을 몇 가지 그룹으로 나누어 살펴보았다. 20세기의 역사는 더욱 새로운 요소가 나타났는데, 그러한 변화를 쫓는 것이 다음 장의 과제이다.

제3장

민족자결론과 그 귀결

−세계전쟁의 충격 속에

내셔널리즘의 세계적 확산

19세기 말경까지 '국민국가' 관념 및 내셔널리즘의 확산은 기본적으로 유럽과 그 인접지역―그리스, 합스부르크제국, 러시아제국, 오스만제국 등―의 현상에 머물렀다. 그러나 19세기 말에서 20세기 초 서구열강의 세력이 세계 각지로 확산되면서 식민지화의 위협에 노출된 여러 지역에서 자국의 독립과 '국민국가'화를 목표로 한 내셔널리즘 운동이 대두되었다.

이 시기에 운수·통신 수단이 비약적으로 발전하였고 전신기술은 세계를 빠르게 연결하는 데 일조했다. 현대의 고속통신에 비하면 매우 초보적인 것이었지만 '초기 세계화'의 시대가 시작된 것이 된다[우메모리 나오유키(梅森直之) 편, 『베네딕트 앤더슨, 세계화를 말하다(ベネディクト・アンダーソン, グローバリゼーションを語る)』]. 중국, 쿠바, 일본, 폴란드, 터키, 필리핀 등 멀리 떨어진 지역에서의 내셔널리즘 운동의 사례가 세계 각지에 전해지고 서로 자극하는 관계가 탄생했다. 그들의 내셔널리즘 운동은 상호 영향을 미치면서 강화되었다.

이러한 배경 속에 각지의 내셔널리즘은 각각 '우리의 고유한 독자적 전통'을 강조했다. 그러나 그러한 '전통'을 재발견하거나 만들어냄으로써 '국민적 단결'을 낳으려는 운동 경향은 오히려 의외일 정도로 비슷하다. 그 이유로 서구에서 생긴 '국민국가' 관념의 '모델'로서의 강력한 어필과 '초기 세계화' 이후의 세계 각지 민족운동의 호응·상호 자극관계를 들 수 있다.

'민족자결'론의 등장

여러 민족이 각각 자기의 운명을 스스로 결정해야 한다고 하는 '자결' 내지 '자기결정'은 그 용어법과 해석은 다양하지만 프랑스혁명 이후의 국민주권 관념의 확산 속에 다양한 사람들에 의해 주장되었다[일본어에서 '(민족의) 자결'과 '자기결정'은 다른 문맥에서 사용되는데, 영어에서는 모두 self-determination이며, 주체가 집단이냐 개인이냐 하는 중요한 차이가 있기는 하지만 발상으로서는 공통점이 있다]. '자결'의 의미는 다양하게 해석되었으나 그 주체가 될 수 있는 집단에 대해서는 비교적 좁게 받아들이는 것이 통례였다.

19세기 중반 이래의 유럽에서는 18세기 말에 국가를 잃은 폴란드의 국가부흥론이 다수의 동정을 받고 있었다. 그 이외에 독립론이 어느 정도 이상으로 널리 주목받은 예로는 아일랜드가 있다. 그러나 이들은 예외이며, 보다 적은 규모이거나 혹은 '미개'로 간주된 집단은 보다 더 크고 '문명적인' 민족으로 흡수되어 통합되는 것이 '역사의 진보'라고 생각되었다. 이 문제에 관한 한

자유주의와 사회주의 사이에 원칙적 차이는 없었으며 마르크스나 엥겔스, 존 스튜어트 밀과 같은 자유주의자도 마찬가지였다.

이러한 '자결'관에서 '자결'이란 일반적으로 적용되는 원칙이 아니라 극히 한정적인 대상—규모가 크고 독자의 전통을 갖는 유럽의 몇몇 민족—에만 적용되는 것이 된다. 그러나 일단 일부 민족에 '자결'론이 적용되자 다른 여러 민족도 "우리에게도 그 원칙을 적용해야 한다"고 주장하는 운동을 시작하여 서로가 서로를 고무하면서 내셔널리즘 운동이 각지로 파급되었다.

기존 정치질서에 비판적인 입장을 취하는 사회주의자들 사이에서 '자결'이라는 관념은 일찍이 확산되어 1896년 제2인터네셔널 런던대회 결의(단, 이 결의에 대해서는 다양한 해석이 있다)나 1903년 제2회 러시아사회민주노동당대회가 채택한 당 강령에 포함되었다. 레닌이 오스트리아 마르크스주의자와의 논쟁 속에서 영토적 민족자결권을 강조한 데 대해서는 제2장 제2절에서 이미 지적한 그대로이다.

그러나 레닌은 권리의 보유와 행사를 구별하여 자결권 행사(즉, 분리 독립)는 그다지 바람직하지 않고 오히려 대규모적인 국가 유지가 바람직하다고 주장했다(이혼의 자유는 보장되어야 하지만 이혼이 장려되어야 하는 것은 아니라는 비유로 설명되었다). 오스트리아 마르크스주의자도 오스트리아의 영토적 일체성 유지를 전제하고 있었고, 볼셰비키 이외의 러시아 사회운동도 러시아제국의 분해가 아니라 민주적 연방제로의 재편을 요구하는 것이 대세였다. 그렇기 때문에 20세기 초에는 자결론이 슬로건으로 확산되는 한편 큰 국가가 작은 국가들로 분열되는 연쇄적 사태를 예상하기 어려웠다.

획기로서의 제1차 세계대전

이러한 상황을 크게 바꾼 것은 제1차 세계대전 및 그 전후처리 과정이다. 웨스트팔리아조약(1648) 이후의 국제사회체제는 국가 간의 상호 주권존중·내정불간섭을 대원칙으로 하였기 때문에 타국 내의 분리 독립운동을 외부에서 지원하는 것은 내정간섭으로 배척되었다. 이 점에서 '국제사회'라는 것의 일종의 보수성―이 말에 어폐가 있다면 현상유지 지향―이 발견된다. 그러나 대규모 전쟁 즈음에는 국가 틀의 변동이라는 문제가 발생하며, 특히 종전 시의 전후처리에서 어떻게 결정되는지가 중요해진다. 따라서 원래는 안정적이었던 국가의 틀이 대전의 종결 시에는 커다란 변화의 대상이 된다. 이것이 제1차 세계대전 후에 생긴 현상이며, 제2차 세계대전 후 및 냉전종언 후에도 같은 변화가 나타났다.

제1차 세계대전의 또 다른 특징으로 '총력전 시대'의 시작이라는 점을 들 수 있다. 광범위한 대중이 정치에 관여하게 되는 것은 '국민국가' 성립기 이래로 일관된 경향인데 총력전 과정에서는 특히 넓고 깊게 국민 동원이 전개되었으며, 이는 전후 각국의 정치 편성의 양태에 영향을 미쳤다. 제1차 세계대전 후에 구식민지 지역에서는 내셔널리즘이 고양되었고 이미 '국민 형성'을 마친 유럽 국가들에서도 총력전 참가에 대한 일종의 대가로 참정권 확대와 사회보장정책 등이 전개되어 국민통합의 재건이 도모되었다. 여기서 보이는 대중민주주의, 복지국가화의 진전 등과 같은 현상은 제2차 세계대전 후에 더 큰 규모로 이어지게 된다.

'민족자결'의 상징화

제1차 세계대전 중에 독일은 '민족'이라는 무기를 이용하여 러시아제국을 흔들기 위해 전후 폴란드 국가의 부흥을 시사했다. 러시아에서도 1917년 2월 혁명(신력으로는 3월) 후에 성립된 임시정부가 전후 폴란드의 독립국가를 창설할 것을 제창했다. 이는 모두 적국의 지배하에 있는 지역을 독립시켜 자국의 동맹국으로 삼으려는 의도를 감춘 외교적 흥정의 일환이었으나 이러한 태도 표명이 이루어졌다는 점은 폴란드 이외의 여러 민족의 독립운동을 자극했다.

또한 영국은 대전 중에 맥마흔＝후세인 왕복서간[33]을 통해 독

---

33) 제1차 세계대전 중인 1915년 10월 24일에 이집트 주재 영국 고등판무관이었던 맥마흔(MacMahon)과 사우디아라비아 메카의 지배자인 후세인(Hussein)이 모두 5회에 걸쳐 주고받은 왕복서간을 가리킨다. 두 사람은 왕복서간에서 전쟁 종료 후 시리아 서부를 제외한 아랍인 거주의 오스만제국령에 독립국가를 건설하기로 약속했다.

립아랍국가 창설을 약속하는 한편, 밸푸어 선언[34]에서는 팔레스타인에서의 유대인의 민족향토 창설에 대한 지지를 표명했다. 이들은 민족자결론과 직접 결부되어 있지는 않았지만 새로운 독립국가 창설에 대한 지지 표명으로 인식되면서 전자는 아랍인, 후자는 유대인의 운동을 자극했다. 그러나 미래에 생성될 독립국가들 사이에는 큰 모순이 내포되어 있었고, 이것이 팔레스타인 분쟁의 근원이 되었음은 익히 잘 알려져 있다.

러시아의 임시정부는 1917년 3월 27일(신력으로는 4월 9일)의 성명에서 '여러 민족의 자결 원칙에 기초한 평화'를 목표로 내걸었다. 이것은 임시정부의 주류였던 자유주의자들을 사회주의자들이 압박하여 이끌어낸 것으로, 레닌이 이끄는 볼셰비키는 임시정부의 비일관성을 비판하며 더 강력한 자결론을 제창했다. 윌슨 미국 대통령이 강화원칙으로 제기한 유명한 '14개조'(1918년 1월)는 이러한 러시아 정세의 전개에 대한 대응 성격을 갖고 있었다. '14개조' 그 자체는 '민족자결'이란 말을 직접 사용하고 있지는 않으나 폴란드 독립에 관해서는 명확히 언급하였으며, 그 직후의 윌슨 발언은 자결론을 공적으로 승인하기도 했다.

이처럼 대전의 종결 당시 나타난 '자결권'을 둘러싼 일련의 논의는 이념 싸움이었던 동시에 국제정치에서의 영향력 확보를 위

---

34) 1917년 영국 외상 밸푸어(Balfour)가 유대계 영국인 은행가로 시오니스트연맹회장인 로스차일드(Rothschild)경에게 보낸 편지에서 팔레스타인 지역에 유대인 국가건설을 지원하겠다고 약속한 것을 가리킨다.

한 헤게모니 싸움이기도 했다. 문제는 누가 '자결'의 주체이며, 그것을 어떻게 적용해야 하는가에 관한 무수한 해석이 존재한 만큼, 이들 간의 항쟁이 불가피하게 되었다는 점이다.

윌슨의 '민족자결'은 네이션을 주체로 하고 있었으나 제1장에서 지적한 바와 같이 영어의 네이션은 주로 '국민'의 의미이기 때문에 이것은 오히려 '여러 국민의 자결'이라고도 할 만한 것이다 (또한, 이후에는 자결권의 주체로서 피플이라는 말을 사용하는 경향이 확산되는데 이것은 '민족'에서 좀 더 멀어진 의미를 갖는다). 그러나 당시 그야말로 '자결'의 적용을 둘러싼 싸움이 일어난 독일·동유럽·러시아지역에서 '네이션'과 비슷한 계열의 말은 오히려 에스닉한 '민족'이라는 뉘앙스로 수용되었고, 당초 어떤 집단이 '국가'를 획득하는가가 정해지지 않은 상황에서 누가 '국민'인가를 미리 확정할 수는 없었다. 이 때문에 다양한 집단의 의도가 서로 어긋나고 다수의 환멸을 사는 것은 불가피했다. 레닌과 볼셰비키의 '민족자결'이든, 윌슨과 베르사유체제의 '민족자결'이든, 수사와 현실 사이의 큰 격차에 대해 '기만'이라거나 '배신'이라거나 하는 따위의 논의가 있는 것은 이상할 것이 없었다. 그러나 원래 이 원칙에 대한 다양한 해석이 가능한 이상, 모든 관계자가 만족하기란 어려운 일이었다.

이론적으로 어떤 집단이 '자결'의 권리를 갖는가 하는 물음에 대해서 무수한 주장이 난립하는 만큼 그중 어느 것이 옳은가를 추상적 원리에 의해 결정할 수는 없다. 따라서 현실적으로는 국가를 만들 수 있는 집단을 네이션으로 상정하고, 이들이 자결권을 가진다는 생각이 유리할 수밖에 없다. 그러나 이는 "국가를 만드는 인간 집단이 국가를 만든다"는 동어반복이 될 뿐이다.

이러한 맥락에서 '민족자결'이 상징화되고 그 상징의 쟁탈을 위한 정치가 전개되는 시대가 시작되었다. 그중 다음으로 살펴볼 중부 유럽과 동유럽은 최대의 큰 실험장이 되었다.

전간기의 중부 유럽 및 동유럽

구제국 붕괴와 신국가 형성

독일·합스부르크·오스만의 세 제국이 제1차 세계대전의 패전국이 되고 러시아제국이 혁명으로 와해된 것은 중부 유럽과 동유럽을 지배해온 제국이 일제히 붕괴된 것을 의미했다. 그리하여 지금까지 여러 제국의 지배를 받던 여러 민족의 국가를 어떻게 만들 것인지가 문제가 되었다. 세계대전 말기에는 국제질서의 급격한 변동을 피하기 위해 합스부르크제국의 판도를 어떠한 형태로든 존속시키려는 발상이 열강 정치인들 사이에서 우세하였다. 그러나 세계대전이 종결되면서 다민족제국의 해체와 일련의 신국가 창출을 피할 수는 없었다.

베르사유체제 속에서 일련의 민족이 '민족자결'론을 근거로 독립을 획득 혹은 회복한 것은 주지하는 바와 같은데, 신국가 형성과 국경선 확정에는 큰 어려움이 따랐다. 모든 민족에게 각각 국가를 부여하는 것은 사실상 불가능했고, 어디에 국경선을 긋더라도 소수민족 문제는 남을 수밖에 없었기 때문이다. 결과적으로, 폴란드는 큰 영토를 획득하면서 내부에 대량의 소수민족을 포함하게 되었다. 루마니아도 전승국으로서 영토 확장을 실현(헝가리로부터 트란실바니아를 빼앗고 러시아제국령이었던 베사라비아도 획득했다)하면서 내부에 소수민족 문제를 껴안게 되었다. 간단히 말하자면, 이들 나라는 상대적으로 큰 영토를 획득하였으므로 '이익을 얻은' 것 같지만, 그 때문에 도리어 복잡한 소수민족 문제를 안게 되어, 이웃 나라로부터의 영토회복 요구에서 자유롭지 못하게 되었다.

이들과는 대조적으로, 헝가리는 패전국으로서 영토가 현저히 축소되었으며(전쟁 이전 영토의 2/3, 인구의 3/5을 잃었다) 국외에 다수의 헝가리인이 남게 되었다. 이것은 전간기(戰間期) 헝가리 정치에서 실지회복주의가 큰 역할을 하는 토대가 되었다(재외헝가리인 문제는 오늘날까지도 여전히 민감한 문제이다).

마이너리티보호론과 그 한계

철저한 '1민족 1국가'의 불가능성—어느 국가도 다민족국가일 수밖에 없다—은 자주 지적되고 있다. 이 시기의 중부 유럽과 동유럽 국가들의 사례를 통해 이를 일반론으로 확인할 수 있을 뿐만 아니라 어떤 의미에서 어떠한 어긋남이 생겼는지를 구체적으로 파악할 수 있다.

우선 '자결'의 주체여야 할 '민족'이라는 단위를 어떻게 설정할 것인가 하는 것 자체가 큰 문제였다. '체코슬로바키아인'이라

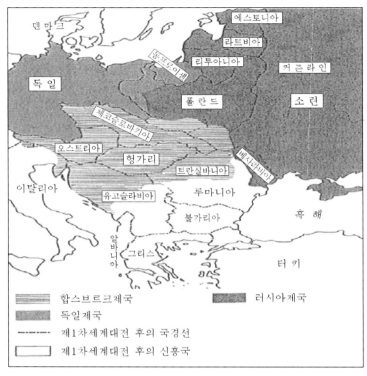

<그림 2> 중부 유럽 및 동유럽의 신국가

는 민족이 있는가 아니면 체코인과 슬로바키아인을 각각 별개의
민족으로 간주할 것인가, '유고슬라비아인'이라는 민족이 있는가
아니면 세르비아인, 크로아티아인, 슬로베니아인, 마케도니아인,
몬테네그로인 등의 여러 민족을 별개로 다룰 것인가, 베사라비아
주민은 루마니아인의 일부인가 아니면 가까운 관계이지만 별개의

'몰다비아(몰도바)인'인가 등의 문제가 이를 잘 보여준다.

제1차 세계대전 후의 국제질서를 형성한 열강 정치인들은 모든 민족에게 각각 '자신들의' 국가를 허용할 경우 분리가 끝없이 이어지며 생명력이 없는 소국가들이 국제질서를 뒤흔들 수 있다고 염려하여 '민족자결'의 적용 대상을 제한하려고 했다. 그와 동시에 '자결'을 인정받지 못한 여러 민족이 불안정 요인이 되는 것을 방지하기 위해 신흥의 여러 국가에 내부의 소수민족을 보호하도록 했다. 이로써 민족적 마이너리티 보호라는 생각이 등장하는데, 그것은 몇 가지 큰 제약이 있었음을 확인해둘 필요가 있다.

원래 마이너리티 보호의 의무는 중부 유럽과 동유럽의 신흥 국가들에만 적용되었고, 서구 국가들에는 식민지의 민족자결이나 '본국' 내의 마이너리티 보호란 큰 문제가 되지 않았다. 여기에는 서구에서는 이미 국민 형성이 완료된 데 대해 중부 유럽과 동유럽에서는 완성되지 않았다는 관념이 일조했다. 사실, 서구의 여러 국가도 완전히 내부적 일체·균질을 이룬 것은 아니었으나 이 시기에는 그 문제는 불문에 부쳐졌다. 또한 마이너리티 보호는 소수민족의 자결권을 인정하지 않는 대가였던 이상, 민족자결의 확대가 아닌 현재 만들어진 국가의 통합이 목표로 여겨졌다. 더 나아가 보호 대상으로 설정된 '마이너리티'의 단위 설정도 어려운 문제였다. '체코슬로바키아인'이라는 하나의 민족을 전제할 경우 '슬로바키아인'이라는 마이너리티의 존재는 인정되지 않으며, '유고슬라비아인'이 자결의 주체라면 '크로아티아인', '슬로베니아인'은 마이너리티가 아니게 된다는 것 등이다.

'마이너리티'로 인정된 집단의 실태도 한결같지 않다. 오늘날의 어감으로 '마이너리티'라고 하면 일반적으로 '약자'를 연상하지만 그것이 전부는 아니다. 특히, 동유럽 각지에 다수 거주하고 있던 독일인이 새롭게 형성되고 있는 '국민국가'(특히 폴란드, 체코슬로바키아)의 존립을 위협하는 잠재적 '강자'로 간주되면서 큰 문제로 떠올랐다. 또한 독일의 영토회복 요구는 머지않아 제2차 세계대전의 계기가 되었다.

독일인 정도는 아니었지만 헝가리인도 한때 합스부르크제국에서 상대적으로 지배적인 위치에 있다가 패전으로 인해 영토를 잃었기 때문에 체코슬로바키아, 루마니아, 유고슬라비아에 상당한 규모의 헝가리인이 남게 되었고, 그들이 각국에서 불안정 요인이 될 수도 있다는 염려도 있었다. 우크라이나 및 벨라루스 서부를 지배하게 된 폴란드와 베사라비아를 지배하게 된 루마니아는 그로 인해 소련과 불안정한 관계에 놓이게 되었다. 또한 동유럽 각지에 산재하는 유대인들의 경우, 정치적으로 많은 박해를 받은 만큼 '약자'라고 볼 수도 있지만, 경제나 교육 면에서는 종종 현지의 다른 주민들보다도 우위에 있는 경우도 있었으며, '강자'나 '착취자'로 간주되기 일쑤였다(이는 풀뿌리 반유대주의의 기초가 된다). 또한 로마인(집시)은 당시에는 보호 대상으로서의 소수민족으로 간주되지 않았다.

폴란드 : 다양한 민족문제

폴란드의 경우 앞에서 지적한 바와 같이 큰 영토를 획득한 결과, 전간기에는 전 인구의 약 1/3이나 되는 소수민족을 포함하게 되었다(우크라이나인, 유대인, 벨라루스인, 독일인, 리투아니아인 등). 패전국인 독일, 오스트리아로부터의 대규모 영토획득이 국제적으로 인정되었을 뿐만 아니라 1920년의 소비에트 러시아와의 전쟁 이후, 주민 분포를 기초로 한 커즌라인(Curzon line)[35]보다도 동쪽 지점에서 평화가 체결되어 우크라이나인 지역·벨라루스인 지역의 일부를 획득했기 때문이다. 커즌라인의 이동 시점에는 전통적인 폴란드인 지주 혹은 도시주민, 우크라이나인·벨라루스인 농민이라는 관계로 인해 합스부르크 시절보다도 더 강한 동화(폴란드화)정책이 취해졌다. 그러나 폴란드 정부에 의한 강제적인 동화정책은 우크라이나인·벨라루스인의 대항적 내셔널리즘을 자극하는 역효과로 나타났다. 서(西)우크라이나 공산당·서(西)벨라루스 공산당이 각각 조직되었고 반소 입장의 우크라이나 민족주의자들도 폴란드 민족주의에 대항하는 운동을 진행했다. 이는

---

35) 1919년 12월 연합국 최고회의가 결정한 폴란드의 동쪽 국경선으로 1920년의 소련-폴란드 전쟁에서 영국 외상 커즌이 소련 정부에 대한 각서를 통해 이 국경선에 따른 휴전을 권고하였기 때문에 '커즌라인'이라 부른다.

제2차 세계대전부터 전후 초기에 걸친 폴란드·우크라이나 관계를 복잡화시킨 요인이 되었다.

폴란드의 대(對)리투아니아 관계도 복잡한 문제를 안고 있었다. 원래 폴란드와 리투아니아는 한때 연합왕국이었고 국가회복기의 폴란드가 전성기 때의 영토를 되찾으려 하였으나, 그것은 리투아니아인의 입장에서 보면 폴란드에 의한 병합을 지향하는 것처럼 여겨졌다. 특히 민감했던 빌뉴스(현재의 독립 리투아니아공화국 수도)의 경우, 폴란드인, 유대인, 러시아인, 벨라루스인, 리투아니아인 등이 섞여 있었기 때문에 신흥 국가 폴란드와 리투아니아 모두 이것을 자국 영토라고 주장했다. 폴란드가 군사력으로 빌뉴스를 자국령으로 편입하자 리투아니아는 이를 인정하지 않았고, 전간기 내내 대립이 계속되었다(이후 빌뉴스는 1939년에 일단 소련령이 되었다가 리투아니아로 할양되었다).

독일은 러시아와 함께 전전 폴란드를 지배했기 때문에 새로운 폴란드국가 안에 포함된 독일인에 대한 정책은 미묘할 수밖에 없었다. 독일인을 문화적으로 폴란드화하는 것은 불가능한 것으로 간주하여 동화보다는 오히려 이화(異化)를 기본으로 하고, 이화된 독일인을 사회적으로 불리한 위치에 둠으로써 폴란드인의 우위를 확립하고 독일인의 유출을 촉진하려는 정책이 취해졌다. 이는 독일인의 대항적 내셔널리즘을 강화하여 마침내 제2차 세계대전으로 이어지게 된다.

독일인이 동화 불능으로 간주된 반면 유대인은 동화시켜서는 안 되는 존재로 간주되었다. 유대인의 다수는 빈곤한 소상인에 지나지 않았으나, 대부분 도시에 집중적으로 거주했기 때문에 마치 폴란드 도시가 유대인들에게 지배되고 있는 것처럼 생각되는 풍조가 폴란드인 사이에 확산되었다. 이 때문에 전문직이나 상업에서의 유대인 배제, 그리고 장기적으로는 이민(유출) 장려 등과 같은 정책이 취해졌다.

체코슬로바키아 : '국민국가' 창설과 그 모순

체코슬로바키아의 경우 체코인과 슬로바키아인은 원래 매우 가까운 관계였지만, 합스부르크제국 내에서 체코인 지역(보헤미아와 모라비아)은 오스트리아가, 슬로바키아는 헝가리가 지배했기 때문에 역사적 차이가 있었다. 체코 쪽이 경제발전이 빠르고 지식인이나 엘리트를 다수 배출했기 때문에 신국가 형성은 체코인이 주도하였다. 그리고 체코인과 슬로바키아인이라는 별도의 민족이 존재하는 것이 아니라 단일한 '체코슬로바키아인'이 존재한다는 전제하에 단일한 '국민국가'가 만들어졌다(언어 역시 단일한 '체코슬로바키아어'가 존재한다고 보았고 슬로바키아어는 그 방언으로 간주되었다).

이러한 상태에 대해 슬로바키아는 불만을 가지고 있었고 이후 다양한 문제가 발생했다. 슬로바키아인의 우파 내셔널리즘은 체코 내 독일인의 민족운동을 '적(체코인)의 적'으로서의 우군으로 간주했으나, 이는 반유대주의의 공유와 더불어 나치즘의 수용으로 이어졌다. 후에 나치 독일이 체코슬로바키아를 병합했을 때, 슬로바키아에 나치의 비호를 받은 괴뢰국가가 세워지면서 '슬로바키아인 최초의 국민국가'로 여겨졌다. 훗날의 이야기이지만, 1968년의 개혁운동이 군사적으로 진압되었을 때에도 체코인 주도의 개혁에 대한 슬로바키아인의 미묘한 위화감이 교묘하게 이용되었다(1968년에 준비된 여러 개혁 중 유일하게 실현된 것은 그때까지 단일국가였던 체코슬로바키아의 연방국가화였다).

여하튼 슬로바키아인은 '체코슬로바키아인'의 일부로 '마이너리티'가 아니라고 여겨졌으며, 그러한 전제 아래 최대 마이너리티로서의 위치를 점한 것은 독일인이었다. 독일인이 전간기 체코슬로바키아 인구의 2할 이상을 차지하였으며 이들은 내정에서 무시할 수 없는 존재였다. 전간기 체코슬로바키아 정치가 상대적으로 안정되었던 것은 체코인 정당들과 독일인 정당들 간의 제휴관계가 유지된 덕분인데, 세계경제공황으로 인한 정치경제적 불안정 속에서 독일인들 사이에 우파 내셔널리즘이 득세하면서 국내 위기를 심화시키는 중요한 요인으로 작용했다. 주데텐(Sudeten) 독일인[36]의 민족주의적 요구가 나치 독일에 의한 영토병합 요구의 구실이 된 것은 주지하는 대로이다.

---

36) 체코슬로바키아 북부에 거주하는 독일인을 가리킨다.

그 이외의 마이너리티로서 우크라이나인(루테니아인[37]), 헝가리인의 존재도 각각 인접국과의 관계를 복잡하게 만드는 요인이되었다. 유대인도 이들에 이어 큰 비중을 차지하고 있었다.

유고슬라비아 : '국민국가'냐 '다민족국가'냐의 선택

제1차 세계대전 후에 유고슬라비아가 된 지역은 오랫동안 오스만제국과 합스부르크제국의 세력다툼의 장이었는데, 19세기에 양 제국 모두에서 여러 민족의 자립과 국가형성을 목표로 하는 움직임이 일어났다. 이들 가운데 세르비아인(동방정교권에 속하고 상대적으로 이른 시기에 오스만제국에서 독립했다)과 크로아티아인(가톨릭으로 합스부르크제국 아래 있었다)이 특히 유력하여 양자 사이에 헤게모니 싸움과 구상의 차이가 있지만 남슬라브로서의 공통점('유고슬라비아'란 '남슬라브'라는 뜻)을 토대로 통일된 독립국가가 형성되게 되었다.

독립 시의 국명은 '세르비아인·크로아티아인·슬로베니아인 왕국'이었으나, 이 국명에 보이는 '세르비아인·크로아티아인·슬로베니아인'이라는 표현은 이들이 별개의 민족이라는 인식을 의미하는 것이 아니라 오히려 이들의 총체가 '유고슬라비아민족'

---

37) 폴란드, 오스트리아, 오스트리아-헝가리 제국의 지배를 차례로 받던 우크라이나인을 가리킨다.

이라고 간주되어 '하나의 민족'에 의한 '국민국가'라는 표면적인 입장이 취해졌다. 공용어도 '세르비아・크로아티아・슬로베니아어'라는 단일한 언어라고 간주되었다.

이러한 발상('유고슬라비아주의')은 1929년의 알렉산더 국왕에 의한 쿠데타(헌법 정지, 의회 해산, 정당 활동 금지, 국왕에의 권력집중)로 한층 강화되었다. 국명은 '유고슬라비아'로 개칭되었고, 지방행정 단위의 명칭도 특정한 개별 민족명을 상기시키는 명칭이 배제되었다. 이는 '유고슬라비아'라는 단일한 민족이 존재한다는 입장을 보다 철저히 하려는 것으로, 주관적으로는 '국민' 내의 분단을 넘어 통일을 목표하였지만, 비(非)세르비아인들의 눈에는 형태를 바꾼 '대세르비아주의'로 보였다. 특히 크로아티아에서는 이에 반발하는 크로아티아 민족주의가 강화되었고 '우스타샤(ustaša)'[38]라는 민족운동 조직이 창립되었다.

유고슬라비아 공산당은 처음에 유고슬라비아를 단일민족으로 보는 입장을 취하고 있었으나, 1920년대 후반에는 오히려 세르비아의 지배에 대한 여러 민족의 자결권을 강조하는 입장으로 이행했다. 이는 유고슬라비아 국가 해체론을 내포한 것이지만, 1930년대 후반에는 소련 및 국제공산주의운동의 전환방침을 수용하여 여러 민족의 자결권이 반드시 분리 독립을 의미하지 않는다는 유고슬라비아 국가유지론으로 바뀌었다. 그러나 유고슬라비아라는

---

38) 크로아티아의 반(反)유고슬라비아 분리주의 운동 조직을 가리킨다.

틀을 유지할 것인지, 보다 넓은 '발칸연방'이 될 것인지, 또한 '연방제'의 내실을 어떻게 다질 것인지 등의 문제에 대해서는 다양한 생각이 있었다.

제2차 세계대전 시기에는 크로아티아에 추축국계의 괴뢰 정권이 만들어졌으며 우스타샤가 이를 이끌었다. 이 '독립 크로아티아국가'의 영역은 오늘날의 크로아티아공화국보다도 훨씬 넓었고 크로아티아인 이외의 다양한 민족의 거주지역을 포괄하고 있었다. 우스타샤 정권은 특히 세르비아인을 적대시하여 대규모의 세르비아인 학살이 이루어졌다. 세르비아인 측[특히, 세르비아 민족주의 조직 체트니크(cetnik)[39]]도 크로아티아인에게 보복하면서 상호 학살이 확대되었다. 같은 시기에 코소보는 파시스트 이탈리아 보호하의 알바니아에 병합되었으나, 알바니아인의 다수는 독일·이탈리아와 협력하여 세르비아인 학살에 가담했다. 이러한 민족 간의 대규모 상호 학살은 전후 오랫동안 '잊을 수 없는 오점'으로 남아, 말하는 것 자체가 금기시되었으나 수십 년 뒤에 다시 분출하게 된다.

---

39) 제2차 세계대전 중 유고슬라비아 망명 정부의 전쟁 장관이었던 미하일로비치가 세르비아 건설을 위해 조직한 군사조직이다.

실험국가 소련

합스부르크제국과 함께 다민족제국이었던 러시아제국에는 제국 체제에 저항하는 다양한 사회운동·민족운동이 존재하고 있었다. '민족자결'론도 시오니즘도 그러한 배경 속에 생겼다. 러시아제국 이 1917년의 2월 혁명에 의해 무너지고 같은 해 10월 혁명으로부 터 수년간의 내전 과정을 거쳐 소련(소비에트사회주의공화국연방) 이라는 특이한 연방국가로 재통합된 것은 1922년의 일이다.

소련 특유의 문제 상황

소련이라는 나라를 이해하는 것─여기서는 특히 '민족문제'라 는 측면에서의 이해가 문제가 된다─에는 독자적인 어려움이 따 른다. 평가가 극단적으로 엇갈리고 있고, 거리를 둔 냉정한 관찰 이 이루어지기 어렵기 때문이다. 어느 시기까지는 정권이데올로 기에 의한 자기 정당화적인 설명이 여러 외국에 큰 영향을 미쳤 으며, 마르크스주의자·사회주의자가 아닌 관찰자들 간에도 '민 족자결권의 실현'이라는 공식적 설명을 받아들이는 풍조가 있었 다. 그 후, 그에 대한 의심이 점차 확산되어 오늘날에는 오히려 그것을 단순히 전도한 듯한 이론—이른바 '수정사관'—이 압도적으로 확산되고 있다. 그러나 정통교의를 단순히 뒤집은 것 같은 이미지는 그 피상성에 있어서 한때의 소련 정권 공식이데올로기와 비슷한 수준의 것일 뿐이다.

최근 유행하는 견해에 의하면, 소련은 민족자결권을 내세우면서도 여러 민족의 존재를 부정하거나 파괴하고 다른 여러 민족에 대한 러시아인의 차별을 지속하였다. 또한 실질적으로 러시아 민족주의에 입각하여 비(非)러시아 여러 민족에 대한 동화(러시아화)정책을 추진해왔다고 여겨진다. 그렇게 보일 수 있는 측면이 있었다는 것은 확실하고, 가치평가적인 의미에서 소련을 변호할 이유는 없다. 그러나 사실인식의 문제로서 이러한 이해만으로 충분한가는 새삼스레 다시 물을 필요가 있다.

단적으로 말하자면, 소비에트 정권은 민족차별 문제를 방치하지 않았으며 **적극적 우대조치(affirmative action)적인 요소를 수반한 민족정책·언어정책을 통해 이를 극복하려 하였다. 그러나 이는 오히려 새로운 문제를 낳았다**(Terry Martin, *The Affirmative Action Empire: Nations and Nationalism in the Soviet Union, 1923 ~ 1939*). 그런 의미에서, '보통의 제국'과 문제 상황이 다른—이른바 '꼬인'—관계가 있다. 이러한 복잡한 문제 상황은 기존의 제국론이나 포스트 콜로니얼이론의 단순한 적용으로는 이해하기 어렵다.

소비에트 이데올로기가 궁극적으로는 전 인류의 통일을 내걸고 국제주의를 강조한 것은 잘 알려져 있지만, 그것은 단순히 민족 관념의 부정을 의미한 것은 아니다. 먼저 '제국주의' 비판의 일환으로서 '민족자결'론이 존재하고 궁극적 통일은 여러 민족의 자결이라는 단계를 거친 후에 실현되는 것으로 상정되었다. 물론, 이러한 유토피아적인 이념은 머지않아 공동(空洞)화했으나, 유명무실하더라도 '국제주의' 이데올로기가 계속해서 체제의 기본이념이었다는 데는 변함이 없다. 어느 시기 이후 소련은 '소비에트 애국주의'를 강조하기 시작하면서 초기의 보편주의적인 성격을 상실해갔는데, 보편적 이념이 사실상 특정 국가의 개별 이해 추진을 정당화하는 근거로 변질되는 현상은 프랑스혁명에서의 '자유·평등·우애'나 미국에서의 '미국적 자유'와 공통된다.

여하튼 소련은 민족을 부정·파괴하려 했다기보다는 오히려 러시아제국하에서 민족 취급을 받지 못했던 소집단을 포함해서 자결의 주체로서의 여러 민족을 만들어내려 했다. 그렇게 해서 확정된 민족 가운데, 어느 정도 이상의 규모를 갖는 것에 대해서는 의사(擬似)적으로라도 '주권국가'로서의 지위를 부여하여 '국민국가' 형성을 추진했다(소연방은 이들의 자발적인 통합체로 여겨졌다). 구체적으로는 여러 민족 언어의 문장어로서의 창출과 교육이나 행정에서의 이용, 민족 엘리트 육성, 적극적 우대조치적인 인사정책, 각 민족의 역사연구—'국민사'의 창출—등이 추진되었다.

이와 같이 소비에트 정권은 독자적인 형태로 '(복수의) 민족' 및 그에 대응하는 '(복수의) 국민국가'를 형성해왔다. 한때 '소비에트인'이라는 개념이 강조된 적이 있었으나, 이는 '민족' 범주가 아니라 그 상위개념─에스니시티의 차이를 넘은 '국민'으로서의 일체성─이라는 위치부여였다. 또한 '여러 민족 간의 융합'은 대부분의 경우, 슬로건에 그쳤고 먼 장래의 목표로 여겨지고 있었다. '형식상으로는 민족적, 내용상으로는 사회주의적'이라는 유명한 슬로건은 오히려 '형식 내지 표면상으로는 사회주의적, 내용 내지 실질상으로는 민족주의적'으로 보이는 듯한 현실을 초래하고 있었다.

'민족' 범주의 확정 작업

'민족'을 주요한 표식으로 하는 정책─'민족자결'이든, '문화적 자치'든, '적극적 우대조치'든, '다문화주의(multiculturalism)'든─을 공적 제도로 실시하기 위해서는 '민족'의 틀 혹은 단위의 설정이 필요하다. 그러나 그러한 틀 혹은 단위를 어떻게 설정할 것인가 하는 문제와 관련해서는 유일하고 절대적인 '올바른' 설정 방법이 있는 것이 아니므로 다양한 가능성 속에서 어느 것이든 선을 그을 수밖에 없다. 이는 어떤 민족정책을 취하더라도 어려운 문제이지만, 소련의 경우 '민족자결'을 내세우고 '여러 민족의 평등'을 간판으로 했기 때문에 이 문제가 더욱 중요했다.

소련에서의 '민족' 확정이 미묘한 문제라는 점을 보여주는 현저한 사례로는 중앙아시아에서의 민족 경계의 획정, 러시아와 구별되는 벨라루스의 독자 민족으로서의 창출, 루마니아와 구별되는 몰도바의 독자 민족으로서의 창출 등이 있다. 이들 외에도 각지에서 '민족' 구분의 확정과 그에 따른 '민족어' 형성이 시도되었다[시오카와 노부아키(塩川伸明), 『민족과 언어(民族と言語)』 제1장 참조]. 어떤 경우에 어떠한 단위설정이 '올바른'가에 대해서는 여러 관점이 존재할 수 있기 때문에 정권의 공적인 결정이 유일한 '정답'이 아닌 것은 당연하다. 그와 동시에 정권 비판자들이 "우리들 주장이 맞다"고 주장하는 별도의 단위설정 역시 또 다른 하나의 관점일 뿐, 절대성을 주장할 수 있는 것은 아니다.

이처럼 소비에트 정권은 다양한 '민족'의 형성을 열심히 추진했다. 물론, 특정한 틀에서의 '민족' 형성은 다른 틀의 부정이기도 하므로 '민족의 형성'과 '민족의 부정'은 양자택일적 관계가 아니라 오히려 표리일체의 관계에 있다. 예컨대 남코카서스(South Caucasus)[40]의 밍그렐인,[41] 라즈인,[42] 스반인[43] 등이 독자적 '민족'으로 인정받지 못하고, '그루지야인'의 일부로 간주된 것은 '그루지야인'의 입장에서는 통일성 강화라는 의미를 갖는다(밍그

---

40) 아르메니아, 아제르바이잔, 그루지야(조지아) 등으로 구성된 지역을 가리킨다.
41) 밍그렐어(Mingrelian language)를 사용하는 사람을 가리킨다.
42) 라즈어(Laz language)를 사용하는 사람을 가리킨다.
43) 스반어(Svan language)를 사용하는 사람을 가리킨다.

렐인 사이에는 열렬한 그루지야 민족주의자가 적지 않다). '미샬인',[44] '크라셴인' 등을 독자의 민족으로 인정하지 않고 '타타르인'의 일부로 보는 것도 같은 의미를 갖는다. 이 밖에도 다수의 예가 있다.

소련에서의 러시아 : 중심적 민족의 피해자의식

소련에서의 민족문제의 가장 큰 특징은 중심적인 단위를 차지하는 러시아인이 그 지배적 위치에도 불구하고 소련체제에 불만을 갖고 독자적 내셔널리즘을 형성했다는 점이다. 소련에서 러시아인이 중추적인 위치를 차지해왔다는 것은 틀림없는 사실이지만, 이 체제는 '평등' 이데올로기의 제약으로 인해 실질적인 격차를 명확히 정당화하기가 어려웠다는 특수성을 갖고 있었다. '러시아인에 의한 지배'는 공공연한 형태를 취할 수 없었고 오히려 '피억압 민족'으로 간주된 비러시아 여러 민족에 대한 특혜정책이 중시되었다.

앞에서 언급한 적극적 우대조치는 기본적으로 비러시아 여러 민족에 대해 취해졌는데, 이는 결과적으로 러시아인들 사이에 '역차별' 의식을 확산시키는 효과를 가졌다. 소련에서의 러시아인은 일반적으로는 '지배민족'으로 간주되었으나 그 자신들 사이에서는

---

44) 세르비아의 미샬(Mişär) 지역에 거주하는 타타르인을 가리킨다.

그러한 자의식보다 오히려 피해자 의식과 르상티망(ressentiment)이 일반적이었다. 이는 미국에서의 적극적 우대조치에 대한 반격(backlash)과도 비슷한 현상이다.

문화정책을 살펴보면 초기 소비에트 정권은 러시아 전통문화의 총체에 대해 강한 부정적 태도를 취했다. 이러한 정책을 오랫동안 유지할 수는 없었는데, 1930년대 중반 이후 독소전을 결정적 계기로 하여 러시아 전통문화를 재평가하거나 러시아어 교육을 다른 여러 민족에 대해 강제로 확산시키려는 정책을 취하게 되었다. 그러나 그 후도 '국제주의'라는 간판을 유지하며 러시아 이외의 여러 민족의 문화·전통의 장려정책도 완전히 철회하지는 않았다.

소련 해체 후의 현대 러시아에서 러시아 내셔널리즘이 유력한 사회풍조로 떠올라 때로는 노골적으로 배외적 색채를 표출하는 것은 잘 알려져 있다. 그것은 소비에트시대의 러시아인이 자신들의 독자적 이해나 가치의식의 표현을 억압받았다는 것에 대한 르상티망이라는 성격을 띠고 있다[소련에서의 러시아의 특이한 위치에 대해서는, 시오카와 노부아키(塩川伸明), 『국가의 구축과 해체(国家の構築と解体)』제3장 참조].

소련의 유대인문제

소련에서 역시 유대인의 위치에는 독자적인 특징이 있었다. 제정러시아에서 여러 권리를 제한받았던 유대인들이 반체제 경향이 강했으며 여러 종류의 사회운동에 이들이 다수 참여했다는 것은 자연스러운 일이지만, 혁명 전의 사회주의 정당 안에 상대적으로 많은 유대인이 포함되었던 곳은 유대인 분트[재(在)폴란드·리투아니아·러시아·유대인 노동자총동맹] 및 멘셰비키였으며, 볼셰비키에 속했던 것은 비교적 소수였다. 그러나 1920년대가 되자 한때 분트나 시오니스트 좌파에 속했던 유대인이 공산당에 대거 유입되면서 유대인 당원의 비율을 높였다. 러시아혁명이 유대인의 음모라는 유형의 반유대선언은 논외이지만 1920년대 이후의 공산당원 및 소비에트 엘리트 가운데 유대인의 비율이 상대적으로 높았던 것은 역사적 사실이다.

원래 레닌과 스탈린 모두 "유대인은 민족이 아니다"라고 생각하였으나—이는 언어적 통일이나 지리적 집중이 결여되었다는 이유에서였고, 러시아제국보다 오히려 유럽 전토(全土)의 유대인을 염두에 둔 것—혁명 후의 소비에트 정권은 유대인을 '민족'으로 취급하기 시작했다. 여기에서 정권 창시자의 언설과 현실적 정책 사이의 기묘한 차이를 엿볼 수 있다.

이와 같이 유대인이 '민족'으로서 인정된 한편, 제정기에서의 이동제한이 해제되어 대도시로의 유입이 증가하고 교육 수준이 높아짐과 더불어 언어적·종교적 동화가 진행되었다. 제2장 제2절에서 지적한 바와 같이, 유럽에서는 유대인이 주위의 주류파 언어와 동화되거나 기독교로 개종하는 경향이 이전부터 진행되고 있었던 데 비해 러시아제국에서는 20세기 초에 이르기까지 유대인의 대부분이 유대교와 이디시어를 유지하고 있었다. 그러나 소비에트 시기부터 도시지역에서 러시아인과 섞여 살고 교육 수준이 높아지면서 사회적으로 활약하는 사람이 늘어나는 가운데 '유대인'으로서의 민족적 지표－유대교와 이디시어 유지－는 급속히 무너지게 되었다. 그럼에도 불구하고, 공적 제도로서의 민족등록제도(국내 여권에서의 민족적 기재, 또한 인구조사에서의 민족란)에서는 계속 '유대인'으로 간주되고 고정화되는 역설적 상황이 발생하였다.

제2차 세계대전 이전의 소련에서는 여러 분야의 엘리트들 중 유대인의 비율이 대체로 높았으며, 소비에트화의 상대적인 수혜자로서의 위치를 누렸다. 그러나 이는 도리어 비유대인 대중 사이의 '유대인＝볼셰비키' 동일시 및 그에 따른 반감과 차별의식을 증폭시키는 결과를 낳았다.

세계대전기의 소련의 영토 확장(발트 3국, 폴란드 통치하에 있던 서우크라이나와 서벨라루스, 루마니아 통치하에 있던 베사라비아)에 따라 유대인이 다수 거주하는 지역이 새로 포함되었고, 이로써 소련의 유대인 인구는 대폭 증가했다. 독소전 중에는 나치 독일이 노골적인 반유대주의를 공공연하게 내세웠기 때문에 유대인으로서는 이에 대한 대항으로 소비에트 정권을 지지할 수밖에 없었다. 이는 그들이 소비에트 정권의 대외선전 도구로 이용('반파시즘·유대인위원회' 활동 등)되는 한편, 비유대인 대중 사이의 반감을 더욱 강화시키는 결과를 낳았다. 독일 점령지역에서의 유대인 대학살에는 현지의 비유대인 대중들이 자발적으로 참가한 경우가 적지 않았다. 이러한 여러 민족의 미묘한 관계는 전후에 '회상해서는 안 되는' 경험으로 금기시되었다.

독소전 와중에 유대인이 상대적으로 친소적으로 행동할 수밖에 없었던 것은 전후 정책의 역전을 불렀다. 정권은 유대인 운동이 자립화하는 것을 두려워하였고 민중 사이에 뿌리 깊게 남은 반유대의식이 전시의 경험으로 더욱 강화됨으로써 여러 분야의 엘리트들 중 유대인의 돌출을 억제하는 정책을 취했다. 또한 전후의 애국주의 선전 속에 '조국을 갖지 않는 뿌리 없는 풀과 같은 코스모폴리탄'이라는 수사가 확산되면서 사실상의 반유대 정책이 취해졌다. 이스라엘에 대해서는 건국 당초의 단계에서는 반영(反英)의 관점에서 지지했으나, 머지않아 대립하면서 시오니즘을 강력하게 비판하였다. 이처럼 전후 초기에는 소련사 가운데서도 이례적으로 강한 반유대 정책이 취해졌다. 다만, 스탈린이 말년에 유대인을 통째로 강제추방하려 했다는 소문은 최근 연구를 통해 실증적 근거가 결여된 것으로 밝혀졌다[나가오 히로시(長尾

広視),「소련의 유대인－스탈린의 '최종적 해결'에 관한 고찰(ソ連のユダヤ人－スターリンの『最終的解決』に関する考察)」,『러시아사 연구(ロシア史研究)』제69호, 2001].

스탈린 사후, 이러한 명백한 반유대주의는 억제되었다. 그러나 민중의 반유대의식은 뿌리 깊이 남아 일부 정치인들도 이를 계속 이용하고 있다.

식민지의 독립 : 제2차 세계대전 후(1)

제2절에서 본 바와 같이, 제1차 세계대전 후에 '민족자결권'에 기초한 '국민국가'를 유보적으로라도 갖게 된 것은 중부 유럽 및 동유럽 일부 민족들뿐이었으며, 세계의 다른 많은 지역에서는 식민지지배 혹은 그와 유사한 상황이 계속되었다. 그러나 제2차 세계대전 후에는 나치 '제3제국'과 대일본제국이 모두 패전국이 되었을 뿐만 아니라 승자인 대영제국이나 프랑스의 식민지지배도 현저히 취약(脆弱)해졌다. 이러한 배경 속에 1960년대에는 구식민지 지역의 대부분이 정치적 독립을 획득했다.

신독립국가의 영역설정

독립국 발족을 위해서는 영토와 국경의 확정이 필요한데, 많은 경우 식민지시대의 행정적 구분을 위한 경계선을 독립국가 간의 국경으로 그대로 전환하는 방법을 취했다. 기존의 선을 그대로 이용한다는 것은 일종의 편의적 조치인데, '보다 적절', '보다 정당'한 선 긋기를 문제시하기 시작하면 끝없는 분쟁이 일어날 수도 있으므로 그러한 방법은 분쟁예방의 성격을 가졌다고도 볼 수 있다. 이렇듯 종래와 같은 영역단위로 독립국가가 형성된다는 것은 식민지시대의 여러 제도가 일정한 변화를 수반하면서 새로운 국가로 이어진다는 것을 의미한다. 식민지시대에 '본국' 유학 등의 방법으로 고등교육을 받은 민족 엘리트들 중 그러한 여러 제도의 담당자가 탄생한 것도 식민지시대와 독립국가의 일종의 연속성에 기여하는 한 요인이 되었다.

그렇다면 애초 식민지시대의 행정영역은 어떻게 설정되었던 것일까. 이것은 물론 일관된 것이 아니고 다양한 변종이 있으나, 대략적으로 식민지화 이전에 존재했던 왕국 등의 영토를 이어받은 경우와 그렇지 않은 경우로 구별할 수 있을 것이다. 전자의 경우, 전근대에 맹아적으로 진행되었던 네이션 형성, 식민지 시기의 독립운동, 독립 후의 국민국가 형성이 직선적으로 연결되지는 않더라도 어느 정도의 부분적 연속성을 갖는다고 볼 수 있다. 이에 대해 후자에서는 그러한 연속성은 거의 존재하지 않는다.

동남아시아나 아프리카 국가들에서의 네이션 형성의 특징에 관한 논의 중, 이들을 동유럽이나 구소련 여러 국가와 비교하여 후자는 불완전한 형태이기는 하지만 '민족자결'을 추구하며 특정 민족을 중심으로 한 '국민국가'의 형태를 형성하였지만 전자는 그러한 역사적 전제가 없었다는 지적이 있다(Rogers Brubaker, *Nationalism Reframed*, Cambridge University Press, 1996). 이러한 지적은 식민지화 이전의 왕국령을 이어받지 못한 경우에 보다 잘 맞는다. 이러한 조건하에서 새로운 '네이션'이 형성된 경우, 그것은 에스니시티와는 거의 아무런 관계가 없다. 그뿐만 아니라 에스닉한 통합은 네이션을 와해하는 것으로서 경계의 대상이 된다('부족주의'와 같은 꼬리표가 붙는다).

인도네시아라는 네이션의 형성

새롭게 생긴 네이션이 다수의 에스니시티로 이루어진 전형적인 예로 인도네시아를 들 수 있다. 이 나라에서는 언어·사회구조·생활양식을 달리하는 수백 개의 에스니시티가 있고, 20세기 초까지는 '인도네시아'라는 개념도 '국민'의식도 없었다. 이 시기에는 오늘날의 인도네시아 전역이 '네덜란드령 동인도'로서 통일적으로 지배되었고 근대적 통치기구의 수립과 공교육 보급이 시작되었다. 이러한 정책을 진행한 것은 물론 식민지 행정당국인데, 그 아래 놓여 있던 주민 사이에서도 이 영토를 '인도네시아'라는 일체적인 영역으로 파악하고 이 땅에 독립국가를 수립해야 한다는 의식과 운동이 확산되기 시작했다. 그러나 그 주체여야 할 '인도네시아 국민'이란 독립운동가의 관념 속에 존재하는 것에 지나지 않았고 현실적으로는 무수히 분열되어 있었다.

네덜란드령 동인도의 역내에는 200여 개가 넘는 언어가 존재하였고, 그 공용어로 네덜란드의 식민지 행정—및 그 후는 일본의 군정—에서 사용된 '말레어'가 독립 이후에 '인도네시아어', 즉 '단일 네이션으로서의 인도네시아인의 언어'로 여겨지면서

'국민' 창출의 중요한 지렛대로 간주되었다. 대다수 인도네시아 인에게는 각각의 지방어가 모어였고, 인도네시아어는 학교나 공적 공간에서 사용되는 어떤 의미에서는 낯선 제2의 언어였지만, 인도네시아어는 '국민' 통일의 상징으로 여겨졌다. 종교적으로는 무슬림이 다수를 차지하지만, 그 이외의 다양한 여러 종파가 존재할 뿐만 아니라 이슬람 자체가 지역·사회집단에 따라 꽤 상이한 성격을 띠며 수용되었다는 점에서 다양성이 있었다.

이와 같이, 전근대부터 이어져온 문화적 전통이라는 의미에서 통일성을 갖지 않는 다양한 에스니시티에도 불구하고, 이들이 '하나의 국민'으로 간주된 데에는 식민지 행정에 의한 하나의 단위 형성이 가장 큰 요인으로 작용했다. 『상상의 공동체』 단계의 베네딕트 앤더슨이 전적으로 네이션에 관해 논하면서 에스니시티를 언급하지 않은 것은 그의 최초의 전공 분야가 인도네시아였다는 점과 관련이 있다(그가 인도네시아와 함께 중시한 라틴아메리카 역시 네이션이 에스닉한 기반을 갖지 않는 또 하나의 예라는 점에 대해서는 제2장 제3절에서 지적했다).

다언어국가로서의 인도

인도아대륙은 강대한 제국에 의해 확장적 지배가 실현된 시기와 다수의 왕조가 분립한 시기를 번갈아서 경험해왔으나, 영국의 통치하에 근대적 행정질서가 도입되어 식민지국가로서의 모습을

갖추게 되었다. 내부에 다수의 번왕국(영국의 보호국)을 포함하면서도 일종의 통일체로 통치된 이 지역—파키스탄과의 분리로 인해 복잡해졌지만—은 독립 후 인도로 계승되었다. 국내에 다수의 언어집단이 있는 만큼 '국민'들 간의 비(非)균질성은 매우 크다. 언어의 수를 세는 것 자체가 일의적이지 않으나, 1961년의 인구조사에 의하면 사용자가 1만 명 이상인 언어만도 96개, 100만 명 이상인 언어도 22개가 존재했다. 1950년의 헌법은 '연방 공용어'는 힌디어이지만 헌법 시행으로부터 15년간은 영어의 사용을 인정한다고 정한 동시에, '주(州)공용어' 역시 인정하면서 부칙에 15개 언어를 명시했다(그 후 18개로 늘었다). 또한 당초 한시적으로 인정되었던 영어의 공적 사용은 사실상 무기한 연장되었다[스즈키 요시사토(鈴木義里), 『넘치는 언어, 넘치는 문자(あふれる言語, あふれる文字)』].

인도의 또 하나의 특징은 연방제와 에스니시티·언어 구분이 일종의 대응관계에 있다는 점이다. 원래 연방제는 영국 통치 시대의 주(州)를 계승한 것으로 언어분포와 큰 관계가 없었으나, 1956년 주재편법 이후 언어주(言語州)로의 재편이 진행되었다. 이후 인도에서는 여전히 '민족'이라는 개념보다도 '언어'가 주 형성의 기본이 되고 있다. 인도에는 다수의 종교가 있고(파키스탄이 무슬림국가인 데 비해 인도는 표면적으로는 특정 종교를 옹호하지 않고 있으며 다수파의 힌두교도 외에 시크교도, 무슬림, 기독교도, 불교도 등이 존재한다), 또한 이른바 카스트제도도 있으나, 종교·카스트·언어와 같은 다양한 분기선이 서로 겹치지 않기 때문에 '민족'이라는 개념을 적용시키기는 어렵다. 이러한 사정은 '언어'가 주를 형성하는 기준이 되는 요인으로 작용했다.

이와 같이 민족·에스니시티를 바탕으로 연방제를 구성하는 형태는 한때의 소련이나 유고슬라비아와 비슷한 점이 있다.

중동지역 : 개관 및 터키

중동지역은 종교 및 언어라는 관점에서는 동남아시아·남아시아와 상황이 꽤 다르다. 뒤에 살펴볼 이스라엘을 일단 별도로 한다면, 종교적으로는 수니파와 시아파로 분리되어 있던 이슬람이 지배적이고, 언어적으로는 아라비아어·터키어·페르시아(이란)어의 3대 언어가 우세하다는 점에서 그 다양성의 폭은 동남아시아·남아시아만큼 극단적으로 크지 않다. 그러나 기독교의 여러 파와 기타 소수 종교가 존재하고, 쿠르드어(페르시아어계이지만 그 자체가 몇 가지 방언으로 나뉜다)를 비롯해 다양한 소수언어도 존재하므로 균질적이라고는 할 수 없다. 또한 종교와 언어만으로 집단적 아이덴티티를 규정할 수 없으므로 지역마다 복잡한 역사의 흐름 속에서 다양한 통치 단위와 중층적인 '우리' 의식이 형성된 것으로 보아야 한다.

오스만제국 붕괴 이후 새로운 국가로 거듭난 터키공화국은 영

152

토의 급속한 축소라는 조건하에 '제국'으로부터 '국민국가'로의 이행을 진행할 수밖에 없었다. 제국은 영역 내에 다양한 집단이 거주하고 있는 것을 당연한 전제로 하여 오스만제국의 경우에도 밀레트 제도에 의해 일종의 다문화적 통합을 이루었지만, 세속주의와 공화주의를 표방하는 터키공화국은 오히려 '국민'의 균질성을 강조했다. 특히 민족·종교를 탈피한 '시민'으로서의 통합이 중시되었다. 그러나 그 시민적 통합이란 터키인으로의 동화를 요구하는 것이었으며, 쿠르드인 등의 민족적 존재를 부인하는 것이었다는 점은 자주 지적되는 바이다. 시민적 내셔널리즘의 표면적 방침이 실제로는 중심문화로의 동화정책을 수반한다는 구조는 프랑스의 경우와 비슷한 측면이 있다.

아랍 국가들 : 광역적 내셔널리즘과 개별 국가의 내셔널리즘

아랍지역에는 20개 이상의 국가가 있다. 종교(이슬람)와 언어(아라비아어)라는 지표상으로는 공통성을 갖기 때문에 이들 여러 나라의 사람들은 '하나의 민족'[카우미야(qawmiyya)[45]라 불린다]이며, 당연히 '하나의 국가'로 통일되어야 한다는 운동이 일어난 적이 있다(1950~1960년대 아랍 내셔널리즘의 대두). 이 경우 아

---

45) 종족(tribe)이나 에스닉 민족성(ethnic nationality)을 의미하는 카움(qawm)에서 유래한 말로, 보통 범아랍 민족주의(pan-Arab nationalism)에 관해 언급할 때 사용된다.

랍 전체가 하나의 네이션으로 간주되는데, 다른 한편으로는 '국가'마다 형성된 네이션 의식도 존재[와타니야(wataniyya)[46]라 불린다] 하므로 네이션 의식이 중첩되었다. 아랍 내셔널리즘의 입장에서 각 국가는 '인공적으로 분단'된 것으로 여겨져 통일운동이 주창되었으나, 이 운동은 현실적인 통일을 만들어낼 정도로 강력한 힘을 발휘하지는 못했다.

그러나 '아랍의 단결' – 더 넓게는 '전 무슬림의 단결' – 이라는 관념이 완전히 공허한 것은 아니며, 특히 이스라엘 및 그를 지원하는 미국과의 대항이라는 국면에서는 사람들을 결집시키는 힘을 발휘한다. 인간의 아이덴티티(귀속의식)는 단일한 것이 아니며 오히려 중층적 – 작은 대면집단에의 귀속, 특정한 개별 국가 속에서의 '국민', 에스닉한 연대를 기초로 하는 '민족', 종교에 의한 초민족적인 결합 등 – 인데, 그 가운데 어느 것이 전면에 부상할지는 그때그때 다를 수 있다.

아랍 국가들의 예를 라틴아메리카 국가들, 구소련 중앙아시아 국가들의 그것과 비교하는 것도 흥미롭다. 이들은 모두 언어 및 종교적 전통이 가까운 사람들이 사는 지리적 공간이 복수의 국가로 나뉘어져 있다는 점에서 공통적이다. 다만, 여기서 말하는 '공통의 언어'가 라틴아메리카에서는 식민자의 언어(스페인어 혹은

---

46) 모국(homeland, native country)을 의미하는 와탄(watan)에서 유래한 말로, 보통보다 로컬한 레벨에서의 애국주의(patriotism)에 관해 언급할 때 사용된다.

포르투갈어)인 데 비해 아랍 국가들과 중앙아시아 국가들에서는 현지 주민의 말을 기초로 하여 근대 언어가 만들어졌다는 차이가 있다. 이때, 중앙아시아(페르시아어계의 타지크를 제외하고)에서는 투르크계라는 공통성을 가지면서도 '카자흐어', '우즈베크어', '키르기스어', '투르크멘어'와 같이 분화한 '민족 언어'가 형성되었고, 그에 따라 각각 '독자적 민족'이라는 의식이 형성되었다. 그러나 아랍에서는 '아라비아어'가 하나인 것으로 인식되고 있다는 차이가 있다.

라틴아메리카에서 '내셔널리즘'이라고 하면 전적으로 개별 국가의 그것을 의미하며, 라틴아메리카 전체를 아울러 통일국가를 형성하려는 운동은 존재하지 않는다(라틴아메리카 수준에서의 지역 통합 움직임은 있으나, 이는 어디까지나 개별 국가의 병존을 전제로 한 것이다). 이에 대해 아랍에서는 강도는 차치하더라도, '아랍 내셔널리즘'이라는 것이 존재하고 한때는 유력한 것처럼 보였다. 또한 중앙아시아에서는 '내셔널리즘'이라고 하면 각 민족의 일로 취급(우즈베크 내셔널리즘, 카자흐 내셔널리즘 등)되었다. 중앙아시아 전체를 통합하려고 하는 투르케스탄 통일운동47)이 아주 없었던 것은 아니지만 매우 미약했다. 이들을 모두 비교해보면, 이 셋은 일종의 공통성을 가지면서도 네이션 관념의 양

---

47) '투르크족의 땅'이라는 의미를 갖는 중앙아시아 지역인 투르케스탄(Turkestan, 투르키스탄이라고도 한다)을 통일하려는 운동을 가리킨다.

태에서 서로 다르며 중앙아시아는 아랍과 라틴아메리카의 중간에 위치하는 것으로 볼 수 있다.

이스라엘 국가의 특이성

중동의 상황을 복잡하게 만드는 것은 이스라엘이라는 특이한 국가의 존재이다. 유대인이 각각의 거주국에서 대등한 시민으로 인정될 가능성에 절망하여 독자적으로 국가를 건설할 수밖에 없다는 생각(시오니즘)은 19세기 말 이후 러시아나 유럽 여러 나라의 유대인들 사이에 확산되었다. 그것이 국제정치 속에서 유력해진 데에는 제1차 세계대전 당시 영국의 밸푸어 선언이 중요한 계기가 되었고, 1930년대부터 제2차 세계대전에 걸친 나치 독일에 의한 대규모 유대인 학살로 인해 더욱 자극을 받게 된다(다만, 세계 각지에서 박해를 피한 유대인의 종착지가 반드시 팔레스타인이었던 것은 아니며 대부분은 미국으로 향했다). 팔레스타인으로의 유대인 이민이 1948년의 이스라엘 건국으로 이어지면서 팔레스타인·아랍과의 장기 분쟁의 기원이 되었다는 점은 익히 잘 알려져 있다.

유대인이란 원래 유대교도를 가리키는 것으로, 세계 각지의 유대인(유대교도)들은 각각 언어·문화를 달리하는 포괄적이며 비(非)균질적인 집단이다. 그러나 완전히 서로 다른 집단이라는 의미는 아니며 18세기 말부터 20세기 전반에는 러시아제국(및 그것을 계승한 소련)의 서부 지역부터 중부 유럽과 동유럽에 걸쳐 최대 규모의 유대인(아슈케나짐)이 집중해 있었다. 그들 중 다수는 이디시어-혹은 러시아인으로의 동화가 진행된 경우에는 러시아어-를 모어로 하고 러시아·동유럽권에서 기원한다는 공통점이 있었다. 초기에 팔레스타인으로 온 유대인들은 대부분 아슈케나짐이었으나, 그 후 서구 여러 나라에 상당히 동화되어 있던 유대인의 일부도 나치의 박해를 피하기 위해 유입되었다. 또한 이스라엘 건국 후는 세파라딤(이베리아반도에 기원하며 원래 스페인어 내지 라디노(Ladino, Ladin)어[48]를 모어로 하고 북아프리카, 오스만제국령 등에 이주해 있었다)이나 미즈라힘(Mizraḥim 혹은 Mizraḥi Jews)[49](중동 여러 나라에 있던 오리엔트 유대인들로 다수는 아라비아어를 모어로 하고 있었다)이 증가했다.

따라서 이스라엘의 유대인은 에스니시티의 측면에서 보면 결코 단일하지 않으며 오히려 다양한 구성으로 이루어졌다고 볼 수 있다. 종교 및 세계 각지에서의 박해 경험의 기억이라는 점에서는 공통점이 있지만 언어적·문화적으로는 비균질적인 사람들을 통합하는 데에는 히브리어 보급이 중요한 역할을 하였다. 고어(古語)가 된 히브리어를 부활시키려는 시도는 19세기 말에 시작되는데, 이스라엘 국가는 이를 정식 공용어로 하였고 공교육을 통해 보급함으로써 '국민'을 형성한 것이다.

---

48) 15세기 말 스페인의 종교적 박해를 피해 유럽 곳곳과 북아프리카 및 오스만제국으로 피신한 세파르딤(Sephardim) 유대인의 언어로, 유대 스페인어라고도 한다.
49) '신앙의 중심'이라는 뜻의 히브리어 Merkaz Ruḥani의 두문자어(頭文字語)로, 국제 시온주의 조직 안에서 일어난 신앙운동을 가리킨다.

'자립형' 사회주의의 모색 : 제2차 세계대전 후(2)

'내발적'인 사회주의국가들의 내셔널리즘

유고슬라비아, 중국, 베트남, 북한, 쿠바 등의 나라는 제2차 세계대전 후에 사회주의와 내셔널리즘의 결합을 기초로 성립했다는 점에서 공통된다. 이들 나라에서는 '소련형'과 구별되는 독자적 '사회주의'를 건설하려는 시도가 이루어졌다. 그것의 성공과 실패는 차치하고—각종 모순을 안고 있었던 것은 분명하다—외국(소련)의 강요나 단순한 모방이 아닌 '내발적'인 사회주의 건설을 목표로 하였기 때문에 접붙이기 방식을 통한 명백히 '외발적인' 사회주의였던 동유럽 국가들과는 차이가 있다.

이 때문에 구소련·동유럽의 사회주의 붕괴 후의 이들 국가의 궤적은 구소련·동유럽 여러 국가와는 다르다. 유고슬라비아는 소련·동유럽 국가들과 거의 같은 시기에 체제전환을 하였는데, 그 과정은 보다 복잡하며 체제전환 이후 여러 민족의 내셔널리즘의 충돌로 비참한 내전을 경험했다. 한편, 중국 및 베트남의 경우, 경제정책상으로는 상당히 자본주의에 가까워지면서도 명분상으로는 '사회주의'를 내려놓지 않는다는 양면성이 있다. 양국에서 공산당 정권을 뒷받침한 것은 이들이 한때 '민족해방'의 중심적 담당자였다는 역사적 기억인데, 이것이 언제까지 유효할 것인지가 시험대에 올라 있는 것처럼 보인다. 북한 및 쿠바에 대해서는 예측하기 어려우므로 여기서는 논하지 않으나, 어떤 의미에서는 변화가 임박해 있다는 것만은 확실하다.

유고슬라비아 : 분산화에의 역학

제2차 세계대전에 이르는 유고슬라비아의 역사적 경위에 대해서는 제2절에서 전술했다. 앞서 확인한 바와 같이, 크로아티아의 민족주의 조직인 우스타샤와 세르비아의 민족주의 조직인 체트니크는 각기 다른 민족의 운동으로서 상호 증오를 선동했으나, 티토(Josip Broz Tito, 1892∼1980)[50]가 이끄는 공산 빨치산은 여러 민족이 뒤섞이며 민족 간의 차이를 뛰어넘은 통일적 반파시즘 투쟁을 수행했다. 이는 공산 빨치산의 권위를 높였으며 빨치산전쟁 중에 남슬라브 여러 민족 간의 대립감정이 극복되어 일체성이 형성되었다는 생각을 퍼뜨렸다. 오늘날에는 그 '일체성'의 강도에 대한 의문이 제기되고 있지만 전후의 티토 시대에는 민족 간

---

50) 유고슬라비아의 독립운동가·노동운동가·공산주의 혁명가로, 유고슬라비아 연방의 대통령을 지냈다.

의 불화가 해소되었다는 견해가 주를 이루었다. 유고슬라비아의 통일과 단결을 위해 민족 간의 불화를 일으킬 수 있는 전시 중의 상호 학살에 관한 논의는 금기시되었다. 그러나 다수의 세르비아인의 입장에서 이는 크로아티아인에 의한 세르비아인 학살 사실이 티토에 의해 은폐되는 것으로 생각되었다(티토는 원래 크로아티아 출신). 이는 이후 민족분쟁이 격화되는 배경이 되었다.

전후 초기의 유고슬라비아에서는 여러 민족의 통일이 강조되었으나 1960년대 중반부터 점차 각 민족의 독자성이 중시되었고, 국가제도의 분권화가 지지를 얻기 시작했다. 이는 전통적으로 정치적 중심이었던 세르비아인에게 자신들의 헤게모니가 약화되는 것으로 받아들여졌고 유고슬라비아연방 해체 후 세르비아 내셔널리즘이 분출되는 배경이 된다.

1970년대에는 연방제가 더욱 분권화되어 국가연합(Confederation)에 가까운 연방제라는 성격을 띠게 되었다. 또한 국가제도뿐만 아니라 당(공산주의자동맹)조직 역시 '연합당'적인 색채가 강화되었다. 이렇게 해서 유고슬라비아의 다민족적 연방제의 내실은 소련형과는 크게 달라졌으며, 그 해체는 집권적 통합에 대한 반발이 아니라 원래 진행되고 있던 분권화가 더욱 심화되는 형태로 이루어졌다.

유고슬라비아 여러 민족 간의 에스닉한 차이는 그다지 크지 않았으며 '우호와 단결'이 완전히 빈말인 것도 아니었다. 합스부르크제국의 지배를 받았던 지역과 오스만제국의 지배가 길었던 지역 사이에 일정한 문화적 차이가 있었다고는 해도, 절대적인 장벽이 존재했다고는 할 수 없다. 이와 함께 남슬라브계인 세르비아인과 크로아티아인의 차이는 주로 전자가 정교도이고, 후자가 가톨릭이라는 종교적 지표에서 찾을 수 있었는데, 전후의 사회주의 유고슬라비아에서는 종교의 사회적 지위가 낮아지고 세속화가 진행되었기 때문에 이러한 구별 역시 형식적인 것에 지나지 않았다. 그러면서도 현실적으로 '민족'으로서의 구분이 이루어지면서, 각각이 '자신들의 공화국'을 갖는다는 제도는 여러 종류의 자원분배의 단위로서 '민족'의 의미를 강화시켰다.

언어·문화 등의 측면에서 큰 차이가 없는 여러 집단을 선조의 종교에 따라 선조가 가톨릭이었다면 '크로아티아인', 정교도였다면 '세르비아인'이라고 분류할 경우, 선조가 무슬림이었던 사람은 어떻게 분류할 것인지의 문제가 생긴다. 바로 이러한 지점에서 **민족 범주로서의 무슬림인**이라는 이례적인 단위가 설정되게 되었다. '무슬림인'을 민족 카테고리로 할 것인지 말 것인지는 오랫동안 논쟁의 대상이 되어왔으나, 1961년 이후의 공식적 통계에서는 '에스닉한 의미에서의 무슬림인'이라는 범주가 설정되었다. 세속화의 진행으로 현실의 신앙은 유명무실해지고 있었으나, '무슬림인'이라고 불리는 사람들은 '하나의 민족'으로 여겨졌다(1990년대에 '보스니아인'으로 개칭). 세르비아인, 크로아티아인, 슬로베니아인, 마케도니아인, 몬테네그로인이 각각 '우리들의 국민국가'로서의 공화국을 갖는 형태를 취한 데 비해 다민족 혼합의 정도가 심한 보스니아=헤르체고비나(주요한 주민은 무슬림인, 크로아티아인, 세르비아인)는 특정 민족과 쉽게 연결할 수 없었고, 이는 이후 연방 해체 당시 이 공화국에서 가장 격렬한 내전이 발생한 배경이 되었다.

코소보자치주에서는 알바니아인이 인구의 다수파를 차지하며 세르비아인이 소수파이다. 1960년대 중반에 유고슬라비아 전체에서 분권화 추세가 강화되는 가운데 코소보에서도 알바니아인의 민족운동이 강해지면서 자치권이 점차 확대되었다. '자치주'에서 '공화국'으로의 승격만은 인정되지 않았지만, 그 이외의 측면에서 자치주의 권한은 대폭 확대되었다. 1974년의 유고슬라비아헌법은 많은 점에서 자치주를 공화국과 거의 동등하게 취급했다. 이후 코소보에서는 알바니아어를 사용한 교육의 확대, 알바니아로부터의 교재 수입, 교원 초빙 등으로 알바니아의 문화적 영향력이 강해져 갔는데, 이는 이 지역에 거주하는 세르비아인의 불안을 초래하게 되었다. 또한 경제적으로는 가장 낙후된 지역이었기 때문에 연방 예산에서 상당한 경제원조가 이루어졌음에도 불구하고 경제수준이 크게 향상되지 않아 "애써 비용을 투입해도 헛된 알바니아 문화진흥에만 사용된다"는 세르비아인들의 불만이 격화되었다. 코소보의 세르비아인들 사이에서는 알바니아인 우대정책의 결과 자신들이 차별받고 있다는 의식이 형성되었다(이른바 '역차별'론). 이렇듯 여러 주의 내부에서 심화된 민족 간의 대립은 1980년대 말 이후 분쟁이 더욱 격렬해지는 배경이 된다.

다민족국가로서의 중국

중국공산당의 민족정책은 소련에서 유래한 민족자결론과 국민 통합론 사이의 긴장 및 그에 따른 정책적 동요로 특징지을 수 있 다. 외몽골에 대해서는 소련의 입장을 배려하여 '독립국가'로 승 인했다. 또한 중일전쟁 때에는 '항일'을 위한 단결이 가장 중시되 어 여러 민족의 자결론은 뒤로 물러났다(보다 명확하게 자결론을 철회한 것은 인민공화국 성립 이후이다). 그러나 '자결'론이 해석 상에 큰 차이가 있으며 실지(實地)에 적용하는 데에 여러 모순이 따르는 것은 앞서 살펴온 바와 같이 '자결'이라는 관념 자체에 내 재하는 것으로서 중국공산당만의 특징은 아니다.

소련과 중국은 모두 다민족 국가이지만 그 다민족성의 정도에 는 큰 차이가 있었다. 공식통계에 따르면, 소련에서는 러시아인의 비율이 5할이 조금 넘는 정도인 데 비해 중국에서는 한(漢)민족 비율이 9할 이상이며, 소수민족의 중대함은 양국 간에 큰 차이가 있었다. '공식통계에 따르면'이라는 표현을 사용한 것은 누가 어 느 민족에 속하는지를 확정하고 어느 민족의 인구를 계량화하는 작업 자체가 일종의 해석과 선택을 전제하는 것이므로, 일의적으 로 '정확한' 숫자가 존재하는 것은 아니라는 측면을 고려한 것이다. 중국의 한민족은 서로 전혀 이해할 수 없을 정도로 큰 차이를 갖는 구어(口語)를 사용하고 있지만 한자라는 표의문자 덕분에 문장어 수준에서는 '같은 언어'를 사용하는 '같은 민족'으로 간주되고 있다. 이는 견해에 따라서는 다수의 서로 다른 에스니시티가 한자문화를 중심으로 동화된 결과라고 생각할 수도 있다.

이처럼 소련과 중국은 각각 다수파의 비중이 달랐기 때문에 중국에서는 소련형 연방제가 취해지지 않았으며, 대신 특정 지역에 대한 구역 자치─자치구·자치주·자치현·민족향의 설치─를 실시했다. 전체적으로는 연방제를 취하지 않으면서도 일부 민족 지역에 대해서는 한정적 민족 자치를 허용한 국가 제도는 소련 안의 한 공화국이었던 '러시아·소비에트연방사회주의공화국'(오늘날의 러시아연방의 전신)의 형태─러시아인 지역에 대해서는 연방 원리를 취하지 않고 타민족 지역에 대해서만 자치공화국·자치주·자치관구를 두는 비대칭적인 연방제─와 비슷하다.

구역 자치의 내실은 초기의 소수민족 우대에서 '대약진' 이후의 계급노선으로의 경사('문화대혁명'기에 절정에 달한다), '문화대혁명' 수습 후의 융화책 등과 같이 시기에 따라 큰 변천을 거치고 있으나, '자치'를 내건 이상은 누가 '소수민족'에 해당하는가를 확정하는 전제 작업이 필요하였다. 이에 따라 등장한 것이 '민족직별공작(民族職別工作)'이다. 인구조사 때의 자기신고에서 수백 개의 에스니시티 그룹이 열거되었는데, 이를 일정한 기준으

로 정리하고 인정받을 수 있는 '민족'의 수를 확정하는 작업이다(이것은 소련의 경우도 마찬가지이다). 인민공화국 이전에 '중화민족'은 한(漢)·만(滿)·몽(蒙)·회(回)·장(藏)의 '5족'으로 이루어지는 것으로 여겨졌지만 1953년의 인구조사에서는 38개의 '소수민족'이 열거되었다. 계급노선이 강조된 시기에는 민족융합론적 발상으로 인해 인정된 민족의 수가 감소하여 1964년 센서스(통계조사) 때에 인정된 것은 16개에 지나지 않았으나, 그 후 다시 민족 수가 증가하여 1979년 센서스에서는 55개의 '소수민족'(한민족과 합하면 전부해서 56민족)이 열거되었다[모리 가즈코(毛里和子), 『주변으로부터의 중국(周縁からの中国)』 / 왕커(王柯), 『20세기 중국의 국가건설과 '민족'(20世紀中国の国家建設と「民族」)』 등]. 누가 어느 민족에 속하는지는 자기 신고이기 때문에 소수민족 우대 정책이 취해지면 소수민족으로 등록하는 사람이 늘어나는 현상이 나타나기도 하였다.

　민족 지역은 국경지대에 걸쳐 분포하기 때문에 국제관계와도 관련이 있다. 또한 민족 지역의 대부분은 내륙에 위치하고 있기 때문에 연안부와 내륙부의 경제적·사회적 격차가 민족문제와도 겹침으로써 민족문제를 복잡하게 만들고 있다. 그러나 소수민족이라고 해서 반드시 분리 독립을 목표로 하는 것은 아니며 다민족국가라고 해서 민족 간 충돌이 불가피한 것은 아니다. 그러나 특정 조건하에서 분리 독립운동이 고조되거나 민족 간 분쟁이 격화되는 경우가 있다. 중국에서 특히 문제가 되는 것은 티베트와 신장위구르자치구이다.

청조 붕괴 후 티베트에서는 중국 중앙 정권의 통제가 사실상 미치지 않는 상태가 오랫동안 계속되었다. 1950년에 군대를 파견한 인민공화국 정부가 1951년 5월에 달라이 라마 정부와 협정을 맺고 중국 내의 민족 구역 자치라는 형태로 일단 매듭지었지만(정식 자치구 발족은 1965년), 그 후에도 1959년의 동란[51]으로 상징되는 대립이 잔존(동란 후 달라이 라마는 인도로 망명했다)하며 민감한 상황이 계속되고 있다. 최근의 일로는 특히 2008년[52]에 주목받은 것이 인상적이었다.

베트남 : '인도차이나'라는 단위와의 관계

베트남의 경우, 중화문명권의 일원임과 동시에 '남진'하여 메콩 델타에까지 도달했기 때문에 동남아시아에서의 '소중화'제국이라는 독자적 성격을 띠었다. 스스로를 중화문명의 담당자로 의

---

51) 1959년 3월 10일 중국공산당의 강압적인 티베트 통치에 반발한 티베트인에 의하여 일어난 반중국·반공산주의 봉기를 가리킨다.

52) 2008년 3월 10일에 1959년 티베트 독립운동 49주년을 기념하는 의미로 티베트 승려(수도승) 600여 명의 중국 정부에 대한 항의 시위로 시작되어 2008년 3월 14일 티베트 독립운동 시위대가 중국 경찰과 충돌하면서 유혈사태로 번지게 되었고, 중국 정부의 무력진압으로 사태가 격화되었다. 중국 정부는 이 사태를 같은 해 8월 8일 개최되는 베이징올림픽까지 위협할 수 있다고 보고 질서 회복을 명목으로 '인민 전쟁'을 선언하는 한편, 티베트 망명 정부의 실질적 지도자인 달라이 라마의 지지 세력들에 대한 공세를 강화하였다.

식한 이들은 '킨인'(京人)이라고 칭하며 주변 사람들을 '만이(蠻夷)'로 간주했다. 19세기 초 원(阮)조의 통치 아래 오늘날의 베트남 국가와 거의 대등한 영토가 형성되었고, '국민국가'로의 이행이 준비된 것처럼 보였으나, 그 후의 '국민' 형성 과정은 직선적이지 않았다.

19세기 후반에 이 지역에 진출한 프랑스는 베트남을 중국의 종주권으로부터 분리하는 한편, 캄보디아, 라오스와 함께 같은 지배하에 두었다. 20세기 초에는 통킹, 안남, 코친차이나, 캄보디아, 라오스의 다섯 지역으로 이루어진 인도차이나연방53)이 형성되었다. 그 후, 인도차이나 단위에서의 일원적인 관료기구 형성, 프랑스식 교육제도의 도입 등에 의해 '베트남'이라는 단위보다도 더 큰 '인도차이나'라는 단위에서 지역적 통합의 기초가 만들어졌다. 그러나 식민지지배하에 생긴 '인도차이나'라는 '순례권'에 참가한 사람들의 대부분은 협의적 의미에서의 베트남인(킨인)들이었다. 즉, 한편에서는 '인도차이나'라는 단위가 어느 정도 의미를 가졌지만, 베트남인, 캄보디아인, 라오스인을 묶는 공통의식은 좀처럼 형성되지 않았고, 이 때문에 독립 투쟁을 위한 틀의 설정─독립 '인도차이나연방'인가 세 개의 독립국가 형성인가─이 복잡해졌다. 이러한 선택의 문제는 발칸연방이냐, 유고슬라비아이냐 하는 선택의 문제를 연상시킨다.

---

53) 동남아시아의 프랑스 식민지로 이루어진 연방을 가리킨다.

1941년, 제8회 인도차이나공산당 중앙위원회는 '베트남민주공화국' 구상을 내세워 베트남독립동맹(베트민) 결성을 결정했다. 이는 그때까지의 인도차이나혁명론 그 자체를 철회한 것은 아니었지만, 인도차이나혁명의 편성 원리를 '계급적 연대'에서 '세 개 국민의 연대'로 전환한 것이었다. 그때까지는 다양한 민족을 '소수민족'으로 이해하는 방식이 주를 이루었지만, 이 이후 베트남, 캄보디아, 라오스의 세 민족을 '다수민족'으로 보고 그 외의 민족을 '소수민족'이라고 구별함으로써 '자결권'의 주체가 되는 것은 앞의 셋뿐이라고 간주되었다. 베트남공산당이 이러한 틀을 도입한 것은 전쟁 말기의 일본의 정책과도 관계가 있다. 만약 이때에 '월남연방'이라는 형태를 취했다면, 그것이 명목적인 것이었다 해도 그 후의 독립 역시 인도차이나라는 틀에서 진행되었을 수 있다. 그러나 일본은 이 또한 명목상이었을 뿐이라 해도 베트남, 캄보디아, 라오스라는 세 개의 독립국가를 형성하려 하였고, 이는 그 후의 독립국가의 틀에 영향을 미쳤다[후루타 모토오(古田元夫), 『베트남인 공산주의자의 민족정책사(ベトナム人共産主義者の民族政策史)』].

1951년, 인도차이나공산당은 세 개의 민족당으로 분리되었고 주요 부대는 베트남노동당으로 개조(改組)되었다. 이후 1954년의 제네바협정에서 북베트남 정부는 라오스, 캄보디아의 양 왕국 정부의 정통성을 승인하였고, 이로써 일단 '베트남'이라는 틀—다만, 당장은 북쪽의 절반만—속에서의 독립국가 형성이라는 방향성이 확정되었다.

그러나 그 후의 베트남전쟁(대미전쟁) 과정에서도 캄보디아, 라오스와의 군사적 제휴는 불가결하여 3국의 혁명운동은 밀접한 관계 속에 진행되었다. 베트남전쟁 시기에 북베트남에서 남베트남으로의 수송로로 사용된 '호찌민 루트'(대부분은 캄보디아, 라오스령을 통하고 있었다)를 통과한 사람들의 수는 연 2백만 명이었다고 추정되는데, 이에 따르면 북베트남의 적지 않은 사람들이 캄보디아, 라오스를 경험한 것이 된다. 그러나 베트남인의 인도차이나 체험이 깊고 넓었던 데 비해 캄보디아인이나 라오스인의 인도차이나 체험은 보다 한정적이었다는 차이는 여전히 남아 있었다. 이러한 '베트남혁명'과 '인도차이나혁명'의 모순이 극단적으로 표출된 것이 1978년의 베트남군에 의한 폴 포트 캄보디아 정권 타도—이후 1979년 중국의 베트남에 대한 군사개입 발생—라는 사태였다(그 후 1980년대에는 캄보디아 문제의 정치적 해결이 추진되어 베트남군은 1989년에 철수했다).

베트남 내의 민족문제와 민족정책

베트남 내에서의 다수파(킨인)와 소수민족 관계에 대해서는 킨인이 인구의 9할을 차지하는 만큼 베트남인이라는 개념 자체가 킨인과 같은 것으로 이해되기도 하였다. 약 9할이라는 비율은 중국에서의 한인의 비중과 같으며 소련/러시아제국에서의 러시아인의 비율이 5할 전후였던 것과는 크게 다르다(현대의 러시아연방은 영토가 크게 축소되었기 때문에 러시아인의 비율은 8할이 넘는다). 그러나 민족정책 실행을 위한 전제로서 민족 식별 작업이 필요했던 점은 소련·중국과 일치한다. 1973년에는 남북을 통틀어 59개의 민족이 있는 것으로 여겨졌으나, 통일을 거쳐 1979년 이후에는 54개의 민족이 인정되고 있다.

초기의 베트남민족운동은 베트남인=킨인이라는 등식을 암묵적 전제로 하여 단일민족적인 발상을 기반으로 하였다. 그러나 독립 투쟁 과정에서 전략적 요지에 사는 산지민족과 동맹을 맺을 필요가 있었고, 프랑스가 킨인 이외의 여러 민족을 자기편으로 끌어들이는 정책을 펼치면서 이에 대응하기 위해 소수민족에 더욱 주목하게 되었다. 그리하여 소수민족이 '베트남국민'의 일부로 인정되면서 다민족국가로서의 통합이 새로운 과제로 떠올랐다.

베트남공산당의 민족정책의 동요는 소련이나 중국의 경우와 유사한 측면과 다른 측면 모두가 존재한다. 모든 소수민족에게 일률적으로 자결론을 선언했다가 이를 취소하는 등의 번복은 소련·중국과 맥을 같이한다. 다수파 민족의 규모가 현저히 크고, 소수민족이 지리적으로 산재하고 있기 때문에 각 민족 모두가 '국민국가'의 연방이 되기 어려웠다는 점은 소련과는 다르고 중국과는 비슷하다. 1956년 당시 북베트남에 두 개의 '자치구'가 형성된 것은 중국의 '구역 자치'—이는 소련시대의 러시아공화국의 형태이기도 하다—와 유사한 면이 있다. 그러나 자치구의 이름에 특정 민족의 이름을 붙이지 않았으며 오히려 지역자치의 색채가 짙었다는 점에서는 중국과도 다르다. 1961~1962년에는 자치구가 필요 없다는 목소리가 높아져 자치구의 권한이 축소되었고 1975년 말에는 자치구 자체가 폐지되었다.

베트남에서의 특이한 소수파로 화교·화인을 들 수 있다. 그들의 지위 인정과 관련된 근본적인 문제는 베트남 국민의 일부—즉 소수민족의 하나—로 간주할 것인가, 아니면 일단 외국인=중국인으로 간주하여 중국과의 관계에서 연결고리가 될 것을 기대할 것인가 하는 선택에 있었다. 1930년 베트남공산당(머지않아 인도차이나공산당으로 개명)이 창립되었을 때, 베트남인 당원들의 규모에 거의 필적하는 규모의 중국인 공산당원들도 베트남공산당에 가입하였는데, 이는 베트남정치에서 이들의 비중이 크다는 것을 여실히 증명한 것이다. 이와 같은 조직 방침은 당시 코민테른의 '거류국주의'를 적용한 것이기도 했지만 대도시 지역의 많은 화교노동자를 조직하는 데 유용하다는 판단 때문이기도 했다.

전후 초기의 북베트남 정권은 중국 국적자에게도 베트남 공민과 동등한 권리를 인정해주었기 때문에 중국계에 관한 한 국적의 구별은 별로 의미가 없었다. 그러나 중국의 문화대혁명 시기에 화교가 문화대혁명의 수출 통로가 되는 것을 두려워했다는 점과

1970년대의 미중 화해에 대한 베트남의 불신 등이 겹치면서 화교정책의 전환이 야기되었다. 그때까지 중국 국적을 가지고 있던 이들(화교)에 대해 베트남 국적을 취득(화인이 된다)할 것을 강력히 권장하는 한편, 중국 국적을 유지하는 이들에 대해서는 베트남 공민과 동등하게 주어진 종래의 특권을 폐지하여 외국인으로 취급하였다. 이는 남베트남에서 '자본가 개조'를 통해 화교를 직격한 것과 더불어 화교·화인의 대량유출을 초래했다(1978~1979년에 육로로 25만 명이 떠났으며, '보트 피플'이 29만 명에 이르렀다고 전해진다). 이는 남북통일 후 경제재건의 어려움과 함께 1980년대 중반 이후의 정책 전환에 큰 계기가 되었다.

제4장

냉전 후의 세계

::::

1989년 가을의 동유럽 격변, 11월의 베를린장벽 붕괴, 그리고 12월의 몰타 회담(Malta summit)[54] 후의 '냉전의 종언' 선언으로부터 20년 가까운 시간이 지났다. '냉전 후'라는 시대도 약 20년이라는 역사를 갖기에 이르렀다. 이 시대의 특징에는 여러 가지가 있으나, 그중에서도 다음의 두 가지가 대표적이라는 점에 대한 이견은 많지 않을 것이다. 그중 하나는 '냉전'이라는 이름의 '또 하나의 세계전쟁'이 끝난 데 따르는 전후처리로서의 국제질서 재편으로, 이러한 점에서는 제1차 세계대전 후 및 제2차 세계대전 후와 어느 정도 공통된다. 또 하나는 글로벌화·국경초월의 비약적인 진전이라는 측면이다. 글로벌화·국경초월 그 자체는 냉전의 종언과 관계없이 그 이전부터 진행되고 있던 현상이지만, 구(舊)사회주의권─'사회주의시장경제'를 취하는 중국을 포함해서─이 세계시장에 포함됨으로써 더욱 심화되었기 때문에 이러한 의미에서 양자는 무관하지 않다. 이 장에서는 거의 20년에 이르는 이 시기를 '현대'로 보고, 이때의 민족문제에 대해 살펴보고자 한다.

---

54) 미국의 부시 대통령과 소련의 고르바초프 공산당서기장이 1989년 12월 몰타에서 가진 정상회담을 가리킨다. 회담 후, 두 정상은 공동기자회견에서 "동서가 냉전체제에서 새로운 협력시대로 접어들고 있다"고 선언하였고, 핵무기 감축 등 군축협정 체결을 위한 논의에 진전을 보았으며 지역분쟁 해결원칙에 합의했음을 밝혔다.

새로운 문제 상황 : 글로벌화와 국경초월 사이에서

글로벌화와 국경초월의 역설

글로벌화·국경초월은 그 자체로만 보면, '국민국가'의 의의를 약화시키는 방향으로 작용하는 것처럼 보인다. 국경을 넘는 사람·상품·화폐·정보 등의 이동의 비약적인 증대가 국경을 완전히 무의미하게 만들었다고 말하기는 어렵지만, 적어도 그 의의가 전과 같이 절대적이지 않게 되었기 때문이다. 그러나 역으로 이에 대한 반발이나 저항이 각지에서 발생하여 새로운 조건 속에서 내셔널리즘이 되살아나는 기초가 되기도 하였다. 내셔널리즘이라는 현상이 때때로 '보편적'인 이념과 개별 민족의 자기 주장의 결합이라는 양의성을 띠고 있는 데 대해서는 지금까지 이 책의 여러 곳에서 지적해왔다. 현대에 들어서는 글로벌화라는 보편주의가 한층 더 강화되면서 새로운 내셔널리즘이라는 특수주의를 강화하는 역설적인 상황이 관찰된다[오사와 마사치(大澤眞幸), 『내셔널리즘의 유래(ナショナリズムの由來)』].

'글로벌화' 그 자체는 국경의 문턱이 낮아지는 것을 의미하는

데, 오히려 이 때문에 한편에서는 새삼스럽게 울타리를 강화하려는 움직임도 나타나고 있다. 또 다른 한편에서는 글로벌한 규모에서의 경제 경쟁이 격화되면서 각국의 경제 내셔널리즘을 선동하고 있다. 다국적기업은 '국민국가'와 관계없는 활동을 압도적으로 증대시키고 있는 반면, 국제경제 환경의 압력은 각국 정부의 경제정책의 선택의 여지를 좁히고 있는데, 각국 정부는 이러한 환경 속에서의 자기 지위 확보를 위해 노력하지 않을 수 없다.

또한 신자유주의적인 경제정책의 세계적 확산 가운데 복지가 감소하고 각국에서 사회적·경제적 격차가 확대됨으로써 궁지에 몰린 사회적 약자가 자기의 고통의 원인을 '타자'나 이웃 나라의 행동에서 찾으며 '국민적 일체성'이라는 환상에 기대어 구원을 요구하는 경향이 강해지고 있다. 이는 일찍이 경제적 약자의 다수를 조직했던 '사회주의' 사상이 지금은 크게 권위를 실추하여 약자의 '희망의 별'이 아니게 되었다는 사실이 반영된 것이며 냉전종언의 부산물 중 하나이기도 하다.

'선진 국가들'에서는 개발도상국의 노동자나 각종 난민의 유입이 증가하여 합법적·비합법적 주민 중 무시할 수 없는 비율을 차지하기에 이르렀다. 일본은 구미 국가들에 비해 외국으로부터의 노동자나 난민의 유입에 대해 소극적이지만 재주(在住)하는 외국인 수는 예전보다 상당히 증가하였다. 이러한 인적 접촉의 증가 역시 각국 내에서의 민족·에스니시티 간의 마찰을 높이는 요인이 되고 있다.

새로운 '제국'과 미국

제2장 제2절에서 '제국' 개념의 변천에 대해 살펴보았는데 최근 유행하는 '제국'론에서는 개별 국가의 틀을 뛰어넘는 글로벌한 네트워크라는 이미지에서 '제국'을 파악하는 논의와 '유일한 초강대국'이 된 미국을 '제국' 그 자체로 보는 논의가 혼재하고 있다. 양자는 모순되는 것처럼 보이지만 전자의 글로벌 네트워크의 중추에 미국이 위치하고 있고, 때때로 미국 표준이 '글로벌 스탠다드'로 여겨진다는 점을 생각하면 별개의 현상은 아니다.

세계경제에서의 미국의 우월함은 어디까지나 상대적이며 절대적이라고 볼 수 없다. 그럼에도 불구하고 미국이 글로벌리즘의 패자(覇者)인 것처럼 보이는 것은 '냉전에서 이겼다'는 의식에 기인하는 바가 크다. 1989년 말의 몰타회담까지는 고르바초프의 외교로부터 구미 국가들도 강한 인상을 받아 대치구조의 극복과 화해라는 형태로 냉전종언을 목표로 하는 것처럼 보였다. 그러나 그 후의 전개─걸프전쟁, 독일 통일의 '흡수합병' 방식으로의 실현, 소련 해체─에 관해서는 오히려 냉전이 일방적인 승리 / 패배로 귀결된 것으로 이해하는 경향이 지배적이었다. 이러한 '일방적 승리'감은 미국에 '유일한 초강대국'이라는 자기의식을 부여했다. '세계의 경찰관' 의식은 그 이전부터 존재했으나, '일방적인 승자', '유일한 초강대국'이라는 위치 때문에 그것이 정당화되기 쉬운 상황이 발생했다. 그러한 전제조건 위에 발생한 '9·11' 사건은 미국의 단독행동주의가 한층 더 강화되는 현상을 야기했다(부시 정권 말기는 변화의 조짐이 나타났지만, 이 장의 주제와 거리가 멀기 때문에 깊이 다루지 않기로 한다). 이 문제에 관해서는 이미 많은 논의가 존재하므로 이를 반복하는 것은 큰 의미가 없을 것이다.

여하튼 글로벌화의 중추에 미국이 위치한다는 점은 양자를 따로 떼어 논하는 것이 불가능함을 의미한다. 글로벌리즘 자체는 미국에 의한 일방적 지배라고 표현할 정도로 단순한 것은 아니지만, 다수의 국가로 확산되고 있는 '반(反)글로벌리즘'의 움직임은 '반미주의'로 표현되기 쉬운 측면이 있다. 글로벌한 지배·억압에 대해 글로벌한 대중(multitude)이 대치한다는 기대에 기초한 논의도 일부 있지만, 현실적으로는 오히려 글로벌리즘에 대한 대항이 협소한 내셔널리즘으로 수렴되는 경향이 강해지고 있는 것처럼 보인다.

유럽의 동방확대

이 시기에 미국과는 다른 '극'으로 주목되는 EU(유럽연합)는 통합의 내실이라는 측면과 포섭하는 공간적 범위라는 측면 모두에서 확대를 계속해왔다. EU의 동방확대와 거의 발맞추어 군사

동맹으로서의 NATO(북대서양조약기구) 역시 동방확대를 진행하고 있다. 여기서 생각해보아야 할 것은 EU/NATO 확대가 보편적 가치 및 국제협조의 확산, 그리고 '국민국가'의 좁고 제한된 범위의 극복을 의미하는 것인지, 혹은 새로운 '배제'구조의 재구축을 의미하는 것은 아닌지 여부이다. 확대된 유럽의 내부만 살펴보면, 전자의 견해가 상당 정도 정당한 것처럼 보인다. 그러나 이것이 특정 지역에 국한된 조직인 한, 설령 그 경계가 이동하더라도 그 '밖'과의 관계라는 문제가 항상 남는다. '안'에서 사람과 상품의 자유로운 왕래를 인정하는 이상, '밖'으로부터 불법이민·마약·무기 등이 유입되는 것에 대해서는 오히려 경계심을 강화할 필요성이 높아진다. 이 경우, '벽'이 사라진 것이 아니라 동쪽으로 이동한 것일 뿐이라는 견해도 성립할 수 있다.

EU 확대의 한계는 '유럽'의 동쪽 경계가 어디까지인가라는 문제와 겹친다. 터키 가맹의 가능성은 이전부터 문제시되어 왔으나 좀처럼 해결될 기미가 보이지 않고 있다. 터키 인구는 21세기 초에 약 7,000만 명에 이르러, 만약 가맹이 인정된다면 독일에 이어 제2의 인구대국이 된다. 또한 서구 국가들에 거주하는 무슬림 문제와 더불어 유럽이 이슬람을 어디까지 받아들일 수 있을지가 문제가 되고 있다.

EU 확대와 관련하여 터키 문제가 잘 알려져 있는 데 비해 동방정교회권 국가들의 문제는 그다지 주목받지 못하고 있는데, 이 역시 미묘한 문제를 제기하고 있다. 2004년의 EU 동방확대는 마치 서방교회권과 동방교회권 사이에 새로운 경계선을 긋는 듯한 모양새로 '문명의 충돌'을 재현하는 것처럼 보였다(프로테스탄트권과 가톨릭권만을 '자유와 민주주의의 세계'로 간주하고 이슬람권과 동방정교회권을 '부자유와 권위주의의 세계'로 보는 암묵적인 도식). 그러나 동방정교회의 전통을 갖는 나라가 절대로 EU에 받아들여지지 않는다는 것은 아니며 그리스(1981), 키프로스(2004)에 이어 루마니아와 불가리아(2007)까지 가입한 만큼 세르비아 역시 가입할 가능성도 있다. 만약 세르비아가 가입하여 EU 내의 정교회권이 꽤 커지게 되거나 터키 가입으로 상당한 이슬람 인구를 포함하게 될 경우 EU의 성격도 변할 수 있다는 점도 생각할 수 있다. 그러나 이는 향후의 문제로서 현 단계에서는 알 수 없다.

유럽 내 마이너리티문제

유럽 국가들은 역사적으로 이른 단계에 '국민국가'를 형성했다고 여겨져 왔으나 최근 수십 년의 움직임은 오히려 국내 마이너리티 문제를 새삼 부상시키고 있다. 잘 알려져 있는 사례만 대강 열거해보더라도 영국의 북아일랜드, 스코틀랜드, 웨일스, 스페인의 바스크와 카탈루냐(전자는 프랑스에도 걸치고 있다), 이탈리아 북부의 독자성 주장[이탈리아에는 남티롤(Tirol) 문제도 있다], 벨기에의 언어대립 문제 등이 곧바로 떠오른다. 물론 이들 문제의 첨예함은 지역 및 시기에 따라 다르다. 전반적으로는 '풍요로운 사회'라는 조건 덕분에 대립·분쟁도 비교적 온건한 수준에 머물러 있는 것이 대부분이다. 몇몇 나라에서는 '다극공존민주주의'가 한 나라 안의 여러 민족의 평화적·민주적 공존을 가능케 하고 있다는 견해도 있다. 그러나 언제 어디서나 '평화와 민주주의'가 유지되고 있었다고 말할 수는 없다. 때에 따라서는 테러 활동이 발생하여 그에 대한 엄격한 단속이 이루어지거나 국가통합을 뒤흔드는 분리주의운동이 등장하기도 했다.

유럽에서의 여러 종류의 분쟁이 비교적 온건한 이유 중 하나로 EU 통합의 진전이 각 국민국가의 틀을 상대화해왔고, 그에 따라 기존 국가 내의 마이너리티의 권리가 보호되기 쉬운 조건이 되었기 때문이라는 견해가 종종 제기되고 있다. '보완성' 원칙에 의해 분권화가 진행되고, 프랑스나 이탈리아처럼 전통적으로 집권적 단일국가체제를 취해온 나라에서도 연방제까지는 아니더라도 그와 유사한 방향으로 국가제도 개혁이 이루어짐으로써 '지역'의 역할이 향상되고 있다는 점도 에스닉한 다양성을 낳기 쉬운 조건이 되고 있다. 문화·언어정책에서도 EU 여러 기관은 마이너리티의 문화적 권리보호에 열심이고, 소수파 언어 보존을 위한 활동도 활발하게 이루어지고 있다. 각자가 모어 이외에 둘 이상의 언어를 습득해야 한다는 목표를 내건 다언어주의 교육도 추진되고 있다. EU의 동방확대와 관련해서는 신규 가입한 국가들에 대해 내부의 마이너리티에 대한 차별배제를 중요한 조건으로 부과하고 있다.

그러나 EU 국가들 내의 마이너리티문제가 모두 잘 해결되고 있는 것은 아니다. 소수파 언어에도 여러 종류가 있고, 그들 가운데 상대적으로 사용 인구가 많은 것은 정책적 지원을 통해 지위를 향상시키는 것이 가능하지만, 보다 규모가 작은 것의 경우 상징적 존엄성이 부여되더라도 현실의 언어행동에 영향을 미치기가 더욱 어렵다.

소수파 언어보다 유력한 각국의 주류파 언어(각국의 공용어)에 관해서는 모든 가맹국의 공용어를 EU의 공용어로 한다는 원칙이 있었지만, 현실적 유통 측면에서의 우열 문제는 엄연히 남아 있다. 다수공용어주의는 통역·번역 확보의 곤란이라는 문제를 내포하여, 영어·프랑스어 등의 기축언어를 매개한 릴레이 통역[일종의 중역(重譯)]이 될 수밖에 없다. 가맹국 수 증대에 따른 공용어 수의 증대(21세기 초에 11개였던 공용어는 2004년 확대로 20개가 되고, 2007년에는 23개로 증대했다)함에 따라 명목상의 대등성과 실질적 격차는 점점 심화되는 것처럼 보인다.

이전부터의 마이너리티에 더해 최근에 새로이 주목받고 있는 것은 각국에서의 무슬림계 이민의 증대이다. 입국·취업·교육·국적부여·문화적 통합 등 다양한 수준의 문제가 있다. 프랑스에서는 정식 체재허가를 받지 못한 이민[쌍 빠삐에(sans-papier)라

불린다]이 큰 문제가 되고 있다.

프랑스는 세속주의 원리와 관련하여 공립학교에서의 부르카(Burqa)[55] 문제가 오래도록 큰 쟁점으로 남아 있는 것으로 유명하다. 독일의 정교관계의 형태는 프랑스의 그것과 다르기 때문에 이와 같은 문제가 그다지 널리 알려져 있지 않으나, 아프가니스탄 출신 무슬림 여성(독일 국적 취득) 교원이 교실에서 부르카를 착용하는 것의 허용 여부가 문제된 적이 있다[히로세 세이고(広瀬淸吾), 「EU에서의 이민·난민법의 동향(EUにおける移民·難民法の動向)」, 『聖学院大学総合研究所紀要』 제30호, 2004]. EU 외의 예로 러시아연방의 타타르스탄공화국에서도 무슬림 여성이 머리에 부르카를 쓴 채 찍은 사진을 여권에 사용할 수 있는가 하는 문제가 1990년대부터 21세기 초에 걸쳐 큰 쟁점이 되었던 것을 들 수 있다(2005년 5월, 러시아연방 최고재판소는 쓰개로 머리를 덮은 사진의 유효성을 인정했다).

'신우익'과 배외적 내셔널리즘의 고양

유럽 국가들에서 에스닉 마이너리티 문제가 심화되어 온 가운데 '신우익', '극우', '우익 포퓰리즘' 등으로 불리는 움직임이 각

---

55) 이슬람 여성의 의복으로, 신체 전 부위를 가리며 시야확보가 필요한 눈 부위도 망의 형태로 되어 있어 외부인이 부르카를 입은 여성의 인상착의를 파악하는 것이 쉽지 않다.

국에서 활발해지고 있다(프랑스, 독일, 오스트리아, 이탈리아, 노르웨이, 네덜란드 등). '신우익'은 1980년대 중반부터 1990년대에 걸쳐 대두하여 몇몇 나라에서는 연립 정권의 일원으로 정권에 참가하는 경우도 나타났다. 이들은 유럽의회에서도 일정 비율의 의석을 확보하고 있다.

신우익에 관해서는 잡다한 조류를 포함한 전체로서의 특징짓기는 곤란하지만, 경제 글로벌화와 EU 통합이 진전되는 가운데 자기의 지위가 하락하고 있다고 느끼는 사회층―객관적 상황은 다양하지만 적어도 주관적으로는 '피해자', '약자' 의식을 갖는 사람들―의 불만을 집약하고 있다는 측면이 주목된다. 여기에는 자유주의 정당과 사회민주당을 중축으로 하는 기존 정당시스템의 기능부전에 대한 짜증이 엿보인다. EU 통합의 진전 속에 정책결정이 국민의 손에서 멀어져 가고 있는 것에 대한 반발도 겹쳐진다. 이러한 신우익운동 가운데 외국인노동자·이민 증대에 대한 반발이 중요한 위치를 점하고 있는 것은 말할 필요도 없다.

1990년대 초에 체제전환을 달성한 중부 유럽 및 동유럽 국가들(그 대부분이 현재는 EU/NATO에 포섭되어 있다)에서도 이후의 신체제가 내포하는 여러 가지 모순으로 인한 우익 내셔널리즘적인 세력 대두가 발견된다. 그 강고함은 국가와 시기에 따라 다르지만, 헝가리, 폴란드, 루마니아 등에서 그러한 크고 작은 움직임이 주목을 받고 있다(전제조건이 크게 다르기는 하지만, 러시아에서도 같은 종류의 현상이 나타난다). 이들 국가에서의 '비민주적' 정치운동의 대두에 대해서는 서유럽과 비교하여 '후진성'이나 사회주의 시대의 '부(負)의 유산'으로 설명되는 경우가 많다. 그러나 서유럽 국가들과의 공통점도 간과할 수는 없다. EU 가입과 경제통합이 불가피한 추세로 여겨지면서도 그에 대한 은밀한 불만도 더해지고 있다는 점, 신자유주의적인 경제정책이 국제적 환경에서 강요되는 한편 그 부산물로서의 격차확대에 대한 불만이 기성 정당에 제대로 반영되지 않고 있다는 점이 그것이다.

두 번째의 민족자결

냉전종언 후의 새로운 '국민국가' 형성

'민족자결' 원리 및 그와 결부된 '국민국가' 창출은 21세기의 세계에서는 이미 '시대에 뒤떨어진' 것으로 간주되는 경우가 많다. 특히, 이른바 '선진국들'에서는 그러한 관점에서 '포스트국민국가'론이 힘을 얻고 있다. 다른 한편으로, 몇몇 지역에서는 20세기 말부터 21세기 초에 걸쳐 새로운 '국민국가' 창출이 열심히 추진되거나 혹은 목표로서 추구되고 있다.

이와 같은 일견 모순된 상황에 관한 하나의 설명으로서 세계적으로는 포스트국민국가의 시대이지만 후진 지역은 이제야 비로소 19~20세기적 과제를 실현하고 있다는, 즉 후자는 전자의 궤적을 100년 정도 뒤늦게 쫓고 있다는 관점이 있다. 그러나 일직선상의 '선진·후진'이라는 도식은 '선진'지역과 '후진'지역의 동시 존재성, 그리고 그에 기인하는 상호 영향관계를 간과할 우려가 있다. 현재로부터 십수 년 전의 냉전종언 시기에 일련의 '국민국가'가 집중적으로 형성된 것은 종종 단순한 '기정사실'로 간주되어 심층적 고찰은 거의 이루어지지 않고 있다. 이 절에서는 그 경과를 돌이켜보며 몇 가지 주목할 만한 점에 대해 생각해보고자 한다.

냉전종언 시기에 새로운 '국민국가' 창출이 추진된 실제 사례로는 소련, 유고슬라비아, 체코슬로바키아라는 세 개의 연방국가의 해체, 동서독일의 통일 등을 들 수 있다. 이들은 모두 구(舊)사회주의권에 속하는데, 잠재적으로 같은 문제를 안고 있는 사례는 구(舊)사회주의권 이외에도 다수 존재하고 있다(순서가 일정하지 않은 나열이기는 하지만, 바스크, 쿠르드, 퀘벡, 아체, 벨기에, 남북한 등 일일이 열거하기 어려울 정도이다). 20세기 말에 일련의 독립국가 성립 혹은 국가통합이 현실화된 것에 이어 다민족국가의 분해가 이곳저곳에서 연쇄 반응하여 일어나고 있는 것이 아니냐는 관측도 한때는 상당히 확산되었었다. 그러나 현재까지 국가틀의 재편성은 비교적 한정된 사례에 머물러 있고 한때 예측된 것처럼 일거에 확산되지는 않았다. 따라서 잠재적 문제 상황이 광범위하게 공유되고 있으며 이들 중 현실적인 국가 틀의 재편에 이른 것은 극히 일부에 지나지 않는다는 사실 모두를 고려해야 할 것이다.

국가분열의 조건 : 기존 연방제의 의미

다민족국가라는 존재 자체는 특이한 것이 아니며 어떤 의미에서는 거의 모든 국가가 다민족적이라고 볼 수 있지만, 이 점이 자동적으로 국가 해체를 초래하는 것은 아니다. 제3장 제1절에서 살펴본 바와 같이 국제사회는 국가 틀의 재편에 대해 소극적 태도를 취하는 경우가 많은데, 세계적 규모에서 국제정치질서 전반이 변하는 시기는 예외적이며 냉전종언도 그 예로 볼 수 있다. 즉, 냉전종언 후의 세계질서 재편은 "사회주의가 끝났다"는 것을 의미할 뿐만 아니라 제1차 세계대전 및 제2차 세계대전과 마찬가지로 세계 대 '전쟁'이 끝난 것에 따르는 전후처리라는 성격을 갖는다.

또 하나 주목할 점은 냉전종언 시기에 다민족국가의 해체를 경험한 것은 모두 연방제를 취하고 있던 국가들이었고, 이전의 연방제도에서 '공화국'이라는 위치를 부여받았던 지역만이 독립국이 되었다는 사실이다(2008년 2월에 일방적 독립을 선언한 코소보가 많은 국가로부터 승인을 받은 것은 최초의 예외인데, 이것이 유일한 예외가 될지의 여부는 앞으로 어떻게 전개될지에 달려 있다). 벨라루스나 중앙아시아 국가들처럼 원래 독립운동이 미약했던 공화국이 독립국이 된 한편, 체첸처럼 독립운동이 강한 곳은 현재까지 독립국이 되지 못했다(코소보도 아주 최근까지는 인정받지 못했었다). 이것은 구체제하의 연방제도가 그 해체의 존재양식을 규정했다는 것을 말해준다. 이전부터의 제도는 일반적으로 "형식에 지나지 않는 것이다"라고 간주되어 왔지만, 사실상 일종의 실질적인 의미를 갖는다는 점이 드러난다.

앞서 지적한 바와 같이, 다민족국가는 도처에 있고, 기존 국가와 분리되려고 하는 민족운동—그 강고함의 정도와는 별개로—

도 널리 존재하고 있다. 이들 모두를 승인할 경우 수습할 수 없는 대혼란이 발생할지도 모른다는 점에 대한 위기의식은 국제사회로 하여금 특정 조건하에서 특히 기존 국가제도의 최소한의 변화에 의해 새로운 독립국가가 만들어질 경우에 한하여 독립을 승인하도록 만들었다. 여기서 '특정 조건'이란 체제전환으로 인해 기존 국가의 정통성이 흔들리는 것을 가리키며, '기존 국가제도의 최소한의 변화'란 기존 연방제 논리의 전용 및 '공화국' 간 경계선이 신흥독립국가 간의 경계를 그대로 사용하는 것을 의미한다. 그러나 독립국가 형성 시점으로 거슬러 올라가 보면 이러한 결론이 처음부터 확실했던 것은 아니며 이러한 방식에서의 독립이 평온하게 진행될 것인지, 혹은 폭력적 분쟁을 포함한 고난의 길을 걸을 것인지도 당시에는 알 수 없었다.

새로운 독립국가 형성이 기존 연방제 논리의 전용이라는 형태로 진행된 것은 "어떤 단위에서 새로운 국가가 형성되는가" 하는 난제의 결착을 상대적으로 용이하게 하였고 비교적 평화로운 분리를 가능케 했다. 이것은 특히 평화로운 분리 사례였던 체코슬로바키아('비로드 분리'[56]로 일컬어졌다)뿐만 아니라 소련처럼 거대하고 도처에서 복잡한 분쟁의 불씨를 안고 있던 국가에서조차

---

56) 1968년의 프라하의 봄을 거쳐 1969년에 체코와 슬로바키아의 연방제가 수립되었으나, 1989년에 당시 슬로바키아에 평화로운 완전 자치를 부여한 데 이어 1993년에는 평화롭게 분리되었다. 포르투갈어인 비로드(veludo)는 거죽에 고운 털이 돋도록 짠 비단으로 촉감이 부드럽고 화려한 벨벳(velvet)이라는 옷감에서 유래한 말로, 체코슬로바키아의 분리가 부드럽고 평화적으로 이루어진 것을 비로드에 비유한 표현이다.

도 본격적인 내전은 의외일 정도로 적었다는 점에서 나타난다. 그러나 유고슬라비아에서는 심각한 내전을 수반한 분리가 이루어지면서 '민족정화'라는 수식어마저 사용되었다. 또한 구소련의 몇몇 지역에서도 연방 해체 후의 새로운 정세 속에 폭력적 분쟁이 일어났다. 이들 사례의 비교연구는 너무도 큰 과제이기 때문에 이 책에서는 다루기 어렵지만, 향후 연구가 필요한 중요한 주제이다[일단의 시론(試論)적 개관으로서, 시오카와 노부아키(塩川伸明), 『현존한 사회주의(現存した社会主義)』, 勁草書房, 1999년, 제5장 제4절 참조].

기존 국경을 에워싼 '동일민족'

'국민국가' 형성은 다민족국가로부터의 분리 독립에 의해 달성되기도 하고 그때까지 개별적으로 국가를 이루고 있던 지역의 통합이라는 형태로 이루어지기도 한다. 동서독일의 통일이 그 전형이라는 것은 말할 필요도 없다. 그러나 이와 일견 유사한 상황에 있는 다른 사례에서 통일이 실현되지 않은 사실은 그다지 주목받지 않고 있지만, 흥미로운 문제를 제기하고 있다. 다민족국가가 반드시 분해된다고 할 수 없듯이, '동일민족'(으로 여겨지고 있는 집단)이 복수국가로 분리되더라도 반드시 국가통일이라는 형태로 결착된다고 할 수는 없다(독일 통일 후에도 오스트리아는 별개의 국가를 유지하고 있고, 스위스는 독일어권을 포함한 다민족·다언어국가이지만, 국가의 틀이 변할 조짐은 보이지 않는다).

소련에서 독립한 몰도바와 그 이웃 나라인 루마니아의 경우, 1990년 전후 시기에는 독일 통일의 사례로 미루어 보아 몰도바와 루마니아도 곧 통일될 것이고 그것이 당연하다는 관측이 외부 관찰자 사이에 퍼져 있었다. 확실히 루마니아와 몰도바는 문화적·민족적으로는 같은 계통―견해에 따라서는 실질적인 동일민족―이지만, 이것이 곧바로 국가통일로 결부되는 것은 아니다. '거의 같다'고 간주되는 언어라도 구어에서는 미묘한 차이가 있는 이상, 통일되면 부쿠레슈티(Bucureşti)[57]의 '표준어'에 대해 몰도바 말은 '방언'으로 여겨져, 후자는 부쿠레슈티로부터 얕보이게 될 수도 있다는 의심도 있었다. 또한 몰도바 정치인들은 일단 '독립국'이라는 유력한 위치를 점한 이상, 그것을 내놓는 것은 자기의 이익이 되지 않으므로 오히려 '1민족·2국가'론으로써 자기의 지위를 보전하려고 했다. 경제적으로는 구서독이 구동독에 대해 강한 흡인력을 갖고 있었던 것과는 대조적으로, 몰도바에 있어서 루마니아와의 통합은 그다지 매력이 없었고 오히려 러시아를 비롯한 구소련 국가들과의 경제관계 유지가 중요했다.

이 때문에 몰도바에서의 루마니아와의 통일론은 대중적 공감을 얻지 못하고 도시의 지식인(특히 문학자) 중심의 운동에 그쳤다. 1990년대 초에 몇 차례 실시된 여론조사에 따르면, 즉시 통

---

57) 루마니아의 수도로, 영어로는 부카레스트(Bucharest)라고 한다.

<그림 3> 중앙아시아 국가들

일 찬성은 1할 이하, 장래의 통일 찬성은 1~2할, 이에 대해 통일 반대=독립유지론이 약 7할이었다. 1994년 3월에는 독립국가로 서 현재의 국경을 유지－즉, 루마니아와는 통합하지 않는다－하 는 것에 대한 찬성 여부를 묻는 국민투표가 이루어져 압도적 찬 성으로 가결되었다. 그 후의 몰도바는 복잡하게 요동쳐 왔다. 특 히 2007년에 루마니아가 EU에 가맹함으로써 새로운 문제가 나 타나는 등 가까운 장래의 통일은 현실적으로 어려워 보인다.

중앙아시아 일부에서는 '통일 투르케스탄'론이 어느 정도 존재 하고 있지만 매우 약하다는 점이 주목된다. 이에 관하여 중앙아시아 5민족(카자흐, 키르기스, 우즈베크, 투르크멘, 타지크. 또한 카라칼파크를 넣으면 6민족이 된다)은 소비에트 정권에 의해 '인위적'으로 형성되었다는 점이 종종 지적되었다(이른바 '분할통치'론). 이러한 관점에서 본다면, 소련 해체 이후에는 '인위적 분단'을 극복하여 '통일 투르케스탄'이 실현되는 것이 자연스러워 보이지만 현실화되지는 않았다. '인위적'으로 만들어진 것이라도 수십 년간에 걸친 의사(擬似)국가 경험 및 이를 담당하는 민족엘리트의 형성은 독립이 '통일 투르케스탄'으로서가 아닌 개별 민족국가로서 이루어지게 되는 요인이 되었다.

기존의 국경을 뛰어넘는 범위에 '동일민족'이 분포하고 있는 예는 이 외에도 많다. 그 최대의 예는 쿠르드이겠지만, 이 외에도 '세 개의 몽골(몽골, 내몽골, 브랴트)' 통일론과 위구르, 티베트, 바스크 등을 들 수 있다. 이 가운데 다수는 직접적 당사국이 분리나 통합을 인정하지 않을 뿐만 아니라, 전반적 국제사회 역시 현상변경에 소극적으로 가까운 미래에 현실이 될 가능성은 낮다. 남북한, 중국과 대만의 경우에는 체제 간 대립이 더해짐으로써 사정이 한층 더 복잡하다.

신국가 내 마이너리티를 둘러싼 문제

지금까지 '자기만의' 국민국가를 갖지 못했던 민족이 독자적 국가를 갖는 것이 민족문제의 전면 해결을 의미하는 것은 아니다. 새로운 국가의 범위를 어떻게 정하더라도 반드시 새로운 영토 내에서의 마이너리티라는 문제가 부상하기 때문이다. 이는 제1차 세계대전 후의 중부 유럽 및 동유럽에서 이루어진 '민족자결' 이래로 익숙해진 문제이다. 이를 더욱 복잡하게 만드는 것은 신흥국가 내의 마이너리티가 종종 '모국'으로 간주하는 국가가 인근에 존재한다는 사정이다. 로저스 브루베이커(Rogers Brubaker)는 이것을 '네이션화하고 있는 국가', '그 내부의 마이너리티', '(그 마이너리티에 있어서의) 모국'의 3자관계로 정식화했다(Rogers Brubaker, *Nationalism Reframed*, Cambridge University Press, 1996). 이러한 3자관계가 발생한다는 것 자체는 다수의 사례에서 공통적으로 나타나지만, 그것이 구체적으로 어떠한 형태를 띠는지는 한결같지 않다.

1990년대 전반에는 구(舊)유고슬라비아의 크로아티아나 보스니아에서 세르비아인이 '새로운 마이너리티'가 되어 내전의 도화선이 되었다. 이와 유사하게 구소련 각지에 퍼져 있는 러시아인들 역시 무력분쟁의 도화선이 되는 것은 아니냐는 관측도 확산되었다. 그러나 현실에서는 '재외러시아인'은 다양한 곤란한 문제를 일으키고는 있을지언정 몰도바 동부의 드네스트르(Dniester) 강[58]의 연안 지역을 거의 유일한 예외로 할 뿐, 무력분쟁으로 비

---

58) 우크라이나의 폴란드 국경 근처 카르파티아 산맥에서 발원하며 우크라이나와 몰도바를 거쳐 흑해(黑海)로 흘러들어 가는 강으로, 1991년 이래 사실상 몰도바에서 분리되어 있는 트란스니스트리아와 몰도바(본토)의 대체적인 경계를 이루고 있다.

화되지는 않았다[시오카와 노부아키(塩川伸明), 『국가의 구축과 해체(国家の構築と解体)』 보론 참조].

구소련 국가들에는 러시아인 이외에도 신흥독립국 내의 마이너리티가 된 사람들이 다수 존재한다. 그러나 이들의 동향은 다양하며 도처에서 똑같은 분쟁을 일으키고 있는 것은 아니다. 무릇 마이너리티라고 해서 항상 민족분쟁을 불러일으키는 것은 아니며, 분쟁이 일어난 경우에도 상대적으로 평화로운 권리요구나 이익분배요구에 그치는 경우도 적지 않다. 소련 해체 직후에는 정치질서 전체의 격렬한 동요 속에 권리에 대한 요구가 높아지면서 마치 분리 독립운동으로 이어질 것처럼 보이는 경우도 있었으나, 그 다수는 정치적 흥정으로서의 위협(bluff)이었고 본질적인 의미에서의 분리 독립론은 아니었다. 러시아연방 가운데서도 큰 위치를 차지하는 타타르스탄과 바시코르토스탄(Bashkortostan)[59]은 자원을 비롯한 중요도를 이용하여 연방 중앙과 개별문제에서의 논쟁을 거듭하고 있는데, 그것은 어디까지나 연방체제의 틀 안에서의 조건투쟁이라는 성격을 띠고 있다.

러시아 이외의 예를 살펴보면, 몰도바 남부의 가가우스인(Gagauz)[60] 지역은 한때는 독립 내지 그에 가까운 지위를 요구하여 몰도바 중앙과 격하게 대립했으나, 1995년 이후 몰도바 내에서의 자

---

59) 바시키르공화국을 가리키며 볼가 강과 우랄 산 사이에 위치한다.
60) 주로 몰도바에 거주하는 투르크계 민족을 가리킨다.

치부여에 의해 일단의 안정을 찾고 있다. 우크라이나에 귀속된 크리미아에서 주민의 다수를 점하는 러시아인의 운동도 한때는 첨예해지는 듯했지만, 1990년대 중반 이후에는 잦아들었다.[61] 리투아니아의 폴란드인 지역도 진정되고 있다. 평화적인 사례는 격한 분쟁으로 얼룩진 지역에 비해 사람들의 이목을 끄는 일이 적기 때문에 존재 자체가 그다지 잘 알려져 있지 않지만 실제로는 마이너리티의 다수가 이에 해당한다.

그러한 가운데, 신흥독립국가 내의 마이너리티의 위치를 둘러싼 분쟁이 심각해지면서 곤란한 과제로 남아 있는 사례로는 체첸, 드네스트르 강 연안 지역, 압하지야(Abkhazia),[62] 남오세티야(South Ossetia),[63] 나고르노-카라바흐(Nagorno-Karabakh)[64] 등이 있다. 그러나 많은 경우, 직접적인 투쟁은 일단 수습되어 대략의 평화가 유지되고 있으나 문제의 최종 해결은 미뤄지고 있다. 그 결과, 사실상의 독립국가를 만들었지만 국제사회에서 승인받지 못하고 있는 어정쩡한 상황—'비(非)승인국가'라고 부른다—이 계

---

61) 우크라이나 정부의 친서방정책과 친러시아정책을 둘러싼 혼란과 이 혼란을 틈탄 푸틴 러시아 대통령의 강경책이 결합하여, 2014년 친서방정책으로 기운 우크라이나 정부에 대해 크리미아는 친러시아를 표방하며 분리 독립을 선언하였다. 미국과 EU 등은 러시아 제재를 모색하여 새로운 냉전의 도래라는 국제사회의 우려가 제기되었다.

62) 그루지야 내의 자치공화국이다.

63) 그루지야 내에 있는 사실상의 독립 상태로 통치되는 지역이다.

64) 아제르바이잔 서부에 있는 자치주였던 지역으로 아르메니아인들이 많이 거주하고 있어 1991년 이들이 '나고르노카라바흐 공화국(NKR)'의 독립을 선언하였다. 자치주였던 영역과 현재의 실효지배 영역이 일치하지 않아 분쟁이 이어지고 있다.

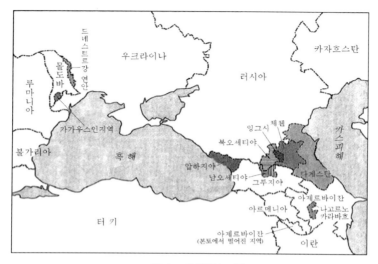

<그림 4> 흑해연안 지역

속되고 있으며 그러한 지역은 법적 정통성이 불명확하기 때문에 사회적·경제적 혼란으로 인해 어려운 상황에 놓여 있다. 국제적으로 널리 주목을 받고 있는 체첸의 경우는 다른 지역과의 차이가 크기 때문에 비교에 어려움이 따르므로 여기서는 상세히 다루지 않기로 한다[우선, 시오카와 노부아키(塩川伸明), 『러시아의 연방제와 민족문제(ロシアの連邦制と民族問題)』 제3장 참조]. 이 책 집필의 최종 단계에서 발발한 남오세티야를 둘러싼 러시아·그루지야 충돌65)에 대해서도 훗날을 기할 수밖에 없다(일단, http://

---

65) 핀란드 출신의 레니 하린(Renny Harlin) 감독의 2011년 영화 <5 데이즈 오브 워(5 Days of War)>[8월의 5일간(5 Days of August)으로도 알려짐]는 이 문제를 다룬 것이다.

www.j.u-tokyo.ac.jp/~hiokawa/ongoing/notes/200808p.pdf 참조).

코소보독립과 그 파문

이 절의 마지막으로 최근 독립을 선언하여 국제적 주목을 받게 된 코소보에 대해 간단히 살펴보자. 제3장 제5절에서 지적한 바와 같이 1970년대의 코소보는 고도의 자치를 인정받고 있었고, 오히려 코소보 내의 소수파인 세르비아인의 불만이 쌓여 있었다. 이러한 세르비아인의 '역차별' 의식을 배경으로 밀로셰비치(Slobodan Milošević, 1941~2006)[66] 세르비아 정권은 1980년대 말에 코소보의 자치를 박탈했다. 이에 대항하는 코소보의 알바니아인 민족운동은 자치회복에 그치지 않고 완전한 독립을 요구하며 세르비아 정부와 대립하게 되었다. 그러나 이것이 곧바로 폭력적 충돌을 부른 것은 아니었다. 1990년대 전반에 코소보 민족운동의 주류파는 비폭력노선을 취하고 있었고, 그 덕분에 분쟁 중에도 어느 정도 평화가 유지되었다.

그러나 1996년 말경부터 '코소보해방군'이라는 무장독립노선의 운동이 대두하여 1997년 말부터 1998년 초에는 전면적 폭력투쟁

---

66) 정치인이다. 1989년 유고슬라비아 사회주의연방공화국에 속한 세르비아공화국의 초대 대통령이 되었으며, 이후 유고슬라비아 붕괴 과정에서 일어난 내전에서 세르비아주의를 주창하며 타민족 학살을 주도하였다. 1997년 구유고슬라비아 연방의 후신인 유고슬라비아연방공화국의 대통령이 되었으나 2000년 민중 봉기로 실각하였고, 이후 국제사법재판소에 전쟁 범죄자로 수감되어 재판을 받던 중 옥사하였다.

이 전개되었다. 세르비아 측도 이를 군사력으로 제압하려 하면서 1998년부터 1999년에 걸쳐 사실상의 전쟁상태가 계속되었다. 그러한 가운데, 1999년 3월 NATO가 '인도적 개입'이라는 명목으로 세르비아에 대한 공중폭격을 단행했다. 그러나 이때 NATO 국가들은 세르비아 정권의 타도까지 목표로 하지는 않았으며 코소보에 대해서도 독립이 아닌 세르비아 내에서의 자치를 상정하고 있었다. 그러나 2005년경부터 NATO 국가들은 독립승인으로 전환했다. NATO 주도의 코소보 독립승인 움직임에 대해 세르비아가 강하게 반발하고 러시아도 세르비아에 대한 '비호자'로 행동함으로써 코소보문제는 국제정치의 쟁점 중 하나로 떠올랐다.

이러한 경위를 거쳐 코소보는 2008년 2월에 일방적 독립선언을 발표하여 일본을 포함한 다수의 나라로부터 승인을 얻었다. 코소보독립이 인정되는 경우, 최대의 문제는 다른 '비승인국가'는 어떻게 할 것인가 하는 점에 있다. 한때 진정되었던 남오세티야분쟁이 같은 해 8월에 다시 불거진 것은 코소보독립으로 자극받은 면이 크다. 구소련권 이외의 '비승인국가'의 예로 북키프로스가 있으며 분리운동 사례는 이보다 더 많다(이 때문에 내부에 분리운동 문제를 안고 있는 키프로스, 그리스, 스페인 등은 코소보독립 승인에 소극적이다). 또한 코소보 북부에 집중 거주하고 있는 세르비아인 지구의 분리론에 대해 어떻게 대응할 것인지의 문제도 남아 있다.

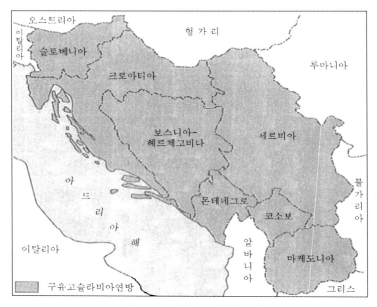

<그림 5> 구(旧)유고슬라비아 국가들

※ 전반적으로 20세기 말에서 21세기 초의 현대에서 '민족자결'의 슬로
건은 예전같이 주목받지 못하게 되었고, '지상의 정의'라기보다는 오
히려 "조건에 따라서는 인정받을 수 있으나 과도하게 고집하는 것은
위험하다"는 입장이 확산되고 있다. 모든 '민족'의 '자결'을 인정하
는 것은 불가능하며, 끝없는 분쟁이 계속될지 모른다는 역사적 경험
에 비추어볼 때 '민족자결'의 상대화는 그 나름대로 이해할 수 있는
측면이 있다. 한편, 특정 민족이 자결을 인정받은 데 비해 다른 민족
의 자결은 왜 인정받지 못하는가라는 물음에 대해 논리적으로 답하
지 않고 편의주의적인 입장을 취하는 것이 아니냐는 비판의 여지가
있다.

역사문제 재연

역사적 기억과 내셔널리즘

내셔널리즘은 대부분 역사적 기억―그것이 '객관적'인 역사적 경위와 어떻게 조응(照應)하는지는 차치하고―을 중요한 요소로 하며 과거의 상징적인 사건에 관한 기억의 공유는 '우리' 의식의 큰 기둥을 이룬다. 이것 자체는 시대와 무관한 일반론이지만 냉전 후의 현대에는 냉전기에 임시로 봉해두었던 역사문제가 표면에 다시 부상함으로써 지금까지보다 더욱 주목을 받고 있다. 또한 이것과 글로벌화에 대한 반발로서의 각국 내셔널리즘 재연이 결합되어 역사논쟁과 기억을 둘러싼 정치가 세계 각지에서 활발해졌다.

일본과 중국·한국 사이에서의 '역사인식문제'를 둘러싼 격렬한 논쟁(2005년에 특히 고조된 후 어느 정도 진정된 듯하지만, 기저에서는 계속되고 있다)이 이러한 '역사논쟁'의 중요한 사례인 것은 말할 필요도 없다. 다만, 이에 관한 수많은 논의가 이미 존재하므로 이 책에서는 오히려 이것을 적절한 관점(perspective)에서 보기 위하여 다른 몇 가지 사례를 다루고자 한다.

학살 기억을 둘러싼 정치

과거 참극에 대한 기억의 환기가 현대정치상의 쟁점이 되는 고전적인 예로는 터키에 의한 아르메니아인 대학살(1915) 문제를 들 수 있다. 세계 각지에 흩어져 있는 아르메니아인 디아스포라는 이 문제를 반복해서 제기하여 구미 국가들에 대한 호소를 거듭해왔다. 이 자체는 냉전종언 이전부터 일관해서 지속되어 온 일이지만, 최근 새삼스럽게 주목받게 된 것은 터키 정부의 '제노사이드(집단학살)'의 부인이 EU 가입에 중요한 장해가 되고 있기 때문이다. 그러나 직접적 당사자가 아닌 유럽 국가들, 특히 프랑스가 이에 대해 강경한 태도를 취하는 것은 타자(아르메니아인)의 비극을 정치적 의도로 이용하려는 것이 아니냐는 의문도 없지는 않다.

나치 독일에 의한 홀로코스트(유대인대학살)가 역사기억 문제의 대표적 예인 것은 주지하는 바와 같다. 독일이 '죄의식'을 가지고 사죄하는 것은 당연하지만, 여기에는 그것에 그치지 않는 복잡한 문제가 관련되어 있다. 첫째로는 '절대적인 피해자·희생자'였을 터인 유대인이 건국한 이스라엘이라는 나라가 팔레스타인·아랍과의 관계에서는 새로운 가해자로서 등장한 것을 어떻게 이해해야 하는가의 문제이다. 서유럽 국가들에는 과거의 유대인 박해에 대한 죄의식 때문에 유대인 및 그들의 국가인 이스라엘의 주장을 무조건적으로 수용해야 한다는 의식이 강하고, 또한 미국에는 강력한 유대 로비가 존재하여 친이스라엘 정책을 위한 압력이 가해지고 있다. 그 결과, '장기간에 걸친 역사 속의 희생자·피(被)박해자'인 유대인과 현대세계의 최강자인 구미 국가들이 결탁하고 있다는 것이 적어도 아랍 측에서 본 구도가 된다. 여기에는 몇 겹으로 뒤얽힌 관계가 있다.

제2차 세계대전 중의 참극 기억이 부활한 사례로는 크로아티아인과 세르비아인 사이의 상호 학살의 역사가 1990년대 전반에 상기되어, 구(旧)유고슬라비아내전의 과열을 선동했던 것을 들 수 있다. 세계대전 시기에 벌어진 상호 학살에 관한 기억은 전후의 티토시대에 일단 봉인되었으나, 그에 관한 회귀가 이루어지며 유고슬라비아 해체 후 급속히 되살아났다. 그러나 '역사적인 원한'의 존재가 자동적으로 폭력적 충돌을 초래한 것이 아니라 오히려 내전의 와중에 기억의 정치적 동원이 확대된 것인데, 당시는 마치 민족 간 충돌의 역사가 필연적으로 내전을 불러일으키는 것처럼 생각되는 풍조가 강했다. 이는 역사문제 재연의 이른 예로서, 과거의 기억이 특정 형태로 정치적으로 이용될 때에 얼마나 큰 결과를 불러일으킬 수 있는가를 생생히 보여주며 '기억을 둘러싼 정치'가 세계적으로 부각되는 하나의 계기가 되었다.

중첩된 가해와 피해

냉전종언 시기에 사회주의권에서 이탈하여 '유럽회귀'를 진행하고 있는 중부 유럽 및 동유럽 국가들에서는 당사자의 자기인식 상으로는 본래 유럽문화권에 속했다는 점 및 그 후의 소련권에 포함되어 자립성을 빼앗겼다는 역사적 기억이 강조되고 있다. 그러나 이들 국가의 현대사는 그러한 도식만으로는 정리되지 않는 복잡성을 안고 있다. 제2차 세계대전 시기에 독일이 다수의 중부 유럽 및 동유럽 국가들을 점령한 것에 대한 보복으로 전후 초기에 이들 국가에서 다수의 독일인이 추방된 것은 그 하나의 예이다. 보복적 요소와 전후의 혼란이 중첩되어 다수의 독일인이 다양한 방식으로 폭행을 당했으나, 이 사건은 오래도록 봉인되어 왔다.

전후의 서독에서 이 '추방'문제를 다루는 것은 폴란드에 대한 영토회복 요구와 연결되기 때문에 오래도록 정치적으로 민감한 논점이었는데, 냉전종언과 국경의 최종 확정[오데르－나이세선 (Oder-Neisse line)[67]의 최종 승인]에 의해 '추방'문제를 영토문제와 따로 떼어 논하는 것이 가능하게 되면서 매스미디어 등에서 언급되는 횟수가 급속히 늘어났다[사토 나리모토(佐藤成基), 『내셔널 아이덴티티와 영토(ナショナル・アイデンティティと領土)』]. 일부 내셔널리즘 재연의 움직임과도 관련하여 '추방'의 부당성을 주장하는 목소리가 독일에서 한층 고조되었는데, 그것은 지금까지 이 문제에 직면한 적이 없었던 체코, 폴란드 등에 당혹감을 주었다.

---

67) 제2차 세계대전 후에 오데르 강과 나이세 강을 따라 그어진 독일과 폴란드 사이의 국경이다.

1997년의 체코·독일 화해선언을 통해 독일은 나치시대의 침략에 대해 유감의 뜻을 표하고 체코는 추방과정에서의 과도한 행위에 유감의 뜻을 표명하는 형태로 정부 수준에서의 일단락을 지었으나, 대중의 의식에는 그 후에도 앙금이 남아 있는 듯이 보인다.

제2차 세계대전 시기의 중부 유럽 및 동유럽에서의 기억 문제와 관련한 또 하나의 미묘한 문제로서 독일 점령지역(중부 유럽 및 동유럽 국가들 외에 발트 3국과 우크라이나, 벨라루스 등)에서 발생한 유대인대학살을 들 수 있다. 이들 지역에서의 유대인학살에는 독일인뿐만이 아니라 반유대 감정을 품고 있었던 현지 여러 민족도 가담하였기 때문이다. 그러나 중부 유럽 및 동유럽과 발트 3국의 많은 사람들은 종래 '소련 해체의 피해자'라는 자기의 식만을 강조해왔기 때문에 자신들도 '가해자'의 일원이었다는 사실을 좀처럼 정면으로 받아들이지 못하고 있다.

소련시대 역사를 둘러싼 논쟁

지금까지 들어온 일련의 사례들도 냉전종언 이후라는 시대상황과 간접적으로 관련이 있지만 보다 직접적으로는 냉정종언—혹은 보다 단적으로는 사회주의권의 해체—과 관련한 문제로서 소련 역사의 몇 가지 측면이 나타난다.

우크라이나에서는 소련시대 1932~1933년에 일어난 대기근을 '우크라이나 민족에 대한 제노사이드'라고 인정하는 국회결의가

2006년 11월에 채택되었다. 2007년 5월의 전승기념일에는 유센코(Viktor Yushchenko, 1954~)[68] 대통령이 우크라이나 빨치산(partisan) 군[대전 중에 반(反)소련투쟁을 수행한 우크라이나 민족주의 조직]의 복권을 호소하였다. 나치의 홀로코스트와 1932~1933년 기근을 동일시하여 이들 중 어느 하나라도 부정하는 언론은 형사적 처벌의 대상으로 삼아야 한다는 주장도 높아지고 있다. 이것은 우크라이나 내에서 역사논쟁을 불러일으킴과 동시에 우크라이나와 러시아 사이의 역사논쟁의 큰 요소가 되기도 한다. 우크라이나의 급진적 내셔널리스트 중 일부가 소련의 후계국인 러시아의 사죄를 요구하는 목소리를 내는 데 대하여 러시아 내셔널리즘의 입장에 선 작가 솔제니친(Aleksandr Solzhenitsyn, 1918~2008)[69]은 기근은 공산당 상층부(적지 않은 우크라이나인을 포함해서)의 실정에 의한 것으로 우크라이나인의 말살을 꾀한 것은 아니었다고 지적하며 이를 민족적 제노사이드라고 칭하는 것은 볼셰비키에 버금가는 선동적인 악선전이라고 격하게 반발했다(*Izvestiia*, 2 April 2008).

에스토니아에서는 1990년대부터 다양한 역사적 기념비들을 둘러싼 논쟁―한편에서는 레닌상과 소비에트 병사상의 철거문제, 다른 한편에서는 제2차 세계대전 중 및 전후 초기에 소련에 대항

---

68) 우크라이나의 정치인으로, 2005~2010년 우크라이나 대통령을 지냈다.
69) 러시아의 소설가이자 극작가 및 역사가로, 1970년에 노벨 문학상을 수상하였다. 주요 작품으로 『이반 데니소비치의 하루』(1962), 『수용소 군도』(1973) 등이 있다.

한 에스토니아 민족주의자의 기념비 설치 문제 등—이 계속되고 있다. 2005년 5월의 종전 60주년에 즈음해서 모스크바에서 각국 수뇌를 초청한 전승축하제전이 개최되었을 때, 에스토니아 대통령이 리투아니아 대통령과 함께 참석을 거부한 것은 러시아와의 관계를 한층 더 긴장시켰다(같은 때에 부시 미국 대통령은 라트비아의 리가(Riga)[70]에서 "얄타협정은 잘못된 것이었다"고 발언했는데, 이는 냉전기의 평화공존론의 전제인식을 뒤집는 것이었다). 이들 논쟁의 다수는 언론전에 멈춰 있었으나, 2007년 4월에는 소련군병사기념비 철거 문제가 원인이 되어 폭력적 충돌이 발생하기에 이르렀다(러시아인 1명이 사망).

우크라이나와 에스토니아에서 이러한 형태로 역사문제가 되풀이되는 것은 러시아로 하여금 "우리들이야말로 스탈린주의의 최대 희생자였음에도 불구하고 그 죄를 부당하게 우리에게 덮어씌우고 있다"는 불만과 "유럽에 속하는 국가들로부터 러시아가 소외되고 있다"는 고립감과 초조감을 강화시켜 피해망상적인 반작용을 낳고 있다. 대전 중부터 전후 초기에 걸친 서(西)우크라이나와 발트 3국의 반소운동 중에 나치 독일과의 협력이 의심되는 부분—이 문제에는 '협력'의 측면과 '저항'의 측면이 복잡하게 교착(交錯)되어 있어 이 둘을 구별하기가 쉽지 않다—이 포함되는 것

---

70) 라트비아의 수도로 발트 해와 다우가바(Daugava) 강에 접해 있으며, 발트 3국 가운데 가장 큰 도시이다.

도 '과거의 책임' 문제를 착종(錯綜)시키고 있다. 발트 사람들의 입장에서 보면, 제2차 세계대전의 종결 즈음에 찾아온 소련군은 '파시즘으로부터의 해방군'이 아니라 '점령자'일 뿐이다. 그러나 러시아인들의 입장에서는 파시스트에 가담한 우크라이나와 발트의 민족주의자들의 명예가 회복되면서 "파시스트와 영웅적으로 싸운 소련군"의 영광이 훼손되는 것은 용납하기 어려운 일이다.

희생자 규모를 둘러싼 문제

역사문제의 일환으로 희생자 규모를 놓고 분쟁하는 경우가 종종 있다. 나치에 의한 홀로코스트의 규모, 남경(南京)대학살의 규모, 스탈린 폭정의 희생자 규모(민족문제와 관련하여 볼 때, 우크라이나 기근을 비롯한 비(非)러시아 여러 민족의 희생이 특히 문제가 된다), 제2차 세계대전 시기 유고슬라비아에서의 크로아티아인과 세르비아인의 상호 학살 규모 등이 이에 해당한다. 이들은 각각 독자적인 현상이지만, 논의되는 방식에는 일종의 공통점이 있다.

이들 중 어느 것이든 사건의 성질상 의심하기 어려울 정도로 명확한 증거가 남아 있는 일은 적고, 어떠한 방법을 사용하더라도 희생자 규모의 측정에는 어느 정도의 불확정성이 포함된다. 그럼에도 불구하고, 오랜 시간에 걸쳐 각종 자료를 신중하게 축적함으로써 상대적으로 타당성이 높다고 생각되는 추계치(推計値)

에 도달하는 것―일정한 폭의 오차를 포함한 근사치(近似値)로서
―이 불가능한 것은 아니다. 이는 실증적 역사연구자의 과제이다.
이에 대해 이해당사자나 대변인은 때때로 실증적 역사연구는 미
적지근하다고 느끼고 감정적인 과장으로 편향되기 쉽다. 그 때문
에 자칫하면 실증사학적 관점에서는 지지하기 어려울 정도로 큰
숫자가 독단적으로 제시되는 경우가 종종 있다. 이것은 감정적으
로는 이해될 수 있는 일이지만, 그것을 마치 '절대적 진실'인 것
처럼 우기는 것은 도리어 논쟁을 악화시킬 수 있다. 사정이 그러
한데도 "강력한 효과를 위해 더 큰 숫자를 주장하자"고 생각한다
면, 그것은 개인의 생명을 너무도 경시하는 것이다[스탈린시대
소련의 희생 규모에 관해 페레스트로이카 시기의 논의를 정리한
것으로, 시오카와 노부아키(塩川伸明), 『종언 속의 소련사(終焉の中
のソ連史)』, 朝日新聞社, 1993년, 제6장 참조. 그 후에도 *Europe-Asia
Studies* 지면 및 기타 지면에서 논의가 계속되고 있다. 또한 홀로
코스트에 대해서는, 구리하라 마사루(栗原優), 「최근의 홀로코스트
연구(最近のホロコースト研究)」, 『歷史評論』, 1998년 5월호 참조].

한편, 그러한 부풀려진 숫자를 비판하는 실증사가 및 그 결론
을 원용하는 사람들이 "이토록 큰 숫자는 거짓이며 사실은 더 적
다"는 것만을 강조하여, "따라서 별문제 아니다"라는 것을 넌지
시 주장한다면, 그것은 반대의 문제를 야기하는 것이 된다. 상대
적으로 적은 수라도 이미 충분한 비참함·잔학함을 보여주므로

"따라서 별문제 아니다"라거나 "환상이다"라고 결론 내릴 수는 없다. 더욱이 그러한 주장을 펼치는 논자는 때때로 자신이 변호하려고 하는 체제가 범한 범죄는 소규모라고 묘사하는 한편, 비난하려는 체제의 범죄에 대해서는 근거가 빈약한 과다한 숫자를 내미는 경향이 있다. 실제로는, 어떤 예를 보더라도 당사자들에 의해 직관적으로 제시된 숫자는 때때로 과장된 것이며 상대적으로 적은 숫자의 쪽이 견실한 추정인 때가 많으나, "상대적으로 적다"고는 해도 "환상이다"라고 보는 것과는 거리가 멀고 그 비참함·잔학함이 부정되는 것은 아니다.

이러한 종류의 일들에 관해 냉정하게 생각하기 위해서는 역사적 평가 문제와 구체적인 숫자의 확정 문제를 분리할 필요가 있으며, "잔학함을 강조하기 위해서는 최대한 과장된 숫자를 진실이라고 믿어야 한다"거나 "비교적 적은 수라면 그다지 잔혹하지 않았다는 것이므로 면책될 수 있다"는 식의 발상에서 벗어나야 한다. 그러나 당사자들이 아직 과거의 기억과 현재의 정치를 밀접하게 관련 지우는 현실로 볼 때 이는 쉬운 일이 아니다.

태도돌변과 규탄을 넘어

역사논쟁은 때때로 정밀한 역사연구를 벗어난 정치론이 되고, 더욱이 타자에 대한 비합리적 원한을 터뜨리는—그리고 그 원한의 대상이 된 쪽의 경직된 반발을 불러일으켜 대립이 더욱 격화된다―형태를 띠기 쉽다. 큰 피해를 입은 쪽이 상대방에 대한 원한을 표현하는 것은 그 자체로서는 정당한 일이지만, 그 제기 방식에 따라서는 오히려 역효과를 낼 수도 있다. 중국과 한국의 반일운동 일부의 과도한 측면은 오히려 일본의 우파 내셔널리즘을 이롭게 한다는 관계는 그 전형적인 예이다. 최근의 발트 3국과 우크라이나의 대러시아관계에도 그와 비슷한 측면이 있다.

그러나 사람들의 대응이 항상 그러한 식으로 나타나는 것은 아니다. 그것과는 다른 인상을 주는 예를 몇 가지 들어보자.

먼저 아르메니아계 터키 작가 흐란트 딘크(Hrant Dink, 1954∼2007)[71](2007년 1월에 은살되었다)의 경우를 들어보자. 딘크는 '민족'으로서는 아르메니아인, '국민'으로서는 터키에 속하는 이중 아이덴티티의 소유자로 양국 간의 관계개선을 주장하며 아르메니아어와 터키어 모두를 사용하여 신문을 발행하였다. 그는 1915년의 아르메니아인 학살이 실재했다고 주장하여 터키 국가모욕죄로 유죄판결을 받았고, 다른 한편으로는 프랑스가 아르메니아인 학살의 부정을 범죄로 규정하는 법률을 제정하려고 하는 데에도 언론 자유의 관점에서 반대했다. "나는 터키에서 민족학살이 있었다고 말했기 때문에 기소되었다. 그렇지만 나는 학살은 없었다고 말하

---

71) 『Agos』의 편집장으로, 제1차 세계대전 중에 터키에서 일어난 아르메니아인 학살을 고발하는 한편 아르메니아인과 터키인의 화해를 호소하였다. 이처럼 터키에 살고 있는 아르메니아계 소수인종의 인권 운동가로 활약하여 살해되기 전까지 터키 민족주의자들의 많은 공격을 받았다.

는 타인의 권리도 존중한다. 프랑스에서 법이 시행되면 나는 '학살은 없었다'고 발언할지도 모른다"(『朝日新聞』, 2007년 1월 26일).

이스라엘의 학자이자 정치인인 야엘 타미르(Yael Tamir)는 홀로코스트 희생자의 기념관이 "과거의 만행을 현재의 정치적인 이익을 위해 이용하는 방식의 하나"라고 지적하며 "수난을 신성시하는 것은 증오와 불신을 증폭시킬 뿐만 아니라 분쟁을 영속화하는 퇴행적 정치를 낳게 된다"고 쓰고 있다(Yael Tamir, *Liberal Nationalism*, Princeton University Press, 1993). 타미르가 주장하는 '리버럴 내셔널리즘'에는 이론적 차원에서 이론의 여지가 있지만 자신의 나라인 이스라엘의 대다수 사람이 당연시할 법한 관념에 대한 비판을 가하고 있다는 점은 주목할 만하다.

폴란드의 유명한 영화감독 안제이 바이다(Andrzej Wajda, 1926~)[72]는 최근 카틴(Katyń) 사건[73](2차 세계대전 초기에 소련의 포로가 된 폴란드 군인이 다수 처형된 사건)에 관한 영화를 제작했는데,

---

72) 『세대(Pokolenie)』로 데뷔한 후, 『지하수도(Kanal)』, 『재와 다이아몬드(Popiól i Diament)』, 『자작나무숲(The Birch Wood)』, 『결혼식(The Wedding)』, 『약속의 땅(The Promised Land)』, 『카틴(Katyń)』 등을 감독했다.

73) 소련의 스몰렌스크 근처 그네즈도보(Gnezdovo) 마을 부근의 카틴(Katyń) 숲에서 소련 내무인민위원회가 폴란드군 장교, 지식인, 예술가, 노동자, 성직자 등 2만 2천 명에서 2만 5천여 명을 재판 없이 살해하고 암매장한 사건을 가리킨다. 러시아는 이 사건에 소련군이 개입한 사실은 인정하고 있으나 국가적 책임은 인정하지 않고 있다. 2007년 폴란드의 영화감독 안제이 바이다가 이 사건을 소재로 한 영화 『카틴(Katyń)』을 제작했는데 그의 부친도 이 사건의 희생자였다. 2010년 4월 10일 레흐 카친스키(Lech Kaczyński) 폴란드 대통령이 카틴 숲 대학살 70주년 추모식에 참석하는 도중 대통령기 추락사건으로 사망했다.

이 영화의 완성 즈음에 이 영화가 정치적 도구로 이용되는 것이 걱정된다고 발언한 바 있다. 또한 전체주의적 체제와 스스로 그 희생이 된 민족(러시아인)은 구별되어야 하고, 카틴 숲에서는 폴란드인뿐만 아니라 러시아인, 우크라이나인, 유대인, 볼가 독일인 등도 많이 죽었다고 말했다(*Moskovskie novosti*, 2007, No.37). 폴란드는 2005년 이후 러시아와의 관계개선을 억제하는 정책을 취해 왔다(2008년 전반에는 일시적 개선의 조짐이 보였으나 여전히 전도는 불투명하다). 이러한 배경에 비추어볼 때, 바이다는 스탈린 시대의 참극을 발굴함과 동시에 현대 폴란드의 일부에서 발견되는 러시아에 대한 과도한 비난에 대해서도 제동을 걸려는 것처럼 보인다.

이들 발언은 각각 다른 것이기는 하지만, 대략적으로 본다면 통상 '피해자'로서 '가해자'를 규탄하는 입장에 있다고 간주되는 집단의 일원이 그 규탄이 일면적인 것이 되거나 독선적이 되는 것에 대한 경계심을 표명하며 관용을 호소한다는 점에서 공통적이다. "피해자가 보일 만한 도량과 가해자의 뉘우침이 서로 만날 때 비로소 화해는 가능해질 것이다"라는 박유하(朴裕河)의 말(『화해를 위해(和解のために)』)도 이와 조응하는 바가 있다.

이러한 발언은 위세를 떨치고 있는 내셔널리스틱한 주장에 비해 주목받기 어렵고 고립되기 쉽다. 이러한 종류의 발언을 하는 사람은 그 집단 중의 강경파들로부터는 '배신자' 취급당하기 십상이고 반대쪽('가해자' 측)에게는 "저 녀석들 중에는 우리 편을 들어주는 이들도 있지 않은가"라며, 제멋대로 정당화의 근거로 이용되기도 한다(단순한 '반일'로 일관하지 않는 발언을 하는 한국인을 마치 '친일'이라도 되는 것처럼 생각하는 일본 내셔널리스트 등).

이처럼 이러한 종류의 발언은 좀처럼 정확히 받아들여지기 어렵고, 이러한 목소리를 내는 것 자체가 큰 용기를 필요로 한다. 그러나 그러한 발언을 하는 사람이 전혀 없지 않다는 사실은 우리에게 어느 정도 용기를 줄지도 모른다.

제5장

난제로서의 내셔널리즘

평가의 미묘함

긍정론과 부정론의 진폭

내셔널리즘은 긍정적 혹은 부정적 상징으로 파악되기도 하는 만큼 평가의 간극이 꽤 크다. 어떤 때에는 '자결(자기결정)', '국민주권', '민주주의', '민족해방' 등과 결합하는 것으로 여겨져 긍정적 평가를 받기도 하고, 어떤 때에는 '배타적', '독선적', '광신적', '호전적' 등의 말과 결합되어 부정적으로 평가되기도 한다. 최근에는 부정적 평가가 다소 우세하지만 예전부터 일관된 경향이었던 것은 아니다. 따라서 먼저 이와 같이 평가가 달라진 경과를 대략적으로 살펴보고자 한다.

프랑스혁명부터 19세기를 거쳐 20세기에 이르는 시기와 제1차 세계대전 후의 '민족자결' 및 제2차 세계대전 이후부터 1960년대에 걸친 식민지독립 시기에는 '국민국가'의 형성 및 내셔널리즘에 대한 긍정적 평가가 압도적으로 많았다. 내셔널리즘이 파시즘이나 영토확장주의와 결합한 사례에 대해서는 비판적인 견해가 우세했으나, 그러한 '대국'의 내셔널리즘에 대비되는 '소국'—혹은 이제부터 국가를 획득하려고 하는 민족—의 내셔널리즘이나 민족해방운동에 대해서는 동정적인 견해가 많았다. 베트남전쟁 시기에 베트남민족운동이 대다수 세계인들의 공감을 불러일으킨 것은 그 대표적인 예이다. 최근까지도 소련으로부터의 독립 회복을 목표로 한 발트 3국의 민족운동이나 소련의 패권으로부터의 자립을 요구하는 동유럽 국가들의 내셔널리즘 등을 '긍정적인 내셔널리즘의 표출'이라고 보는 견해는 상당히 광범위하게 공유되고 있었다.

이와 같이 비교적 최근까지 긍정적이었던 평가가 일거에 크게 후퇴하게 된 데에는 1990년대의 유고슬라비아 각지의 내전을 비롯하여 세계 각지에서 '비합리적인 정념'으로 간주되는 운동에 의한 폭력적 충돌사건이 빈발한 영향이 크다. 체제이행 국가들이나 개발도상국에서의 폭력적 분쟁뿐만 아니라 서구 국가들에서 역시 이민 배척을 주장하는 극우내셔널리즘이 고조되어 양식 있는 사람들의 눈살을 찌푸리게 만들었다. 그러한 가운데 오히려 '내셔널리즘의 극복'이 많은 사람에 의해 주장되게 되었다.

일본을 둘러싼 동아시아의 상황도 마찬가지라고 볼 수 있다. 전후 일본에서 내셔널리즘이나 애국주의가 일관되게 부정적으로 비춰져 온 것처럼 설명되는 경우가 빈번하지만 이는 비교적 최근의 경향을 과도하게 투영한 것으로서 역사적 사실에 따른 것은 아니다. 오히려 1950년대까지는 내셔널리즘론이 '혁신'적 입장으로 수용되어 오늘날에는 상상할 수 없을 정도로 왕성했었고, '애

국'이라는 말도 '진보적' 진영의 기치 가운데 하나였다[오구마 에이지(小熊英二), 『'민주'와 '애국'(<民主>と<愛国>)』]. 그러나 최근의 상황은 크게 달라졌다. 일본에서는 '자학사관비판'이나 '전후체제의 청산'을 주장하는 우파 내셔널리즘이 고조되는 한편, 이에 균형을 맞추기라도 하듯이 중국·한국의 '반일'운동이 고조 −그리고 그것이 일본의 '혐중', '혐한' 감정을 더욱 자극한다− 되는 악순환이 발생해왔으며 그러한 가운데 '내셔널리즘'이라는 것 전반에 대한 회의적인 견해가 점차 확산되어 왔다.

그러나 논단 전체가 내셔널리즘에 대한 부정론으로 기울었다고 할 수는 없다. 여전히 자랑스레 '내셔널리스트'를 자청하는 사람들도 일부 존재한다. 또한 배타적인 우파 내셔널리즘에 대해서는 비판적이지만 '건전한 애국심'은 긍정되어야 한다고 생각하거나, 편협하지 않은 '리버럴한 내셔널리즘'이 있을 수 있다고 생각하는 논자도 적지 않다. 이러한 이유로, 내셔널리즘 내지 그와 유사한 현상에 대한 재평가는 보는 이들에 따라 크게 다르며 논쟁적이다.

'좋은 내셔널리즘'과 '나쁜 내셔널리즘' 구별론

긍정적 평가와 부정적 평가가 뒤섞여 있는 가운데, 특정한 기준으로 '좋은 내셔널리즘'과 '나쁜 내셔널리즘'을 구별하려는 시도가 거듭되어 왔다('내셔널리즘'이라는 말 자체에 부정적인 어감이 따라다닌다고 느끼는 논자는 '좋은 내셔널리즘'이라는 표현을 피해 별도의 용어를 사용하려 하지만, 이들도 넓은 의미에서의 '좋은 내셔널리즘'론으로 볼 수 있기 때문에 여기서는 이들을 일괄해둔다).

극히 단순한 수준에서 말하자면, '약소민족(피억압민족)'의 내셔널리즘은 진보적이지만, '대민족(억압민족)'의 내셔널리즘은 반동적이라는 견해가 종종 지기된다(지금은 거의 기억되지 않지만 레닌의 민족론은 그 선구이다). 이는 이해하기 쉬운 논리로서 직관적으로는 나름대로 설득력이 있다. 그러나 '피억압민족'과 '억압민족'을 언제나 명확히 구별할 수 있는지에 관한 문제는 의외로 쉽지 않다. 어느 시기까지는 '약소민족(피억압민족)'으로 간주되던 민족이 스스로 의식하지 못하는 사이 언제부터인가 '대민족(억압민족)'으로 변화하는 예는 역사상에 무수히 많았다. 근대 일본도 그 전형이고, 유대인이나 이스라엘의 경우도 마찬가지라고 볼 수 있다. 또한 구소련에서 '약소민족'으로 간주되어 왔던 에스토니아인이나 라트비아인이 독립을 획득한 후에 실시한 재주 러시아인 정책과 구유고슬라비아에서 '약소민족'으로 간주되어 왔던 코소보·알바니아인들이 역내 세르비아인에게 취한 태도 등에서도 같은 문제를 발견할 수 있다. 중국 역시 "'열강에 의해 반(半)식민지화되어 종속되어 왔다"는 피해자적 자기의식이 있는 한편, 최근에는 오히려 중국의 대국화가 '위협'으로 받아들여지는 경향이 나타나고 있다. 이

외에도 다수의 예를 들 수 있을 것이다.

시간과 함께 '약자'가 '강자'로 변화하는 경우만 있는 것은 아니다. 시간적 추이와는 별도로─어느 정도는 그와 겹치면서─같은 주체가 '강자'이기도 하고 '약자'이기도 한 양면성을 갖고 있는 경우도 드물지 않다. 러시아에 대해 상대적 '약자'인 그루지야가 압하지야나 오세티야에 대해서는 상대적 '강자'이면서 '미니 제국주의'라고도 불리는 것은 이를 보여주는 하나의 예이다. 일본에서는 오로지 '불쌍한 소국'으로 간주되기 쉬운 폴란드도 역사적으로는 주변 지역·민족에게 패권을 휘둘렀던 대국이었고, 그 기억은 사라지지 않고 남아 있다. 스리랑카의 다수파인 싱할라인[74]이 소수파인 타밀인[75]에 대해 배타적 정책을 취하는 것은 남인도라는 공간에서 볼 때 타밀인이 다수파─더욱이 영국 통치시대에는 간접 통치의 요체로 타밀인이 이용되었다─이기 때문에 싱할라인 쪽이 '소수파' 의식을 갖고 있다는 점이 한 원인이 되고 있다.

동시에 '강자'이기도 '약자'이기도 한 집단이 "우리는 약자다"라는 자기의식에 기초하여 집단행동을 할 때, 그것은 '과잉방위'─타자의 눈으로 보면 '과잉된 공격'─가 되어버린다. 이것은 민족문제에 한정되지 않고, 보다 일반적으로는 '강자'와 '약자', '가해자'와 '피해자'의 구분이 어렵다는 문제와 겹치면서 정체성 정

---

74) 싱할라어(Sinhala language)를 사용하는 사람을 가리킨다.
75) 타밀어(Tamil language)를 사용하는 사람을 가리킨다.

치(identity politics)에 관한 난제(aporia)를 이루고 있다.

방금 지적한 것은 강자·약자관계에서의 중층적 관계['마트료시카(Матрёшка)'[76] 구조] 혹은 그 역전현상인데, 보다 정확히 따지자면 에스니시티나 민족에 관한 구별법이 일의적이지 않으며, 어떠한 단위를 한 묶음으로 생각할 것인가와 '안'과 '밖'의 경계를 어디로 정할 것인가를 둘러싸고 다툴 여지가 있다. 하지만 특정한 구별법이 자명한 것처럼 보이는 상황에서는 그 자체가 상대적 안정성의 보증이 된다. 그러나 그 자명성이 붕괴되어 유동적이 될 경우, 어떠한 단위로 어떠한 자기주장을 해야 하는가를 둘러싼 헤게모니 경쟁이 불가피해진다. 이러한 상황을 앞두고 각 세력을 '약자'와 '강자'로 가르거나, 한쪽을 '진보적', 다른 한쪽을 '반동적'이라고 재단하는 것은 '중립적인' 인식이 아니며, 오히려 특정 세력에 대한 편들기가 되어버린다.

'리버럴한 내셔널리즘'이라는 사고

'좋은 내셔널리즘'과 '나쁜 내셔널리즘'을 구별하려고 하는 시도의 대표적인 예로 내셔널리즘을 리버럴한 것과 비(非)리버럴한 것으로 나누려는 생각이 있다. '리버럴한 내셔널리즘'이라는 생

---

76) 나무로 만든 러시아의 인형이다. 몸체 속에는 조금 작은 인형이 들어가 있으며 몇 회를 반복하는 상자 구조로 되어 있다.

각 자체는 오래전부터 있었던 것이지만, 최근의 논자 중에는 야엘 타미르(Yael Tamir, *Liberal Nationalism*)와 데이비드 밀러(David Miller, *On Nationality*)가 대표적이다. 이들 논자가 리버럴리즘과 내셔널리즘 ─밀러의 경우는 '내셔널리티의 원리'─의 이론적 통합에 얼마나 성공해왔는지에 대해서는 의문의 여지가 있고 절충론 내지는 원망(願望)의 표명이라는 성격이 짙다는 인상도 있으나, 하나의 흥미로운 문제제기이기는 하다.

캐나다의 이론가 킴리카(Will Kymlicka)는 고전적 리버럴리즘이 민족이나 문화의 문제를 회피해왔음을 비판하고, 이른바 공동체론(communitarianism)으로부터의 문제제기를 리버럴리즘과 통합하려는 시도를 계속하고 있다. 이른바 시빅(civic) 내셔널리즘론(이에 대해서는 다음 절에서 다룬다)이 문화적인 공동성을 배제하는 데 대해 킴리카는 '옅은 공동성'과 '짙은 공동성'을 구별하여 후자의 중시는 배타적이고 비리버럴한 내셔널리즘을 초래하지만, 전자에 입각할 경우 리버럴한 국민 형성(nation building)이 가능할 것이라고 논한다[Will Kymlicka and Magda Opalski(eds.), *Can Liberal Pluralism be Exported?*, Oxford University Press, 2001, pp.18~19, 55~60]. 이는 시빅/에스닉 이원론(후술)의 대안으로서 제기된 것이지만, '짙은 공동성'은 에스닉 내셔널리즘 자체이고, '옅은 공동성'은 시빅 내셔널리즘에 가까운 성격을 갖는 이상, 사실상 시빅/에스닉 이원론과 큰 차이가 없는 것처럼 보인다.

226

‘내셔널리즘’이라는 말 자체에 배타적 의미가 담겨 있다고 생각하는 논자는 ‘애국주의(patriotism)’와 ‘내셔널리즘’을 구별하여, 전자는 공공성과 자유의 관념과 결합되어 있다고 봄으로써 전자에는 긍정적 의의를, 후자에는 부정적 의의를 부여하기도 한다(용어의 구별에 관해서는 제1장 제3절에서도 지적했다). 이와 관련해서는 모리치오 비롤리(Maurizio Viroli)의 애국주의론(*For Love of Country: An Essay on Patriotism and Nationalism*, Oxford University Press, 1995)과 하버마스(Jürgen Habermas) 등의 ‘헌법애국주의’론 (*Die Nachholende Revolution*)이 유명한데, 후자는 시빅 내셔널리즘 론과도 겹치는 부분이 있다. 이들의 논의는 각각에 중요한 문제를 제기하고 있는데, 논자가 규정하는 ‘좋은 내셔널리즘’(혹은 ‘애국주의’)과 ‘나쁜 내셔널리즘’은 현실에서는 흔히 혼동되기 쉽고 경계도 유동적이다. 그런 의미에서 만능의 처방전이 있는 것은 아니다. 같은 종류의 논의 가운데 특히 영향력이 크고 널리 받아들여지고 있는 ‘시빅 내셔널리즘’론에 대해서는 다음 절에서 검토하기로 하자.

시빅 내셔널리즘?

내셔널리즘의 이분법

다양한 내셔널리즘의 구별론 가운데 특히 영향력이 큰 것으로 <시빅 내셔널리즘 대 에스닉 내셔널리즘>이라는 도식이 있다. 문자 그대로 이 표현을 취하지 않더라도 어느 정도 공통성이 있는 논의를 포함하여 말하자면, 이러한 이분법적 도식은 매우 많은 내셔널리즘론들이 공유하고 있다고 할 수 있다.

이러한 형태의 논의의 계보는 오랜 기원을 갖고 있다. 고전적으로는 독일의 역사가 프리드리히 마이네케(Friedrich Meinecke)의 '국가국민'과 '문화국민'의 구별(*Weltburgertum und Nationalstaat*, 1908)과 한스 콘(Hans Kohn)의 '서구의 내셔널리즘'과 '서구 밖 세계의 내셔널리즘(단순화해서 말하자면 '동유럽의 내셔널리즘')'이라는 구별이 유명하다. 콘은 그의 대저인 『내셔널리즘의 이념』(*The Idea of Nationalism*, 1944)에서 '서구의 내셔널리즘'은 합리주의 · 계몽주의 · 리버럴리즘 · 민주주의와 결합한 데 대해 그 이외 지역에서의 내셔널리즘은 독일을 필두로 종종 비합리주의 · 낭만주의 · 배타성에 경도되었다고 지적했다. 콘의 기술이 기계적인 도식화를 하고

228

있는 것은 아니지만, 그의 명백한 결론은 이후의 논자들에게 큰 영향을 미쳤다. 이러한 고전적 작품들의 영향 아래 플라메나츠(John Plamenatz), 겔너(Ernest Gellner), 스미스(Anthony Smith), 그린펠드(Howard Greenfeld), 이그나티에프(Michael Ignatieff), 히구치 요이치(樋口陽一) 등은 각각 약간의 수정을 가미하여 대략적으로 '서구의 내셔널리즘'=시빅 내셔널리즘과 '동구의 내셔널리즘'=에스닉 내셔널리즘이라는 이원적 도식을 정식화했다.

지금 열거한 논자들의 논의는 좁혀보면 각기 다양한 차이가 있어 간단하게 일괄할 수는 없다(또한 반드시 단순한 이분법만으로 만족하고 있는 것은 아니고 크든 작든 그에 관한 수정을 덧붙이고 있는 경우도 많다). 그러나 여기서는 대략적인 이해가 목표이므로 세부 사항을 생략하고 과감히 정리해서 말하자면, 많은 이들이 다음과 같이 도식화하고 있다고 할 수 있을 것이다. 즉, 네이션의 기초에 에스닉한 공통성이 있다는 관념(에스닉 내셔널리즘)이 우세한 나라에서는 하나의 네이션 안의 에스닉한 또 다른 타자에 대한 배타적인 정책이나 강력한 동화정책이 취해진다. 에스닉한 일체성 및 그 상징이 가치를 갖는 것은 비합리적인 정념에 기초하기 때문에 합리주의나 자유주의가 배척되고, 그러한 나라의 정치는 다양성이나 자유를 존중하지 않는 권위주의로 기울어 자민족중심주의(ethnocentrism)·배외주의 등이 우세해지기 쉽다. 이에 비해 네이션이 에스닉한 공통성에 기초하는 것이 아니라는 관념(시빅 내셔널리즘)이 강한 나라에서는 네이션으로의 귀속을 승인하는 모든 이가 에스니시티에 관계없이 동등한 권리를 인정받는다. 이때 에스닉한 다양성이나 개인의 자유가 존중되며 정치의 기초는 전적으로 헌법체제의 승인 아래에 놓인다. 즉, 전자는 비합리주의·권위주의·배외주의 등과 후자는 합리주의·자유주의·민주주의 등과 각각 결합하기 쉽다는 것이다.

이러한 구분은 직관적으로 일종의 타당성을 갖는 것처럼 보여 많은 사람들에게 강한 영향을 미치고 있다. 그러나 이것이 정말로 현실을 잘 반영하는 것인지를 생각해볼 때 몇 가지 의문이 생긴다.

'서구'와 '동구'의 구별에 대한 의문

이분법에 선 많은 논자들이 공유하는 일반적 이미지로서 '서구'에서는 에스닉한 차이에 관용적이고 편협함을 갖지 않는 시빅 내셔널리즘이 우세한 데 대해 '동구'에서는 에스닉 내셔널리즘이 우세하여 에스닉한 차이를 절대시함으로써 편협하고 배타적이 되기 쉽다는 것이 있다. 그러나 이러한 견해는 자칫하면 '서구'를 이상화하고 '동구'를 멸시하는 일종의 오리엔탈리즘적 발상이 되어버린다. '네이션' 혹은 비슷한 계열의 언어가 각국어에서 어떠한 어감으로 사용되고 있는지를 살펴볼 때, 확실히 영어와 프랑스어에서는 에스닉한 의미가 상대적으로 희박한 반면 독일과 러시아에서는 상대적으로 그 의미가 강하다. 이 점은 이 책 제1장에서 지적한 그대로이다. 그러나 앞서 언급했듯이, 이러한 어감의 차이가 각 국가의 '국민'관을 곧바로 규정하는 것은 아니다. '나찌야'란 말이 주로 에스닉한 의미에서 사용되는 러시아어에서도 다른 표현으로 시빅한 공동성을 가리킬 수 있다는 점은 이미 지적한 바 있다.

'동구'로 묶인 국가들은 원래 균일하지 않기 때문에 이들 지역에 대해 신중하게 생각하고자 한다면 이들을 일괄적으로 '동구'라고 부르는 것 자체가 너무 허술하다는 점은 명확하다. 또한 '동구'의 국가들은 19세기 말 이후에 서구 국가들의 영향을 강하게 받아, 그 모방으로서 '국민국가'화를 목표로 하는 가운데 내셔널리즘이 대두했기 때문에 그것을 '서구'와 무관한 '지체', '야만', '일탈' 등으로 보는 것은 타당하지 않다. 터키에서 쿠르드인에 대한 박해는 시빅 내셔널리즘과 공화주의의 논리로 정당화되어 왔다. '종교와 민족에 구애되지 않는 터키국민'이라는 관념이 비터키계 여러 민족의 민족적 자기주장을 부정하는 논리로 기능했기 때문이다. 구유고슬라비아에서의 내전도 서구형 '국민국가'에 대한 강렬한 동경과 특히 북부 공화국(슬로바키아와 크로아티아)이 "우리는 서구의 대열에 낄 수 있다"는 발상을 가진 것－거듭 말하자면, 많은 서구의 국가들이 이러한 '유럽적인' 공화국을 우선적으로 지지한 것－이 큰 배경을 이루고 있다. 이로 인해 야기된

참극을 '서구'와 무관한 '발칸적 야만'의 표현이라고 간주하는 것은 적절하지 않다.

한편, 네이션이라는 말이 시빅한 의미로 사용되는 경우가 많은 서구에서도 현실적으로는 네이션 통합의 기초에는 언어·문화의 균질성이 전제되어 있으며, 더욱이 그것은 '자연히' 형성된 것이 아니라 장기간에 걸친 '위로부터의' 정책을 필요로 한 것이었다. 가장 전형적인 시빅 내셔널리즘의 국가로 여겨지는 프랑스에서 프랑스어를 위시한 언어적 동화정책이 프랑스혁명 이후 강력히 추진된 것은 잘 알려져 있다. 영국의 스코틀랜드나 웨일스 문제는 영국 역시 일종의 에스닉 내셔널리즘과 무관하지 않다는 것을 말해준다. 미국은 다수의 에스니시티가 흩어져 거주하고 있는 이민의 국가이기 때문에 에스니시티의 네이션화가 억제되기 쉬운 구조를 갖고 있으나, 영어에 의한 통합은 오랫동안 자명한 전제로 여겨져 왔다. 독일이나 이탈리아는 국가통일에 앞서 '국민'통일이 이루어졌다고 생각되지만, 실제로는 '국민'들 간의 지역적 이질성으로 인해 통합 문제는 장기간 지속되었다. 이러한 사정을 고려하면, '서구에서는 국민의 균질성이 높고, 동구에서는 비균질성이 높다'는 대비는 다소 과장된 면이 있다.

그러나 서구 국가들에서의 '국민국가' 형성과 이후 그것을 모방하면서 '국민국가'화를 진행한 지역의 내셔널리즘 간에 아무런 차이도 없다고 주장하려는 것은 아니다. 상대적으로 빠른 시기에 국민국가를 이룬 국가들에서는 그 과정이 장기에 걸쳐 진행되었기 때문에 시간이 흐른 뒤 되돌아보면, 그것이 마치 '자연스러운' 과정이었던 것처럼 보이는 면이 있다(그 와중에 상당히 강제적인 일이 행해졌다 하더라도, 먼 과거가 되어버리면 잊히고 흔적도 눈에 띄지 않게 된다). 그리고 국민국가화가 어느 정도 이상의 성공을 거둔 후의 시점에서 보면, 그 균질성·안정성은 일종의 기정사실로 간주되게 된다. 일단 그렇게 되면, 국가의 틀을 부동의 전제로 하여 그 속에서의 다양한 이해관계의 대립을 민주적·합법적·평화적으로 조정하기가 상대적으로 쉬워진다. 이에 비해 보다 늦은 시기에 선진국으로부터 충격을 받으면서 쫓기듯이 그들을 급속히 모방하게 된 지역에서는 국민국가 형성에 따른 모순이 보다 노골적으로 드러나며 첨예한 분쟁을 수반하는 일이 많다. '서구의 내셔널리즘'과 '동구의 내셔널리즘'이라 일컬어지는 것의 배후에는 이러한 차이가 존재한다.

그러나 이것은 어디까지나 상대적인 차이에 지나지 않는다. '서구'의 '선진국'에서도 '해결되었던' 에스닉 문제가 새로운 형태로 분출되기도 하고, '동구'의 '후진국'이라 할지라도 첨예한 에스닉 분쟁이 항상 발생하는 것은 아니다. 국민국가화에 따르는 분쟁이 구체적으로 어떠한 형태로 나타나고 어떤 국면에서 특히 첨예해지거나 상대적으로 온건해지는지는 무수한 역사적 요인에 의한 것으로, 서구/동구, 시빅/에스닉, 리버럴/비리버럴과 같은 이

분법으로 결론을 내릴 수 있는 것은 아니다. 이보다 심화된 논의
는 구체적인 역사를 근거로 이루어져야 하는데, 이 책 제2~4장
은 이를 위한 다양한 소재를 제공하고 있을 터이다.

보편주의의 함정

시빅 내셔널리즘론의 또 하나의 문제는 에스니시티에 구애되
지 않는 보편성 논리를 합리주의·자유주의 등과 등치하여 에스
닉한 특수성을 비합리주의·권위주의 등과 결합시킨다는 점에
있다. 현실에서 대부분의 내셔널리즘은 한편으로는 보편성의 논
리를 가지면서도 다른 한편으로는 특수주의적인 색채를 띠는 양
면성을 갖고 있기 때문에 그 면면을 단순히 분리하기는 어렵다.
내셔널리즘이 특정 네이션을 단위로 한 것인 이상, 해당 민족의 문
화·전통과 같은 특수하고 고유한 것(particularistic, 개별주의적인
것)에 의존하고 그것과 결합되기 쉬운 것은 당연하지만, 그것은
보편성의 논리와 대립하는 것이 아니라 오히려 양자의 결합으로
나타나는 경우가 많다.

제2장 제1절과 제3절에서 지적한 바와 같이, "우리나라야말로
보편적 가치의 담당자이다"라는 의식이 있을 경우 보편성의 논리
를 내세우면서 "그 가치의 탁월한, 혹은 선구적인 담당자는 우리
들이다"라는 형태로 내셔널리즘을 정당화할 수 있다. '자유·평
등·우애'를 내건 프랑스, '미국적 자유'를 내세운 미국, 한때 '사

회주의 인터내셔널'을 내세웠던 소련은 하나같이 추상적·보편적 이념을 국민통합의 핵으로 하는 내셔널리즘—이들 국가에서는 '내셔널리즘'이라는 말 자체는 회피되는 일이 많으나—의 대표적인 예로 볼 수 있다.

혁명을 통해 새로운 국가체제를 발족시킨 이들 국가에서는 보편주의적인 이념과 국가체제 신화의 관계가 공공연해졌으나, 그 이외 국가들의 내셔널리즘 역시 단순히 특수성에만 의거하는 것은 아니다. 19세기의 독일·러시아·일본 같은 '중진국'은 보다 '선진적'으로 간주되는 서구에 대해서는 스스로의 문화의 고유성을 대치시키는 한편, 보다 '후진적'으로 간주되는 지역에 대해서는 스스로를 '보편적 문명 전파의 중개자'라고 여기며 영향력을 행사하려고 했다. 이들의 내셔널리즘에는 '고유성'과 '보편성' 쌍방의 요소가 합성되어 있다는 것이 특징적이다.

보다 일반적으로 생각해보더라도, 내셔널리즘은 자신들의 자긍심이나 우월성을 강조하려고 하는데, 이때 '자긍심', '우월성'이라는 관념이 성립하기 위해서는 잠재적으로 존재하는 보편적인 척도 위에서 자민족이 타자보다 우월하다는 사고방식이 전제되어야 한다. 따라서 척도에 관한 보편주의와 자민족을 우위에 두는 특수주의가 공존하는 것은 이상할 것도 없다. 명백히 특수주의적인 가치 주장(에스닉 내셔널리즘)만이 비합리적·불관용이고, 보편주의적인 가치를 옹호하면 시빅 내셔널리즘이 되어 자유와 관용을 가능케 한다는 규정은 일종의 허술한 믿음에 지나지 않는다.

시빅 내셔널리즘/에스닉 내셔널리즘 이분법의 가장 큰 문제는 전자를 '좋은 내셔널리즘', 후자를 '나쁜 내셔널리즘'으로 단순히 나누어버린다는 점이다. 이러한 이분법에 따를 경우 전자로 분류된 것('서구'의 국가들)에도 위험한 요소가 있다는 것을 놓칠 수 있으며 후자로 분류된 것('동구'의 국가들)을 숙명적으로 뒤떨어진 것이라고 생각하기 쉽다. 실제로는 어떠한 내셔널리즘이라도 위험한 요소와 그다지 위험하지 않은 요소 모두를 포함하고 있다. 그렇다면 이들을 단순히 양분하기보다는 어떠한 경우에 어떠한 조건에 따라 위험한 요소가 강해지기 쉬운가, 혹은 역으로 어떠한 조건하에서 그것은 통제되는가를 생각해볼 필요가 있을 것이다.

제3절

내셔널리즘을 길들일 수 있을까?

'우리들' 의식에서 폭력적 대립까지

지금까지 살펴본 바와 같이 내셔널리즘은 항상 그런 것은 아니지만 때때로 각종 분쟁의 씨앗이 되기 쉽다. 이는 내셔널리즘에 대해 생각할 때의 '가시'이다. 따라서 이 책의 마지막으로 다소 추상적이더라도 내셔널리즘과 분쟁의 관계에 대해 다소 일반화하여 생각해보고자 한다.

어떠한 집단—그 집단을 정의하고 그에 포함되는 '자신들'과 '타자'를 나누는 방식은 다양하지만—에 대한 귀속감정이라는 것은 '동료', '같은 무리'로서의 친근감과 결속을 강화하는 것인 이상, '타자'와의 일정한 '구별'의식을 초래하는 것은 피할 수 없다. 그리고 이 '구별'의식이 '차별' 또는 배제로 바뀌는 경우—필연이라고까지 말할 수 있을지에 대해서는 논의의 여지가 있다 하더라도—도 있을 수 있다. 다른 한편, 인간이라는 존재가 주위 사람들과 단절된 순수한 개인으로서 혹은 추상적인 '보편적 인간' 일반으로서 살 수는 없는 이상, 집단적 귀속감이라는 것을 전면적으로 부정할 수도 없다. 그렇다면 어떻게 할 것인가.

같은 대립이라거나 분쟁이라고 해도 비교적 사소한 수준에서부터 극도로 강력하고 대규모의 폭력을 수반하는 것에 이르기까지 다양한 종류가 있다. 단순히 보면, 전자는 부정할 필요까지는 없으나 후자는 부정해야만 하는 것으로 생각될 수 있다. 그러나 비교적 소규모로 시작되었던 분쟁이 언제부터인가 대규모로 확대되기도 하는 이상, 이들 간의 차이는 그 연속적인 속성 때문에 어딘가에 명확한 한 선을 긋는 것은 어렵다.

각지의 민족분쟁에 관해 자주 지적되는 것은 어느 시기까지는 평화적·우호적으로 공존해왔던 여러 민족·에스니시티가 언제부터인가 갑자기 격렬히 대립하기 시작했다는 점이다. 그러나 자세히 살펴보면, 우호적 공존이 지배적이었던 시기에도 개별적인 대립·분쟁 등은 존재했으며, 비교적 낮은 수준에서 몇 가지 조건이 겹쳐지자 놀라울 정도로 격렬한 수준으로 높아졌다는 것을 알 수 있다. 문제는 어느 시점까지는 잠재적이거나 온화했던 분쟁이 현실문제로 비화되고 점차 고조되어 마침내 대규모의 폭력에 이르는 메커니즘은 무엇인가, 그것을 예방할 수 있는 방법은 무엇인가라는 점에 있다.

연대감정 동원

'같은 무리'와 '타자'의 구별만으로 분쟁이 야기되는 것은 아니지만 자원의 희소성—경제적 부, 정치 권력, 사회적 명예감정

등-과 결합할 때 분쟁으로 치닫기 쉽다. 희소성이라는 사실 자체는 도처에 있는 것으로 그 모두가 심각한 성격을 띠는 것은 아니지만, 특정 국면에서 그것이 특히 강해질-혹은 강해질 것이라고 예측될-때, 희소자원을 둘러싼 분쟁은 격화된다. 이들 중 '우리 집단'이라는 연대의식이 이용되고 분쟁이 '우리' 대 '그들'이라는 형태로 나타나는 경우, 그로 인해 집단 간 대항감정이 강해진다. 또한 어느 집단 내의 개인이 그다지 강한 일체성을 갖고 있지 않았다 하더라도 분쟁 과정에서는 '같은 무리'로서의 일체감을 강화하게 된다.

이 경우, 분쟁에 동원된 연대감정의 성격은 매우 다양하며 특정한 유형의 '같은 무리' 의식이 더욱 분쟁을 격화시킨다는 것이 확정적인 것은 아니다. 그러나 '같은 무리' 의식·친근감·연대감이 어느 정도 존재하고 그것이 분쟁 과정에서 이용됨으로써 한층 더 강렬한 것으로 선동된다. 이렇게 볼 때 원래 있던 그러한 감정들이 그 자체로 분쟁의 결정적 요인은 아니지만, 일단 동원·선동되면 일종의 자기운동이 일어나 수습이 매우 어려워진다. 문제는 그러한 감정의 동원과 분쟁이 어떻게 확대되는가 하는 점이다.

어떠한 조건하에서 분쟁이 일어나고 또 확대되는지에 대해서는 지금까지 다양한 연구가 축적되어 있으나 명쾌한 법칙이 수립된 것처럼 보이지는 않는다. 경제적 요인을 강조하는 것, 문화적 차이를 중시하는 것, 엘리트를 중시하는 이론과 대중심리를 중시하는 이론 등이 있으나 이들 모두 포괄적 설명을 제시하지는 않고 있다. 에스닉 분쟁 연구로 유명한 호로위츠(Donald L. Horowitz)는 기존의 다양한 이론들의 일면성을 비판하면서 아시아·아프리카·카리브 국가들에 관한 연구를 통해 어떤 나라 안의 후진적인 지역과 또 그 지역에서의 후진적인 집단일수록 분리운동으로 내달리기 쉽다고 결론지었다(Donald L. Horowitz, *Ethnic Groups in Conflict*, University of California Press, 1985). 이 연구는 기존 논의의 한계를 날카롭게 지적하고 있으며 어느 정도는 타당한 관찰인 것처럼 보인다. 그러나 구소련·구유고슬라비아의 해체과정에서 일어난 일련의 분쟁의 경우, 호로위츠의 도식은 그다지 맞지 않으며 오히려 반대의 경향조차 관찰된다(상대적으로 부유한 지역일수록 분리운동이 강했다. 그러나 일단 발생한 분쟁의 강도는 이와 대응적이지는 않았다). 일반이론 구축의 어려움을 거듭 통감하게 한다.

'누가 불관용인가' 확정의 어려움

폭력적인 충돌 및 그 확대를 피하기 위해서는 무엇이 필요할까. 이에 관해, '관용', '개방성', '상호이해' 등의 정신이 중요하다는 점이 오래전부터 지적되어 왔다. 이러한 말들은 분쟁의 확대를 막는 이성적인 태도를 상징한다고 여겨지며 '비관용', '폐쇄적', '배타적' 등의 말은 분쟁의 확대로 향하는 위험한 태도라고 인식되었다.

그 자체는 일반론적인 것으로서 특별히 이의를 제기할 필요는 없다. 그러나 개별 사례에서 구체적으로 어떤 세력이 '관용'을 취하고, 어떤 세력이 '비관용'을 고집하는지를 판정하기란 쉬운 일이 아니다. 국제사회의 이목을 의식하는 당사자들은 종종 자신들이 관용의 편이라는 것을 강조하고 상대방이 배타적·침략적 태도를 취하기 때문에 불가피하게 방어적인 조치를 취할 수밖에 없다고 설명한다. 현대사회에서 노골적으로 '영토 확장', '이방인 배척', '민족정화' 등을 스스로 내세우는 정치세력은 드물고, 이러한 말들은 오히려 외부세력에 의해 붙여진 정치적 수사로서 기능하는 경우가 많다. 그리고 '비관용적이며 배타적인 적'에 의한 공격으로부터 스스로를 보호하기 위해서라는 의식에 기초한 행동-주관적으로는 대항적·방위적 조치이지만 상대방의 입장에서는 일방적 공세로 보인다-이 분쟁의 악순환을 부르는 경우도 드물지 않다.

이러한 상황에서 외부의 관찰자가 어떠한 판단을 내리고 어떻게 개입할지도 미묘한 문제가 된다. "저 세력은 관용적이고 개방적인 태도를 취하고 있다"거나, "저 세력은 비관용적이고 배타적인 태도를 취하고 있다"라는 평가는 흔히 안일한 딱지 붙이기-전자를 선, 후자를 악으로 간주하는 일방적인 단정-가 되기 쉬우며, 이는 현실의 분쟁 해결에 도움이 되지 않을 뿐만 아니라 한

쪽에 치우친 편들기가 될 뿐이다. 한 예로, 1980년대 이후 장기간 지속되고 있는 아르메니아=아제르바이잔 분쟁에 관해 현대 구미의 지성을 대표하는 지식인들—하버마스, 데리다(Jacques Derrida), 레비나스(Emmanuel Lévinas), 벌린(Isaiah Berlin), 로티(Richard Rorty), 기타 다수—이 1990년에 낸 공동성명은 그 의도와 관계없이 아제르바이잔을 일방적인 악으로 규정함으로써 오히려 분쟁을 격화시키는 역효과만 내었다[시오카와 노부아키(塩川伸明), 『'20세기사'를 생각한다(≪20世紀史≫を考える)』, 勁草書房, 2004, pp.65~67 참조]. 이러한 사례는 분쟁에 관여하는 것이 얼마나 어려운 일인가를 통감하도록 한다. 이른바 '인도적 개입'을 둘러싼 일련의 논의도 이와 비슷한 종류의 문제와 관련된다.

군사 분쟁화와 '합리적 선택'

분쟁을 확대하는 데에 비합리적인 정념이 경제적 이익 및 다른 이해타산 또는 대중심리와 정치엘리트의 전략 중 어느 쪽에 더 중요한 역할을 하는지를 둘러싸고 많은 논의가 존재한다. 대략적으로 보면, 대중심리의 역할을 중시하는 논자는 비합리적인 정념을 중시하는 경우가 많고, 증오가 대중심리에 뿌리내리고 있는 이상 분쟁의 해결은 어렵다는 비관론에 치우치기 쉽다. 이에 비해 정치엘리트를 중시하는 쪽은 합리적 타산을 강조하므로 분쟁을 야기한 정치엘리트를 제거하거나 그들의 행동양식을 바꾸면

분쟁을 해결할 수 있다는 실천적 처방전과 결합하기 쉽다. 그러나 대중들이 항상 정념만으로 움직이지는 않으며 합리적 타산을 고려하지 않는 경우도 없다. 이러한 정치엘리트들 역시 늘 합리적인 타산에 기초하여 움직이는 것만은 아니므로 이러한 조합은 어디까지나 대략적인 경향에 지나지 않는다. 현실적으로는 둘 중 하나가 전적으로 옳다기보다 무수한 요소가 조합되어 분쟁을 심화하거나 억제하므로 개별 사례에 따른 구체적인 검토가 불가피하다. 이 난제에 대해 빈틈없는 답을 제시하기는 어렵겠지만 몇 가지의 방향성을 모색해보고자 한다.

지금까지 서술해온 것은 분쟁에 관한 일반론이었지만, 논의의 대상이 너무 광범위한 까닭에 개별적 상황의 차이가 크므로 도식적인 일반론에는 큰 의미가 없다고 볼 수 있다. 그러나 문제를 좀더 좁혀서 민족·에스니시티 문제로 인한 분쟁이 소규모 경합의 범위를 뛰어넘어 본격적인 군사적 충돌에까지 이른 상황에 관해 생각해본다면, 그러한 경우에는 정치엘리트의 판단이 상대적으로 큰 역할을 할 때가 많다고 할 수 있을 것이다. 물론, 대중 차원에서의 증오나 적대감이 폭력 행위를 야기하기도 하지만 그것만으로는 돌발적인 충돌사건의 범위를 벗어나지 않는다. 본격적인 군사적 충돌은 주권국가의 정규군이나, '주권국가'이고자 하는 세력의 비합법 무장부대, 고도의 무장, 자금력, 병사동원력 등을 필요로 하는 만큼 대중의 동원만으로는 실현될 수 없다. 그렇다면 정치엘리트는 어떠한 조건하에서 본격적인 군사력의 행사를 결단하는가.

정치인이라 하더라도 항상 합리적 타산만으로 움직이지는 않으며 감정(情動)의 포로가 되는 경우도 드물지 않지만 **상대적으로는** 타산적 요소의 영향을 많이 받을 것이다. 특히 군인의 경우 대체로 일종의 독자적인 '군사적 리얼리즘'을 갖고 있으며 이러한 관점에서 명백히 불리한 전쟁은 피하는 것이 당연하다. 그러나 타산을 중시할 경우 어떠한 전술이 유리한지에 관한 '합리적 선택'이 문제가 된다. 그렇지만 "군사적 공세를 할 수도 있다"는 위협을 이용하는 것은 '합리적인' 선택일 수 있으나, 실제로 군사력 행사를 결단하는 것이 '합리적'인 경우는 드물다.

현대 국제정치의 조건하에서 대부분의 경우 군사적 공세는 '합리적 선택'이 아니다. 애초에 확고한 승리의 전망이 있는 경우는 드물고(그러한 전망을 틀린 예측이라 하더라도 일단 가질 수 있는 것은 미군 정도일 것이다), 완승 이외의 어떠한 결과를 낳더라도 그를 위해 지불해야 할 희생은 매우 크다. 더욱이 현대 세계에서 군사력 행사는 특별한 이유가 없는 한 국제적으로 인정되지 않으며 국제적 고립을 초래하기 쉽다(여기서도 그러한 '특별한 이유' – 얼마나 설득력이 있는지는 별개로 – 를 관철하는 힘을 갖고 있는 것은 미국뿐이다). 그렇다면 군사적 공세를 펼치는 것은 예컨대 군사 면에서 승리한 경우라도 바람직한 결과를 보장받지는 못한다. 나고르노-카라바흐 주변 지역을 군사력으로 제압한 아르메니아인 세력은 그 때문에 국제사회에서 비난받고 고립되었는데, 이는 군사적 승리가 정치적으로 큰 역효과를 낸 전형적인 예이다.

군사적 공세가 '합리적 선택'이 아니라는 것이 명백하다면, 예컨대 민족적 대항관계가 어느 정도 격화되고 있다 하더라도 그것이 한순간에 본격적인 군사 충돌로 비화될 개연성은 그다지 높지 않다. 냉전종언 시기에 각지에서 에스닉 분쟁이 연쇄적으로 확산될 것처럼 보였으나, 실제로는 대규모 군사 분쟁이 연속해서 발생하지 않은 것은 이러한 측면에서 어느 정도 설명될 수 있다.

그럼에도 불구하고 격렬한 군사 분쟁이 발생하는 경우는 어떠한 이유에서일까. 여기서는 에스닉한 대립 그 자체가 아니라 그것이 제어되지 않고 확대되는 특별한 조건에 대해 생각해볼 필요가 있다. 여기에서 무엇보다 중요한 것은 기존의 국가질서가 크게 동요하여 합법과 불법의 기준이 불명확해지는 상황의 출현이다. 소련 및 유고슬라비아 말기에는 단지 기존의 질서가 한계에 부딪혔을 뿐만 아니라 그것을 자의적으로 변경하여 국유기업의 재산이나 군의 무기 등을 일방적으로 탈취할 수 있다는 풍조가 광범위하게 확산되었다. 그러한 상황 속에 당초 '비합법무장부대'로서 등장한 세력이 마치 정식 국군과 같은 존재인 양 행동하는 것이 가능해졌으며 무기의 부정 유출이나 밀수입 등도 급속도로 확대되었다.

게다가 가까운 미래에 국가의 해체가 예측되고 더욱이 새롭게 만들어질 국가의 영역이 불확정적인 상황이 발생할 경우, 군사적으로 특정 영역을 제압하여 새로운 국가의 기초로 삼는 것이 '선수 필승'이라는 의미에서 '합리적'이라고 여겨지게 된다. 그리하여─전 사회적으로 보면, 희생이 지나치게 크다는 의미에서는 비합리적인 일이지만─개별 세력의 입장에서는 미리 군사적 공세를 펼치는 것이 '합리적 선택'이 되는 상황이 발생했다. 보스니아 =헤르체고비나의 경우가 그 전형적인 예이다. 구소련의 경우, 원래의 연방을 구성하던 공화국들 간의 경계는 변경하지 않는다는 대략적인 합의가 있었던 덕분에 영역을 둘러싼 '영역차지경쟁'은 일어나지 않았지만, 연방을 구성하던 공화국들의 하위 수준에서 분쟁이 일어난 경우에는 유사한 논리로 군사 분쟁이 발생하는 사례가 드물지 않았다(남오세티야도 그 한 예이다).

이처럼 통상적으로는 '합리적 선택'이 아닌 군사적 공세가 특정 조건하에서는 '합리적'인 것으로 선택되는 경우가 생긴다. 일단 군사 분쟁이 시작되면, 도발을 받은 측의 보복이 불가피해지고, 그것은 더 강한 반작용을 부르기 때문에 상호 간의 악감정과 폭력적 항쟁의 확대라는 악순환이 발생한다. 그러한 상황으로 전개된 이후에 그것을 진화하는 것이 불가능하지는 않지만, 매우 오랜 시간이 걸리며 그로 인한 희생의 규모는 너무도 크다.

246

'마법사의 제자'가 되기 전에

지금까지 기술한 것은 군사적 분쟁의 경우로 보다 광범위한 민족·에스니시티와 관련된 분쟁에 관해서도 어느 정도 시사점을 제공한다. 거듭 지적해왔듯이 민족적 차이라는 것은 고정적인 것이 아니며 반드시 격렬한 적대심을 초래하는 것도 아니다. 그러나 어떠한 분쟁 때문에 민족감정이 동원되고 적대심이 필요 이상으로 선동되는 경우, 그것의 수습은 매우 어렵게 된다. 당초 민족감정을 동원하려고 한 사람들은 한정적인 목표를 위해 이를 이용하려고 했던 것일 수도 있고, 분쟁이 수렁으로 빠지는 경우를 예상하지 못했더라도 결과적으로는 '머리말'에서도 지적한 '마법사의 제자'로 전락할 수 있다. 그리고 이는 돌이킬 수 없는 상황으로 치닫고 만다.

따라서 항쟁이 일어나기 직전-혹은 소규모 항쟁이 일어나더라도 아직 결정적으로 첨예해지지 않은 단계-에 적대심을 선동할 것인지, 아니면 적절한 때에 이를 제어할 것인지 여부가 매우 중요한 의미를 갖는다. 내셔널리스틱한 감정 그 자체를 전반적으로 부정할 필요는 없으나, 그것이 타자에 대한 공격의 형태를 띨 경우에는 그 악순환적인 확대를 막기 위한 초기 대응이 무엇보다도 절실하다고 생각된다.

이미 기억이 어렴풋해졌으나, 전공 분야를 넘어서 '민족·에스니시티 문제 일반'에 대해 살펴보기로 생각하기에 이른 것은 지금부터 십수 년 전으로 거슬러 올라간다. 그러나 개별 사례에 대한 집착을 버리려고 생각한 것은 전혀 아니다. '민족·에스니시티' 문제는 특히 개별성의 문제가 깊은 영역으로, 구체적인 개별 사례에 대한 철저한 탐구 없이 본격적 해명은 있을 수 없다. 하지만 개별 연구를 진행하는 가운데 다른 사례와의 대비나 그들과의 관련성이 신경 쓰이는 일도 자주 있다. 어느 지역의 독자적 현상이라고 생각하였으나 의외로 먼 지역에서도 유사한 사례가 있다는 것을 깨달을 때도 있고, 유사 내지 공통성을 의식하고 있던 사례를 조금 더 파고들어 비교해보니 오히려 그 차이점이 인상적일 때도 있다. 이러한 경험을 거듭하는 가운데 어느새 넓은 시야에서의 비교론이나 일반론에 관심이 끌리는 기회가 늘어나게 되었다.

민족 문제처럼 개별성이 강한 테마에 대해 연구하는 경우, 먼저 일반이론을 아우르고, 그것을 개별 사례에 적용하는 방식은 현실과 동떨어진 도식의 강제적인 적용이 되기 쉽고 그다지 유의미하지 않다. 그러나 현실을 '설명'하는 것이 아니라 문제를 발견하기 위한 계기나 개별 연구를 축적한 뒤의 중범위의 이론화라는 점에서 일반이론적 연구에는 그 나름대로의 의의가 있다. 그래서 추상적 일반론을 자기 목적적으로 전개하는 것이 아니라 오히려 구체적 개별연구 속에서 이를 배양하고 개별 연구의 진전을 자극하기 위하여 이론적 연구를 진행하는 것이 필요하지 않을까─필자는 이러한 문제의식을 십수 년간 조용히 키워왔다.

이렇게 해서 개별 전공 연구의 한편으로 민족·에스니시티·내셔널리즘 등에 관한 일반적인 이론서나 비전공 지역에 대한 연구서를 때맞춰 참조하는 작업을 계속해왔는데, 이들에 대한 견해를 정리하여 발표할 생각은 좀처럼 해보지 않았었다. 무엇보다도 그러한 영역에 대해 필자는 아마추어일 뿐이므로 도무지 자신 있게 발언할 수 없었다(그러나 사실을 말하자면, '전공'과 관련한 사항에 대해서도 어느 정도의 자신을 가질 수 있을지 의심하지만 이는 별개의 문제이다). 따라서 '민족·에스니시티 문제 일반'에 대한 연구 성과는 전공 연구의 '조미료'로 이용─이는 그 사이 내가 발표한 몇몇 저작에 슬며시 배어 나올 것이다─하거나 혹은 기껏해야 학생과의 편안한 잡담 속에 전개하는 데에서 멈췄던 것이 지난 십수 년간 취해온 태도였다.

이러한 문제에 관해 한 권의 책에서 정면으로 논해보기로 한 것은 충분한 자신이 생겼기 때문이 아니다. 어쩌면 대단히 유치한 것을 쓰거나 혹은 말도 안 되는 잘못을 저지르고 있는 것은 아닐까 하는 불안은 이 책 집필하는 내내 뇌리를 떠나지 않았고 지금도 마찬가지이다. 그런데도 굳이 이 책을 집필·간행하기로 한 것은 아무리 불충분하더라도 십수 년간에 걸쳐 계속해온 모색에 우선 형태를 부여하고 독자의 비판을 받음으로써 연구 진전의 발판으로 삼고자 했기 때문이다. 나이가 들수록 새로운 영역의 개척이 곤란해지는 것은 당연지사이지만, 더 노쇠하기 전에 다시 한 번 도약을 도모해보고자 하는 기분도 필자를 떠밀었다.

이러한 이유로, 이 책에서는 분수도 변별하지 못하고 매우 넓은 범위의 대상을 다루어 비교 관점과 이론적 고찰을 섞은 서술을 해보았다. 물론, 내가 이들 대상에 대해 빈틈없는 지식을 갖고 있는 것은 아니다. 필자에게 가장 가까운 이른바 지적(知的) '홈그라운드'는 러시아·구소련 국가들이다. 베네딕트 앤더슨은 인도네시아를 비롯한 동남아시아 국가들을, 에릭 홉스봄은 유럽을 각각 '본거지'로 하고 있고, 1970년대 이후 급속하게 번성한 에스니시티론의 다수는 주로 북미 사례를 염두에 두고 있다. 다양한 '민족·에스니시티론'은 이처럼 각각의 '본거지'를 가지며 그것에서 유래한 개성을 지니고 있다. 그렇다면 러시아·구소련 국가들을 본거지로 한 자가 이러한 일반론을 쓰는 것도 얼마간의 의의가 있지 않을까 하는 은밀한 기대를 해본다.

러시아·구소련 국가들을 민족문제 연구의 분야로 다루는 데에는 몇 가지 의의가 있다. 이 지역에는 수많은 민족·에스니시티가 있고, 그들의 상호관계든 정권에 의한 정책의 전개나 민중운동의 양태든, 지극히 다채로운 역사를 구성해왔다. '사회주의'라는 특이한 체제의 경험 및 그로부터의 이탈과정 역시 이 지역 역사에 독자적인 의미를 부여하고 있다. 그러면서도 '소련 해체로 결착된 것'이라는 막연한 감각에 기초하여 한때 소련의 공식견해를 단순히 전도(顚倒)하는 것만으로 만족하는 안이한 풍조가 확산되고 정면으로 다루는 작업을 태만히 했다는 점, 그 결과 이 지역이 다수의 일본인에게 일종의 지적 공백으로 남게 되었다는 사정도 언급해두어야 할 것이다. 이 지역의 다양한 사례와 세계의 다른 지역의 상황을 정확히 비교하는 논의가 지금까지 의외일 정도로 부족했다는 사실도 반성해야 한다.

이러한 사정에 비추어보면 러시아·구소련 지역을 주된 분야로 한 자가 그러한 '본거지'로부터 보다 넓은 세계로 진출하여 비교론적인 고찰을 시도한다는 점에서 큰 의의가 있다고 할 수 있다. 그러나 이를 위해서는 자신의 '홈그라운드' 이외의 다양한 지역의 예에 대해 나름대로의 식견을 깊이 할 필요가 있다. 이 책의 준비과정에서는 이들 지역에 대해 가능한 한 폭넓게 배우려고 노력했다. 물론, 한 사람의 저자가 쓴 얇은 책에서 다룰 수 있는 사례에는 한계가 있고, 아프리카 국가들을 비롯하여 손이 미치지 못한 지역도 많으나, 일단은 세계 각지의 다수 사례를 다룸으로써 문제의 확산과 다양성을 보여주고자 했다. 이들 지역에 관한 내 지식은 상당히 경도되고 피상적인 것이었기 때문에 많은 선인의 업적과 지인들로부터의 '귀동냥'이 매우 유용했다. 일일이 열거하지는 못하지만 도움을 준 수많은 선배 연구자들—필자보다 젊고 신선한 연구로 나를 자극해준 사람들을 다수 포함한다—에게 심심한 사의를 표하고자 한다.

지금까지도 여러 가지 사정으로 통상의 의미에서의 전공 문제의 틀을 벗어난 책을 쓸 기회가 몇 번인가 있었으나, 이 책은 그것들과는 다른 의미에서 모험적 시도의 산물이다. 물론, 신서라는 책의 성격을 의식하고, 가능한 한 넓은 범위의 독자가 읽을 수 있도록 이해하기 쉽게 쓰는 것에 유의했다. 다만, 그때 '이해하기 쉬움'이란 수준을 떨어뜨리거나 "전문가에게는 흔한 상식을 알기 쉽게 설명하여 비전문가를 가르친다"는 뜻은 아닐 것이라고 항상 생각했다. 필자는 오히려 미지의 영역에 관한 도전 작업을 독자와 함께 모색할 것을 호소하면서 그 과정을 가능한 한 이해하기 쉽게 제시하고자 했다. 이러한 목표가 얼마나 달성되었는지는 독자의 판단에 맡길 수밖에 없다.

너무 많은 사항을 다루기 때문에 서술에 허점이 많다는 점은 스스로 통감하고 있다. 이러한 문제에 대해 각 분야 전문가는 쉽게 그 결점과 오류를 지적할 수 있을 것이다. 이렇게 해서 책 한

권을 일반에 공개한 만큼 비판을 각오하고 있으며, 가능하다면 위와 같은 목표에 입각한 건설적인 제언이 있기를 간절히 바란다.

이와나미(岩波) 서점의 오다노 코메이(小田野耕明) 씨에게서 신서 집필 권유를 받은 때가 언제였는지 기억이 가물가물하지만, 자유롭게 구상해도 좋다는 관대한 말에 기대어 꽤 오랜 시간 방치해뒀었다. 일단의 방향이 확정된 이후에도 상당한 시간이 지났다. 오다노 씨는 그동안 끈기 있게 기다려주었을 뿐만 아니라 최종 단계에서는 자칫하면 딱딱해지기 쉬운 필자의 문장에 대해 '독자 대표'로서 개선에 공헌해주었고, 매력적—이지 않을까 생각한다—인 제목도 고안해주었다. 깊이 감사드린다.

2008년 9월

시오카와 노부아키(塩川伸明)

이 책은 시오카와 노부아키(塩川伸明)의 『민족과 네이션 : 내셔널리즘이라는 난제(民族とネイション : ナショナリズムという難問)』(岩波書店, 2008)를 완역한 것이다. 내셔널리즘이라는 용어는 자주 사용되는 말치고는 여전히 많은 문제들을 내포하고 있다. 저자 시오카와 교수도 <머리말>에서 언급하고 있는 바와 같이, 내셔널리즘은 무엇보다도 다양한 분과학문 영역에서 이루어진 연구를 종합했을 때 비로소 그 실체에 접근할 수 있다. 단일민족을 유지해온 우리에게 우리의 내셔널리즘은 명백한 실체와 이념적 구상으로 다가오지만, 다양한 민족, 에스니시티로 구성된 지역의 내셔널리즘을 한마디로 정의하는 것은 매우 어려운 문제이기 때문이다. 중부 유럽 및 동유럽을 비롯하여 중앙아시아 국가들에서 종종 벌어지는 민족 혹은 에스니시티 분쟁은 여전히 내셔널리즘이라는 난제에 답해야 할 과제를 우리에게 던져주고 있다. 원저서는 내셔널리즘에 대한 이론서는 아니다. 그러나 러시아현대사를 전공한 저자가 구러시아권 국가들을 비롯하여 다양한 지역의

민족, 네이션, 에스니시티의 양태를 정리한 이 책은 각 국가 및 지역에서의 동향에 대해 일시적이며 단편적인 내용 지식밖에 갖지 못한 우리에게 내셔널리즘에 대한 체계적·복안(複眼)적 시점을 제공해준다.

돌이켜보면, 그동안 근대국민국가론에 관심을 갖고 관련 연구를 해온 역자가 한림대학교 일본학연구소에서 이 책의 번역을 의뢰받았을 때 처음에 들었던 기쁨과 두려움은 번역 과정 내내 역자의 곁을 떠나지 않았다. 다양한 민족, 네이션, 에스니시티로 이루어진 지역에서의 근대국민국가화 과정을 일목요연하게 정리하고 싶었던 역자에게 이 책은 그러한 희망을 구체화할 수 있는 기회였고 그만큼 기쁨은 컸다. 그러나 다양한 지역의 구체적 사정에 대한 정보가 부족했기 때문에 그러한 기쁨의 크기만큼 혹은 그 이상의 중압감이 역자를 짓누르고 있었다. 특히, 중부 유럽과 동유럽, 중앙아시아에 대한 체계적인 이해가 부족했기 때문에 원저서에 나오는 다양한 지명, 인명, 사건명 등은 번역 과정 내내 역자를 괴롭혔다. 물론, 관련 사항을 하나하나 확인해가는 과정은 분명 기쁨의 연속이었으나 좀 더 간결하게 에센스만으로 주석을 달지 못한 것 같은 두려움도 여전하다. 그만큼 이 책을 번역하는 작업은 결코 쉽지 않은 일이었다. 원저서가 발간된 지 이미 상당한 시간이 지난 지금―실제로, 번역이 결정되자마자 저자 시오카와 교수는 2012년 3월에 「한국어판 서문」을 보내왔는데 그로부터도 이미 1년 정도의 시간이 지나갔다―, 이 책이 다루고 있는 내용의 '그 후'도 많은 변화가 있었음에도 불구하고 그러한 변화를 이 책 안에 담지 못하고 있는 것은 아쉽다. 그러나 난제로서의 내셔널리즘에 대한 전체적인 조망이 가능하다는 점에서 이 책은 많은 학술적, 교양적 가치를 갖는다고 생각한다.

역자는 이 책을 번역할 때 읽는 이의 편의를 고려하여 원문에 약간의 손질을 가했다. 먼저 필요하다고 생각되는 곳에 역자 주를 붙였다. 각주 표시는 모두 역자 주이다. 다소 우리에게 생경하다고 생각되는 사항은 가능하면 각주를 붙여 가독성을 높이고자 했다. 둘째, 본문 속의 서지정보와 관련해서, 저자와 서명(논문 제목 혹은 서명)에 대해서는 우리말 번역표기 다음에 괄호 속에 한자어 표기를 하였으며, 출판사의 경우 따로 번역하지 않고 한자어 표기만을 하였다. 일본어 문헌 이외의 외국어 문헌의 경우 우리나라에 번역된 것은 번역된 제목을, 그렇지 않은 것은 원저서명을 표기하였다. 셋째, 원저서의 말미에 실려 있는 「독서안내」라는 문헌 소개는 생략했다. 문헌이 대체로 일본어 문헌이기 때문에 이 책을 번역함에 있어 반드시 필요한 부분이라고는 할 수 없다고 판단했기 때문이다.

여하튼 이 책이 우리나라에서의 민족, 네이션, 에스니시티, 내셔널리즘 등의 이해에 조그마한 도움이 된다면 역자에게는 더할 나위 없는 기쁨일 것이다.

　이 책의 번역, 출판을 지원해주신 한림대학교 일본학연구소에 감사드리며 앞으로도 변함없는 발전을 기원한다. 또한 번역을 권해주신 서정완 소장님께도 감사드린다. 서 소장님께서는 번역에 시간이 걸리는 역자의 게으름을 한 번도 탓함이 없이 모든 지원을 아끼지 않았다. 또한, 경희대학교 대학원 박사과정의 김미영 양과 석사과정의 임두리 양에게 감사한 마음을 전한다. 두 사람은 대학원 공부를 소홀히 하는 일이 없으면서도 역자의 불안정한 문장을 거의 완벽하게 교정해주었다. 물론, 여전히 불안정한 문장이 남아 있다면, 그것은 전적으로 역자의 책임이다. 두 사람의 더 한층의 학문적 발전을 기원한다. 마지막으로 본서를 출간한 도서출판 이담의 편집부에도 감사를 드린다.

2014년 1월 15일

송석원